산다는 것의 의미

1
여분의 행복

피에르 쌍소

김주경 옮김

東 文 選

산다는 것의 의미

1

여분의 행복

Pierre Sansot

Les vieux, ça ne devrait jamais devenir vieux

© Éditions Payot & Rivages, 1995

This Korean edition was published by arrangement
with Éditions Payot & Rivages, Paris
through Bestune Korea Literary Agency, Seoul

차 · 례

여는글 · 9

웃음 그리고 공포

몽상 그리고 해결책

노인들은 언젠가는 더 이상 이 땅에 있지 않을 것이다. 그러면 우리는 불행하게도 이 땅에 남아 있는 사람들끼리만 살아가지 않으면 안 된다.

파트릭 모디아노

죽은 자들은 조심스럽게 생을 살아온 사람들만 만나려고 하지만, 나는 어떤 비난도 두려워하지 않을 것이다. 나는 보이지 않는 관객들에게 경의를 표하기 위해, 창가에 있는 고양이를 쓰다듬기 위해, 또는 카니발 행진에 나선 어린아이들의 가면을 벗겨 보기 위해 가던 길을 돌아서던 때가 얼마나 많았던가!

장 지로두

여는글

이 책은 온갖 잡동사니를 담고 있는 작은 핸드백이라 할 수 있다. 아가씨들이라면 누구나 하나씩 손에 들고 다니는 작은 핸드백. 열어 보면 그 안에 머플러며 비스킷, 빗, 분첩, 전철 지도, 시집 등 별별 것이 다 들어 있다. 때로는 쓰다 만 익명의 편지까지…… 그 다양한 내용물은 예기치 않은 상황을 대비한 것이다. 갑자기 배고픔을 느꼈을 때, 뜻하지 않게 멋진 남성을 만났을 때, 또는 날씨가 갑자기 쌀쌀해졌을 때 등등.

죽음과 늙음은 태양과 마찬가지로 똑바로 쳐다볼 수 없다. 나는 이 두 가지를 조금이라도 더 자세히 들여다보기 위해 온갖 수단을 다 동원해 보기로 했다. 그래서 끔찍한 가상의 이야기와 콩트, 도덕적 혹은 철학적인 성찰, 내 삶의 단편들. 이 세상에서 벌어지고 있는 참을 수 없는 일들에 대한 분노의 외침, 견디기 힘든 세상을 조금이라도 견딜 만하게 만들기 위한 사랑에의 호소

등등 여러 가지를 이 책 속에 집어넣어 보았다…….

  이 글들은 보기보다 체계적인 순서에 따라 배열되었다. 우리의 여행은 우선 한 작가의 태평스러운 노년에 관한 이야기로 시작된다. 작은 도시에 안착하여 평생을 소박한 글쟁이로 살았던 그는, 생의 마지막 20년 동안에도 여전히 같은 삶의 방식을 고집하면서 평안하게 늙어간 사람이었다. 저세상에 대해 지극한 관심과 애정을 갖고 살았던 한 친구의 담담한 마지막 삶도 떠올려 보았다. 그는 아내가 죽기를 바란 건 아니었지만, 아내의 생전에도 아내를 여읜 홀아비의 심정으로 몽파르나스 묘지를 거닐기 좋아했었다.
  그 다음엔 고통스럽긴 해도 반드시 건너야 할 강으로 독자를 안내할 것이다. 결코 경쾌한 여행길이 될 순 없을 것이다. 과거에 여성들이 두려워하던 시절이 있었고, 최근엔 젊은이들이 두려움 앞에 서 있다. 더불어 노인들의 공포 역시 온 세상에 퍼져 있다는 사실을 감히 부인할 사람이 있을까? 노인들은 자신들의 숫자가 점점 많아져서 불필요한 존재들로 취급받고 있다는 데 두려움을 느낀다. 그리고 세상이 자신들을 비참한 상황 속에 던져둘까 봐 두려워한다. 그러나 한편에서는, 사회를 움직이는 중년층의 고통도 간과할 수 없다. 노인들이 그들을 향해 사회라는 무대의 앞자리를 차지하고 있다며 비난할 때, 그들은 그들대로 은퇴 후의 풍족한 삶을 누리는 부유한 노인들을 부러워하게 된다. 이렇듯 젊은이는 젊은이대로, 중년은 중년대로, 또 노인은 노인대로 각 세대마다 두려움을 안고 살아가는 것이 오늘날의 현실이다. 이같이 모든 이들의 두려움을 증폭시켜 줄 수 있는 몇 가지 상황을 상상해 봄으로써 오히려 우리의 공포를 몰아내고, 우리가 품고 있는 고약한 착각들을 털어내 버릴 수 있지 않을까?

두려움의 강을 건너 악몽에서 빠져 나온 우리는 살아가는 방법과 죽음을 맞이하는 방법을 생각해 볼 것이다. '점차 사라지는 상태'를 어떻게 하면 '생생하게 느끼는 상태'로 바꿔 볼 수 있을까? 어린애 같은 장난기와 경박해 보이는 태도는 과연 노년이라는 시기에 적절한 것일까? 살아오면서 만났던 수많은 '마지막' 순간마다 나는 어떻게 반응했던가? 그 경험들이 내 삶의 최종적인 '마지막'을 준비하는 데 도움이 되어 줄 수 있을까? ……이와 같은 몇 가지 철학적인 성찰 후에, 나는 살아가면서 겪게 되는 수많은 어려움과 비참함 앞에서 전혀 어색해 보이지 않는 자비의 감정에 대해 생각해 볼 것이다.

그리고 마침내 평온한 여생을 그려 볼 것이다. 우리는 어쩌면 죽음을 향해 천천히 나아가는 동안 지치게 되고, 그러다 예기치 못한 어느 날 죽음을 맞도록 되어 있는지 모른다. 그러나 우리에게 다가온 마지막 순간이 천상의 조화로운 합창 속에서 받아들여질 수 있다면, 우리는 저세상을 매우 멋지게, 그리고 만족스럽게 맞이할 수 있을 것이다.

나는 다양한 연령층들을 서로 대립하게 만들기 딱 좋은 오해들을 웃음으로 풀어 보고 싶었다. 그 방식에 혹시 거칠고 상스러운 구석이 없진 않았을지 염려된다. 그리고 우리를 위협하는 죽음과 늙음의 모습이 지나치게 찌푸린 모습으로 다가오진 않았을까 하는 걱정도 떨칠 수 없다. 익살극이 너무 과장되견, 대단히 잘못

된 환상들을 오히려 대수롭지 않은 것으로 만들어 버리는 법인데…….

이 모든 이야기들은 몽상일까? 나는 너무나 아름답고 명상적인 단어라 할 수 있는 '꿈'은, 티없이 투명한 신비에 민감했던 라 퐁텐이나 그밖의 다른 작가들에게 맡기련다. 몽상은 확실히 꿈보다 덜 투명하긴 하다. 그래도 몽상은 현실의 압박을 풀어 버리는 재능을 갖고 있다. 여기 한 노인이 있다. 그는 자신의 젊은 시절을 몽상으로 되살릴 권리가 있으며, 그 몽상에다 실제로 갖지 못했던 빛깔까지 입혀 볼 수 있다. 여기에 나는 몇 가지 해결책들을 덧붙여 본다. 몽상에 잠겼던 노인은 자신이 '올바른 해결책들'을 갖기에는 너무 늦었다고 생각하면서도, 삶의 마지막 순간 쪽으로 뱃머리를 돌린다. 그리고 자신의 몫으로 남겨진 한 조각의 작은 삶을 어떻게 하면 유익하게 사용할 수 있을지 생각해 본다. 예전처럼 확실하게 붙잡을 힘을 잃었다면, 세상을 손아귀에 쥐는 대신 살짝 스쳐 보는 방법도 있지 않은가? 막 태어나고 있는 것, 막 사라지고 있는 것에 주의를 기울여 보는 방법도 있지 않은가? 교환이라는 것은 서로 손을 바꾸어 주고받을 때 이루어지는 법이다. 그런데 가진 게 없는 자들 편에 있을 때, 그것도 무력한 노인의 경우일 때도 그것이 가능할까? 그렇다. 함께 늙어감으로써 가능하다. 노인들은 서로를 통해 자신이 아직 존재하고 있음을 확신할 수 있다. 이 '소박한 노인들'의 발라드 속에는 위대함이 깃들여 있다. 끝없이 무의미하게 되풀이된다는 이유로 젊은이들의 웃음을 자아내는 그들의 몸짓과 말들, 바로 그것이 이 세상의 계절을 돌아가게 만들기 때문이다.

웃음 그리고 공포

노작가와 그의 도시

그를 만나지 않을래야 않을 수가 없었다. 우리 사는 이 도시가 워낙 작은 곳인데다, 우리 삶이란 게 매일 그날이 그날인지라 돌아다니다 보면 늘 만나는 사람들을 만나게끔 되어 있었기 때문이다. 육질이 제일 좋은 고기를 판다는 정육점 앞에 줄을 서 있을 때도 그렇다. 혹여 비를 피하려고 차양 밑이라도 들어가게 되면, 나처럼 우산을 가져오지 않아 그곳에서 비를 피하고 있는 사람들 중에 늘 보던 사람이 꼭 한두 명씩은 끼여 있기 마련이었다. 그럴 땐 서로 멋쩍어 빙긋이 웃게 된다. 경축일이나 선거일처럼 특별한 날의 만남을 이야기하는 게 아니다. 그저 매일매일이 그랬다. 상황이 이렇고 보니, 되도록 이 도시 사람들과 얼굴 붉히고 화낼 일을 만들지 않는 편이 좋다. 만일 그랬다가 담배 가게나 구청 앞 광장이나 공원 분수대 근처에서 맞닥뜨리면 당황하게 될 테니 말이다. 정색하고 눈을 마주치며 인사하는 법을 제대로 배

15

우지 않은 사람이라면 늘 경계 태세를 취하고 살거나, 만나고 싶지 않은 사람과 전혀 다른 시간대를 만들어 살아갈 일이다.

그를 알게 된 건 파르주 의사선생 댁에서였다. 아주 심각했던 간염을 치료해 준 분의 초청인지라 차마 거절할 수가 없었다. 그래서 갔더니, 우선 갸랑스 부인이 눈에 띄었다. 파리에서 살았던 여자가 마치 자기 혼자뿐인 양 '파리 여인'이라는 별명으로 불리길 좋아하는 부인이었다. 앙투안 게즈도 있었는데, 혁명가 기질이 다분했던 그의 아버지는 34년도에 중산계급을 한창 두려움에 떨게 만들었을 뿐 아니라 레지스탕스 시절에도 이름을 날렸던 분이다. 물랭 신부님은 여전히 검은 수탄 차림이었고, 그밖에도 몇몇 사람들이 자리를 같이하고 있었다. 도시가 워낙 작아서, 그곳에 모인 사람들의 차림이나 직업이 마치 우리 도시민들의 표본을 추출해 놓은 것 같았다. 니콜라를 발견한 곳이 바로 거기였다. 나는 그의 모습을 보자마자 반가운 마음으로 다가갔다. 물론 그는 나를 알지 못하였지만, 나는 그의 얼굴을 익히 알고 있었다. 일간지 〈남서부〉에 쓰고 있는 지방 칼럼을 평소에 아주 재미있게 읽으면서, 그의 재능을 높이 평가하고 있던 터였다. 그는 내가 던진 질문들을 하나도 피하지 않고 모두 대답해 주었다. 하지만 나의 호기심을 은근히 성가셔하는 것 같았다. 아마 나의 호기심이 좀 경솔하게 느껴졌을 것이다. 그러나 내가 살아가는 이야기를 과장하지 않고 진솔하게 해나가는 동안, 그의 신뢰를 얻을 수 있었다. 그도 그럴 것이 그 역시 나처럼 지나간 시대의 가치들을 그리워하고, 색 바랜 태피스트리처럼 세월의 때가 묻은 것에 정을 느끼며, 소박하고 평범하면서도 고상한 일들로 채워진 일상 생활을 사랑하고, 또 침묵하는 것들을 귀히 여기는 사람이었기 때문이다.

그렇게 해서 첫 만남을 갖게 된 우리 사이는 그날 이후 재미있으면서도 난처한 여러 가지 상황들 덕분에 더욱 가까워졌다. 예를 들면 그가 기쁜 마음으로 빌려 준 책이 나로서는 전혀 흥미가 없는 책이었던가 하면, 새로이 발견한 골목길이라면서 내가 데리고 간 길이 그의 옛 추억 속의 길이었다는 식이다. 북풍이 몰아치는 겨울이면, 잔뜩 움츠러든 이 도시를 산책하는 사람이라곤 딱 우리 두 사람밖에 없었다. 우리는 함께 걷다가 헤어져야 할 장소에 이르면 너무 추워서 걸음도 멈추지 않고, 주머니에 찔러 넣은 손을 빼지도 않은 채 각자의 길로 가면서 작별 인사를 하곤 했다. 어느 12월 31일, 당연히 평소보다 혼자라는 느낌이 유독 진하게 느껴지는 날이었다. 그날 밤 나는 한쪽 끝에서 출발하여 도시 한 바퀴를 빙 돌며 산책하고 있는 중이었다. 그런데 그 역시 나처럼 그런 식으로 반대쪽에서 출발해 한 바퀴를 돌고 있었다! 밤 12시, 밤 1시, 2시…… 우리는 시간마다 발길과 눈길을 마주치기를 몇 차례나 하고 난 뒤에야 비로소 각자의 집으로 돌아갔다.

어느 날 저녁, 그가 비밀 비슷한 것을 고백하는 걸 듣고 놀란 적이 있다. 그것은 그의 생애 어느 한순간의 추억 이상의 것이었다. 그 유명한 〈옵세르바퇴르〉지의 국장이 그의 소박한 글을 좋아하여, 그에게 상급 기자의 위치를 제안했던 것이다. 그는 거절했다고 한다. 당시에 그는 풀타임으로 일하는 정식 기자가 아니었다. 만일 그때 그 자리를 수락했더라면, 상부의 주문에 따라

억지 감정의 글을 쓰고, 어쩌면 일부러 사건을 만들기까지 해야 했을지도 모른다. 그러나 그를 사로잡는 것들은 늘 하찮고 사소한 것들이었다. 예를 들어 이웃 사람의 자그마한 친절이라든지, 새벽 들판에서 맡는 젖은 풀 향기 같은 것들……. 그는 〈옵세르바퇴르〉지처럼 전국적으로 인정받는 신문의 한 면에다 그처럼 사소하고 소박한 감성의 글들을 올린다는 것이 쉽지 않을 거라고 내다봤다. 반대로 그는 전쟁의 위협이라든지, 인플레이션의 조짐, 칸 페스티벌, 인류의 우주 탐험 등에 관한 이야기에는 전혀 흥미가 없었다. 만약 그런 문제를 다루게 되었다면 어떻게 말을 풀어 가는 게 좋을지 몰라 무척 고민했을 것이다. 그는 피곤하다는 이유로 국장의 제안을 선뜻 받아들이지 않고 고민하며 뜸을 들이고 있었다. 삶의 종착역을 향해 가는 마당에 모든 사람들이 골몰하는 문제에 새삼 끼어들고 싶지 않았으며, 또한 현대인들이 뿜어내는 정신적 공해에 한몫 보태고 싶지 않다는 생각이 있었던 것이다.

그는 그때를 회상하며 이렇게 말했다. "우연히 한 사건을 접하게 됐는데, 다음날 그보다 더 큰 사건이 터졌다고 해서 전날의 사건을 모른 척하고 넘어가지는 않았을 거야. 일단 한 사건을 맡게 되면 그 다음주엔 꼼꼼하게 분석해 보고, 한 달 후에야 그것에 대해 글을 써내려가는 게 내 방식이거든. 여론이 더 놀라운 색다른 사건을 기다리고 있다는 이유 때문에, 먼저 다루고 있던 사건에다 등을 돌리는 따위의 일은 하지 않았을 거란 말이지. 만일 내가 다룬 사건이 정말 일시적인 화젯거리에 불과했다면, 비록 하루였다고 해도 그런 사건에 몰두했다는 사실이 몹시 부끄러웠을 걸세."

〈옵세르바퇴르〉지의 국장은 쉽게 포기하지 않았다. 니콜라는 무슨 일이든 딱부러지게 약속하기를 주저하는 편이었다. 여태 결혼하지 않았던 이유도 바로 그 때문이다. 상대창이 아무리 매력적인 여성이라 할지라도, 과연 한 사람을 영원토록 성실하게 책임질 수 있을지 자신할 수 없었기 때문이다. 그는 친구와 평범한 약속을 할 때도 함부로 쉽게 하지 않았다. 우리의 손가락 사이로 어느 새 빠져 나가고 마는 것이 시간이라는 녀석이거늘, 그 녀석이 어느 순간에 어디로 우리를 데려갈지, 그래서 우리의 앞일을 어떻게 만들어 버릴지 아무도 모르는 일이다. 그러니 자신이 반드시 놀라운 글들만 쓰게 되리라는 것을 어떻게 장담할 수 있겠는가? 이것이 그의 생각이었다.

아무튼 이런 생각은 니콜라를 주저하게 단들었고, 급기야는 진땀을 흘릴 정도로 고심하게 만들었다. 국장은 작가로서 이제껏 가져 보지 못한 절호의 기회를 그가 덥석 붙잡지 않는다는 사실이 도대체 이해가 되지 않았다. "그러다가는 평생을 보잘것없는 작가로 남아 있어야 할 거요!" 국장은 아마도 그를 자극하고 싶어서 이런 말을 던졌을 것이다.

천성적으로 조심성이 많은 니콜라는 그 말에 발끈해지거나 하지는 않았다. 아닌게아니라 그 역시 국장의 말이 틀리지 않다는 것을 인정하고 있었다. 하지만 그것 때문에 괴로워하지는 않았다. 보잘것없다고…? 그러나 그는 보잘것없음과 소박함은 전혀 별개의 것이며, 자신은 소박할 뿐이지 결코 보잘것없는 작가가 아니라고 믿었다. 일단 이렇게 구별을 하고 나니 뭔가 선명해지고, 마음이 편안해지는 듯했다. 사람들의 체형이 저마다 달라서 세상에는 몸집이 큰 사람이 있는가 하면 작은 사람이 있고, 마른 사람이 있는가 하면 살찐 사람들도 있는 법이다. 그렇게 생각하니 작가들 중에도 위대한 작가들과 소박한 작가들이 있을 수 있다는 사실을 어렵지 않게 받아들일 수 있었다. 자연이 우리에게 부여한 체형을 받아들이는 것으로 충분한 것이다.

사실 그는 키가 1미터 85센티나 되는 거구이다. 그런데도 그를 생각하면 늘 작고 소박한 것들이 연상된다. 그가 작은 도시에서 사는 것도, 소시민들과 교제하기를 즐거워하는 것도 모두 우연이 아니었다. 그의 어머니는 아들의 나이가 꽤 들었음에도 불구하고 정이 듬뿍 밴 어조로 여전히 '우리 꼬맹이'라고 칭하였다. 열여섯 살 적에 그가 같은 반 여자아이를 유혹해 보려 한 적이 있었다는데, 그때 예의 소녀가 "가서 꼬맹이들하고나 노시지!"라고 쏘아붙이면서 그를 떼밀었단다. 다른 아이들 같았으면 그 장면을 무척 창피하게 여겼을 수도 있다. 하지만 그는 조금 달랐다. 자신의 수줍은 프로포즈를 비웃으면서, 스스로를 꽤나 해방된 여자(무엇으로부터의 해방일까?)라고 생각하며 틀림없이 성인과 다름없는 성생활을 하고 있었을 그 여자아이를 오히려 동정했다니까……

그가 우리 도시를 향해 한 마디 하고 싶은 말이 있었다면, 아마 '계속해서 작은 규모를 유지하고, 절대로 큰 도시들과 경쟁하려 들지 말라'는 말이었을 것이다. 아닌게아니라 그렇게 할 수만 있다면, 현대적인 것들이 꽉꽉 들어찬 세상에서 우리 도시는 보란 듯이 당당하게 '빈 자리'를 자랑할 수 있을 것이다. 그리고 시끌벅적한 대도시들과는 달리 조용하면서도 음악적인 도시로 남을 수 있을 것이다. 그러면 도시를 찾아오는 여행자들에게 이렇게 말할 수 있지 않을까? "사랑하는 관광객 여러분! 멋진 관광 명소들만을 찾아다니는 분들인 줄 알고 있습니다. 그러니 우리 도시에서는 머뭇거리며 미적대실 필요가 전혀 없음을 미리 알려드리는 바입니다. 이 도시를 지나쳐서 그냥 가던 길로 쭉 가시기 바랍니다. 이 도시에는 관광을 하거나, 사진으로 남겨둘 만한 것은 단 하나도 없습니다. 자랑할 기념물들도 없고, 위대한 천재들이나 유명한 예술가, 자랑스럽게 내세울 만한 역사적인 인물들의 생가조차 없으니 말입니다. 하지만 정말 지혜로운 분들이라면, 며칠 동안만 우리와 함께 지내 보십시오. 기념관을 방문하고, 사진을 찍어야 한다는 의무감에서 벗어나, 그저 아침에 눈을 뜰 때마다 이 작은 도시에 존재하고 있다는 행복을 누려 보도록 하십시오. 그렇게 평화롭고 소박한 며칠을 보내고 난 후, 다시 수많은 멋진 장소들을 찾아가 보시기 바랍니다."

그의 부모는 집에서 가장 작은 공간인 주방에서 점심과 저녁 식사를 하는 습관이 있었다고 했다. 물론 이따끔 집안 행사가 있을 때는 온 가족이 식당으로 자리를 옮겨 식사를 했다. 하지만 어린 그도 식당에서 식사하는 걸 썩 좋아하지 않았다. 왠지 그곳에서는 어른들이 너무 진지한 대화들을 나누는 것 같아서이기도 했지만, 무엇보다도 넓은 공간이 친밀감을 주지 못한다는 이유가 제일 컸을 것이다. 럭비 시합을 볼 때도, 그는 거인들 사이를 매끄럽게 뚫고 나가서 그들끼리 서로 부딪쳐 쓰러지게 만드는 재빠른 움직임의 기술에 감탄하곤 했다. 우리 도시의 변두리에는 몇

몇 사람들이 일구는 작은 밭들이 있었다. 우리는 그곳을 '노동자 정원'이라고 불렀다. 정원이라고 해봤자 울타리도 제대로 치지 않은 상태에서 당근 같은 채소 나부랭이들을 심어 놓은 게 고작이었다. 그래서 손바닥만한 밭들이 고만고만한 크기로 정돈되어 있는 걸 보면 가소롭게 여겨질 법도 했다. 그러나 그는 그 작은 밭들을 보면서, 소박함을 받아들이며 살아가는 수수하기 그지없는 사람들에 대해 말할 수 없는 애정을 느끼는 것 같았다. 초여름이면 작은 정원의 주인들은 모두들 밀짚모자를 쓰고 나와 정원을 가꾸었다. 그리고 가을이면 낙엽을 긁어모아 태우면서 화재로 번지지 않도록 조심스럽게 불길을 살폈다. 그럴 때는 낙엽을 태우는 연기가 순식간에 저녁 안개와 뒤섞이곤 했다. 겨울 동안에는 눈에 신경을 써야 했다. 눈이 오면 작은 땅뙤기들이 완전히 하얗게 뒤덮이는 바람에, 농기구나 도구들을 보관하는 창고까지 걸어가는 일이 쉽지 않았기 때문이다. 계절마다 달라지는 이런 작업들은 이들이 나름대로 일하는 방식을 갖고 있으며, 아무 때 아무 일이나 하는 것이 아님을 분명하게 보여 주고 있었다.

이런 작고 소박한 것들을 볼 때, 그에게는 거대한 것이 지나치게 숭고해 보이거나 아니면 가당치 않게, 혹은 과장되게 보였다. 그에게 있어서 큰 것은 감탄의 대상이기보다는 두려움을 주는 것이었다. 그것은 공기마저 없는 곳, 오직 구름만을 지표로 삼을 수 있을 뿐 아무것도 없는 곳, 다시는 사람들 속으로 돌아올 수 없게 만드는 허허로운 공간 속으로 그를 끌고 가는 것만 같았다. 큰 것이 만들어 낸 가짜, 곧 허영과 허세와 과장의 모든 표시들을 그는 경멸했다.

니콜라는 평소에는 거의 화를 내지 않는 사람이었다. 하지만 자신이 왕년의 작가로 소개되는 것만은 마뜩찮게 여겼다. 작가란 늙어가면서도 글을 쓸 수 있어야 하고, 원숙한 나이가 때로 뛰어난 작품을 만들기도 하는 법이다. 당시에 그의 손이 떨리고 있었는지는 확실치 않다. 하지만 가끔씩 알아들을 수 없는 말을 혼자서 속삭이기도 하고, 죽고 없는 사람에게 이야기하는 것처럼 중얼거릴 때도 있었다. 왕년의 작가들은 그들의 삶에 의미를 주는 일을 빼앗기고 나면, 그만큼 더 빨리 죽는다. 그렇지 않고 오래 살게 될 경우엔, 삶의 길목에서 우연히 만나게 된 사람들을 귀찮게 만드는 경향이 있다. 그들을 붙들고서 지나간 추억들을 수백, 수천 번도 넘게 되풀이해서 이야기하기 때문이다. "그때 갈리마르출판사에서 내 원고를 출판할 뻔했는데 말이야……. 언젠가 한 번 광장 축제에 갔다가 죽는 줄 알았지 뭔가. 어찌나 많은 독자들이 사인을 해달라며 줄을 서는지 말도 말게, 그때 참, 혼났어……." 그들은 문학의 새로운 물결이라든지 신간이라든지 하는 것들에 대해 가차없이 비난하고 헐뜯기를 좋아한다. 그런 노티나는 어휘들을 아직도 사용하고 있는 사람은 자신들밖에 없다는 사실은 모르고. 문학이라는 대양 속에서 찰랑거리는 한 줄기 물결에 대해 말하는 사람은 이제 그들 외에는 거의 아무도 없다는 사실 또한 모르는 채.

국장의 그 따끔한 한 마디가 그로 하여금 지방 칼럼에 더욱 열정을 기울이도록 자극했던 것 같다. 하여튼 그가 책을 출간하는 일에 대해 언급했던 적은 거의 없다. 그가 가장 많은 관심을 가졌던 것은 날씨인 듯했다. 그는 너무 일찍 찾아오는 봄을 두려워했다. 막 꽃이 피기 시작하는 과일나무들을 냉해가 망쳐 버릴까 봐. 더위를 줄이는 방법들을 조언해 주기도 했고, 덧문을 반쯤 열거나 닫아서 조절하는 법을 알려 주기도 했다. 드물기는 하지만, 신의 부재를 증명해 주는 듯한 현상들이 점점 많아지는 세태에 대해 불안한 심정을 토로한 글을 쓰기도 했다. 만일 성모 마리아가 우리 도시의 어느 한 곳에 나타났다면, 그는 누구보다도 재빨리 그 이야기를 다루었을 것이다.

그가 길을 가는 도중에, 그에게 몹시 호의적인 '소박한 독자들'을 만나는 건 곧잘 일어나는 일이었다. 이들은 책이라곤 전혀 사지 않는 사람들이며, 어쩌다 책을 읽어도 졸기만 할 뿐인 평범한 사람들이다. 그러면서도 신문만은 한 면도 빠뜨리지 않고 샅샅이 살펴보는 사람들이 또한 이들이다. 이들은 작가와 똑같이 겪고 있는 자신들의 지극히 평범한 삶에 대한 이야기들을 좋아한다. 가을은 처음 나타나기 시작하는 안개들과 신선한 버섯의 품질과 새 학년에 관해 이야기하기에 꼭 알맞은 계절이다. 그 가을에 뜬금없이 봄의 아름다움을 한껏 찬양한 글을 읽는다면 지루해서 하품이 나올 것이다. 그들은 자칫 도랑에 빠질 뻔했던 술주정꾼의 우스꽝스러운 태도나 얼굴 모습, 비극적인 상황 등에 관해 이야기하는 걸 재미있어했다. 또한 건강 상태에 관한 정보들도 알고 싶어했다.

그의 오랜 대학 동창생이 친절하게도 그에게 편지를 보내 온 적이 있었다. '잡문'에 속한다고 볼 수 있는 그의 글을 즐겁게 읽고 있다면서. 그는 웬만해서 칭찬에 쉽게 속아 넘어가는 사람이 아니었다. 딱히 뭐라 구분할 수도 없고, 잘 알려져 있지도 않은 '잡문'이라는 장르를 이야기할 때는, 섬세함과 굳은 의지와 양보할 줄 모르는 창작 욕구를 요구하는 정통 문학에서 어쨌든 그의 글이 상당히 벗어나 있음을 은근히 암시하는 것이라 볼 수 있었다.

그는 때로 고통으로 인해 말이 외마디의 비명이 되어 나오기도 하는 정통 문학의 영토에서 위험을 무릅쓰기보다, 극히 평범한 소시민의 모습으로 작은 도시 안을 돌아다니고 싶어했다.

그를 사랑하는 독자들은 그가 아주 오랜 세월을 살아온, 그래서 수많은 추억을 지닌 사람으로 여겼다. 그들에게는 살아 있는 역사가 필요했는지도 모른다. 그는 그런 독자들을 실망시키고 싶지 않았다. 길에서 만난 행인들이 그가 겪지 못한 케케묵은 사건들에 대해서 계속 질문을 해대던 것도, 그때마다 그가 잘 알아들을 수 없는 어투로 우물거리며 대답하던 것도 다 이런 연유에서였다. 만약 누군가가 1789년 혁명이 일어났던 당시에 그가 어떻게 행동했는지, 혹은 이민 갔던 자들이 돌아온 1815년 당시에 어떤 생각을 하고 있었는지를 질문했다면 얼마나 곤혹스러웠을까! 다행히도 이처럼 말도 안 되는 상황은 한 번도 일어나지 않았다.

그는 마치 아주 오랜 세월을 살아온 사람처럼 행동하고, 그런 차림으로 다녔다. 그래서 실제로는 큰걸음으로 성큼성큼 걷는 편인데도, 일부러 아주 나이 많은 노인처럼 종종걸음을 치곤 했다. 잔돈을 계산할 때도 지갑에서 동전들을 꺼내 찬찬히 살펴보는 버릇이 들었다, 아주 오랜 세월을 살아온 사람처럼. 큰길을 건널 때는 도로가 텅 비어 있을 때도 꼭 좌우를 한 번씩 살펴본 연후에야 건넜다, 노파심 많은 노인처럼. 이런 아이러니를 간직하고 있었기에, 그는 스스로를 비난하는 투로 이렇게 중얼거리곤 했었다. "난 완전히 사기꾼이라니까. 화창한 날 마음껏 활보를 하고 다녀도, 날 붙들고 옛날 일들을 들려 달라고 조르는 사람들이 없다면 얼마나 좋을꼬!"

우리 도시에는 머지 않아 한 세기의 삶을 자랑하게 될 어르신들이 몇 분 있었다. 그분들은 당신들에 비하면 새파란 젊은이라고 할 수밖에 없는 그를 은근히 질투하고 있었다. 온 도시민들이 마치 그가 노인들의 족장이라도 되듯이, 한참 연세가 높은 어르신으로 극진히 배려해 주었기 때문이다. 곧 100세의 생신을 바라보고 있는 어르신들은 당신들의 불편한 심기를 차마 겉으로 드러내지는 못하고, 그저 하얀 턱수염만 쓰다듬으며 낮은 소리로 투덜거릴 뿐이었다. 그러다가 2,3년 후 마침내 100수를 넘기고 나자, 그제야 그동안 불편했던 마음의 복수를 할 수 있게 되었다. 그 특별한 기념일만큼은, 그분들이 보기에 어려도 한참 어린 그가 100세의 어르신들 앞에서 감히 다른 사람들의 시선을 빼앗아 갈 수 없었던 것이다. 모두들 한 세기를 살아온 피네 영감님을 축하하기에 바빠 깜박 그를 잊어버렸기 때문이다.

니콜라는 독특한 개성을 지녔다. 그래서인지 어디를 가건 사람들의 눈에 띄지 않고 지나가게 되는 법이 없었다. 그렇다고 그가 조롱이나 농담거리의 대상이었다는 말은 아니고, 오히려 도시의 어떤 장소에 나타나건 언제나 득을 보는 인물이었다. 휴일의 오후는 평온했다. 가로수 아래에서는 사랑에 빠진 젊은 남녀 한 쌍이 서로를 껴안은 채 그윽한 사랑의 눈길을 주고받고 있었다. 벤치에 웅크리고 앉아 있는 한 노인은 이제 막 반수 상태에서 깨어난 참인 듯했다. 커피숍에서는 활기차게 보이는 웨이터가 손님들의 테이블 사이를 왔다갔다하며 분주히 움직이고 있었다. 그런데 이 사람들 모두가, 자신들의 삶을 그토록 따뜻하게 바라봐 주는 중인인 니콜라를 보는 순간 큰 위안을 느끼는 것 같았다. 과연 그는 작은 도시에서 일상을 꾸려 가고 있는 이 평범한 사람들이 각기 고유한 빛깔을 지니고 살아 숨쉬는 존재들임을 확신시켜 주는 자였다. "나는 그들에게 생명의 불을 지펴 주는 일을 하고 있는 거야. 말하자면 우리 도시의 하루를 지켜 주는 파수꾼이지. 밤의 야경꾼이 아닌 낮의 파수꾼이란 말이야, 나도 저녁엔 집에 가서 쉬어야 하니까. 밤의 야경꾼과 낮의 파수꾼이라…… 그 둘 중에서 운명의 여신은 단연코 모두가 부러워할 만한 쪽을 내게 준 셈이야. 야경꾼은 시간이 흐를수록 피곤해서 눈이며 얼굴이 붓곤 하지. 그래서 아침이면 피곤으로 초췌해진 모습에다 바짝 마른 입술, 멍한 얼굴로 보초막을 떠나게 된단 말일세. 그런 후줄근한 꼴로 경쾌하고 활기찬 사람들 틈에 끼어 들어가기가 여간 부끄럽지 않겠지.

그런데 대낮에 무얼 그리 감시하느냐고 묻고 싶겠지? 그 질문은 세상의 질서를 제대로 이해하지 못하고 있다는 뜻일세. 사실 낮의 도시는 자칫 매순간 열광 속에 빠져들게 되거나, 아니면 무의미함 속으로 가라앉을 위험이 많거든. 그런데 내가 경계를 단단히 하고 있으면, 우리 도시가 그런 함정에 빠지는 걸 피할 수 있단 말이야. 나도 처음엔 내 사명을 잘못 생각하고 있었네. 내 사명은 사실 가르치는 일이 아니라 망을 보고, 성급한 자들의 장난을 저지시키는 일이었는데…… 오만한 태도로 도시의 공공 복지를 해치는 모든 경범자들에게 딱지를 떼는 일 말일세.

난 글쟁이로서 이미 그런 일을 하고 있었던 거야. 내가 교실 안에서 수업을 하다말고 이리저리 걷고 있다면, 그건 무슨 생각을 하기 위해서가 아닐 거야. 이해력이 늦는 학생들이나 주의가 산만한 학생들이 따라올 수 있도록 기다리는 것이겠지. 내가 이끌고 가야 할 대상이 한 학급의 40명 학생들이 아니라 하나의 도시라고 할 때는 그 사명이 더욱 커질 수밖에 없잖은가. 아무리 작은 도시라고 해도 말일세.”

한 번은 도시의 주민인 연세 많은 어르신 한 분이 약간 머뭇거리는 태도로 다가오더니, 그가 하고 있는 이 영광스러운 역할을 사뭇 격려해 준 적이 있었다. “이보시오, 글 쓰는 선생. 선생이 내게 얼마나 좋은 일을 하고 있는지 아시오? 하여간에 선생이 우리 동네를 한 번 지나갔다 하면, 아 글쎄 내 어깨 통증이 거짓말같이 싸악 사라진다니까!” 놀라운 일이었다. 그보다 더 놀랍고 유쾌한 이야기도 들은 적이 있다. 언젠가 젊은 아기 엄마가 다가와 자기 소개를 하더니 이렇게 말하는 것이었다. “선생님께서 동네 놀이터를 한 번 들렀다 가면, 우리 쌍둥이 아이들까지 금방 순해져서는 말썽을 덜 피우는 거예요. 참 신기하죠?”

이런 몇 가지 사건들이 그를 생각하게 만들었다. 어떤 최면술사들은 손을 얹어 안수를 하거나, 이상한 주문을 외어서 치료를 하기도 한다. 또는 효과가 있는 만큼 불쾌감도 대단한 이상한 물약을 만들어 먹이기도 한다. 그렇다면 우리의 노작가는 그저 도시를 어슬렁거리며 돌아다니는 것만으로도 주민들에게 최선의 것을 해줄 수 있다는 걸까? 그가 폐전색이라는 진단을 받고 입원해 있는 동안, 예전처럼 돌아다닐 수 없었던 건 물론이다. 믿기 어렵겠지만 그 기간 동안 우리의 작은 도시는 정말로 소란스러웠다. 사람들은 관절염 때문에 불평을 해대고, 이웃 때문에 짜증을 내는가 하면, 물가가 너무 올라서 살 수가 없다며 투덜거렸다! 아무튼 별의별 불평이 다 터져 나왔던 것이다.

그런 점에서 그가 꽤 자부심을 느꼈을 법도 하다. 그때 그는 언젠가 어르신이 다가와서 어색하게 건네던 말씀이나, 부끄럼을 무릅쓴 젊은 아기 엄마의 이야기가 떠올라 감동했었다. 그리고 그것 때문에 무척이나 행복해했다.

그는 모르는 사람이 자신의 책을 읽고 있는 모습을 우연히 볼 수 있기를 늘 꿈꾸었다. 무엇보다도 바라기는 열차의 객실 안에서 그런 만남이 일어나는 것이었다. 예를 들어 옆에 앉은 남자 혹은 여자가 온 정신을 집중해서 그의 책을 읽고 있다. 그 책을 쓸 때 그의 표정에서 솟아났을 바로 그 감정이, 책을 읽고 있는 그 혹은 그녀의 얼굴에서도 나타나고 있음을 발견한다. 이름 모를 독자는 목적지에 내리기 전에 읽던 책을 덮은 후 가방 안에 잘 집어넣는다. 작가는 객실의 유리창을 통해서, 방금 자기 곁을 떠나 총총히 사라지고 있는 그 혹은 그녀에게서 시선을 떼지 않는다. 독자는 조금 전 자기 곁에 앉아 있던 노신사가 바로 자신이 읽고 있는 책을 쓴 작가라는 사실을 전혀 모른 채, 작가와 함께 책 속의 산책을 잠시 즐긴 것이다. 작가와 독자가 함께 한 그 짧은 산책은 한 마디 말 없이 이루어졌다. 마치 꿈의 세계에서의 산책처럼. 그래서 더욱 순수하고 감동적인 산책이었을 것이다.

그는 많은 여행을 하였음에도 불구하고 이런 행복은 한 번도 누려 보지 못했다고 한다. 내 짐작이지만, 그는 이런 기회를 조금이라도 더 갖기 위해서 한때 무척 많은 여행을 했던 것 같다. 그러나 지방 작가라는 조건은 그가 미처 기대하지 못했던 것을 부여해 주었다. 공원 벤치에서, 혹은 카페 테라스에서 그가 쓴 지방 칼럼을 읽고 있는 사람들을 가끔 목격할 때가 있었던 것이다. 어떤 경우엔 익살스러운 글의 내용이나 재치 있는 표현 때문에 유쾌하게 웃고 있는 사람들을 보게 될 때도 있었다. 그럴 때면 글을 쓰는 그의 행복은 자신의 글이 읽히는 걸 바라보는 행복으로 바뀌었다. 작가와 독자 사이의 이런 교감은 라이프니츠가 이미 깨닫고 있었듯이 보편적인 공감이라는 게 존재한다는 생각을 하게 만들었고, 그것이 그에게 큰 힘이 되었다. 때때로 한 독자가 불만으로 눈살을 찌푸릴 수도 있었다. "아니, 이게 뭐야! 이건 바로 어제 내가 생각했던 말들 아니야? 어제만 해도 내 머릿속에만 있었을 뿐인데, 누가 눈 깜짝할 새에 이렇게 활자로 당당하게 나타냈단 말이야?"

노작가는 자신이 세상을 뜨고 난 후를 종종 생각하곤 했다. 국가적으로 유명한 사람이었다면 간단한 메모들이라도 정리를 해서 장래에 그의 전기를 써줄 작가들에게 도움을 주게 하던가, 직접 자서전 한 편을 일찌감치 완성해 놓았을지도 모른다. 그리고는 이 모든 소동도 결국 헛된 것이며, 부니 명예니 하는 것들도 모두 살아 있을 때나 의미가 있는 거라며 쓸쓸하게 중얼거렸을지도 모른다. 하지만 그건 유명인의 경우이고…… 그의 경우는 어땄는고 하니, 그리 대단하다고 내세울 만한 명성은 아니었기에 그런 걱정에서는 벗어날 수 있었다. 그보다는 자신의 뒤를 이어 줄 수 있는 사람을 찾아내야 했다. 이 도시를 무의미함과 무기력 으로부터 구출해 줄 수 있는 누군가가 필요했던 것이다. 그런데 어느 날 럭비 시합 때 옆에 앉았던 필립이라는 청년이 감각적이 고 총명한 말솜씨로 그를 놀라게 했다. 노작가는 스포츠 경기를 그렇듯 치밀하게 해설할 수 있는 사람이라면, 틀림없이 생활과 사람들과 장소에 대해서도 그만한 지식을 갖추고 있을 거라고 믿었다.

과연 그의 생각은 틀리지 않았다. 필립은 아닌게아니라 뛰어난 재능을 갖고 있었다. 문제는 조용히 그의 곁에만 머물러 있기에 는 너무 뛰어난 재능이었다는 것이다. 이 젊은이는 파리의 한 잡 지사 편집장을 설득해서, 결국 파리에 자리를 잡고 말았다. 니콜 라의 생각과는 달리 그는 이후로 더 이상 럭비 시합을 관람하지 않았는데 그 때문이었을까, 결국 그의 재능의 가장 뛰어난 한 면 을 잃고 말았다.

니콜라는 자신이 죽고 나면, 시청에서 그의 집을 사들이려고 흥정중에 있다는 사실을 알게 되었다. 그의 집을 공개해서, 사람 들이 이 사랑스러운 노작가를 기념케 하려는 것이었다. 이 계획 이 성사되었는데도 그는 별로 달가워하지 않았다. 생전에 그는 자기 집에 손님을 초대하는 걸 썩 즐기지 않았다. '노총각' 인 그 는 정말 노총각답게 살고 있었다. (그는 자신이 마지막 남은 몇 안 되는 노총각 중 한 명이라고 생각했다. 얼가 지나지 않아서 노총각 이라는 단어도 곧 사라질 판이었다.) 혼자 사는 데 익숙했던 그는,

누군가가 자기 집을 방문해서 조금 오래 있다 싶어지면 곧 불편함을 느끼곤 하였다. 그런데 이제 얼마 후면, 방문객들이 감히 2층에까지 태연스레 올라가게 될 것이다. 엄마나 선생님을 따라온 아이들은 어른들이 잠깐 다른 데 신경을 쓰고 있는 사이, 어느 새 시계추를 살짝 건드려 놓을 것이다. 기나긴 겨울 밤 동안 줄곧 그의 친구가 되어 주었던 시계추였는데……. 또 아이들은 이 집의 옛 주인이 각방마다 세워 놓은 규칙에 아랑곳하지 않고 이 방 저 방을 마음대로 돌아다닐 것이다. 이 집을 관리하게 될 시청 소속의 직원들은 분명 덧문의 경첩마다 기름칠을 할 것이다. 그러면 늦가을의 매서운 바람이 불어와도 덧문이 삐걱거리는 소리는 더 이상 들리지 않으리라.

한술 더 떠서 관리책임자는 호기심 많은 관람자들이 감동할 수 있고, 또 편히 돌아다닐 수 있도록 니콜라 생전에 그를 동행하였던 물건들 중에서 보기에 별로 좋지 않거나, 너무 평범하다고 여겨지는 일상적인 물건들은 아마 없애 버릴 것이다. 물론 마음에 들지 않는 그런 조치들로부터 자신의 물건을 지켜야 할 니콜라는 더 이상 그 자리에 있지 않을 것이다. 관리자들은 결코 그 집이 그의 육체를 이루고 있던 티끌과 세월의 먼지가 뒤섞여 만들어진 보금자리였음을 이해하지 못할 것이다. 대부분의 사람들이 질서정연하고 깨끗하고 청결한 것을 좋아하지만, 이런 미덕들은 그가 끔찍이도 싫어하는 것들이었다.

그가 본래의 모습인 흙으로 돌아가고 나면, 그 집에 들어갈 사람들은 현관문 앞에서 입장권을 배부받게 될 것이다. 알다시피 입장권이라는 용어는 흔히 박물관이나 고성(固城)에 들어갈 때나 사용하는 것이니, 그의 집에 들어가기 위해서 사용하는 데는 좀 생각할 필요가 있을 것이다. 그는 그 집을 방문하는 이들이 정말로 보고 싶은 친구를 찾아오듯 '그를 방문' 해 주길 바랄 게 틀림없을 터이기 때문이다. 그가 어렸을 때 어머니는 특별한 일이 있는 날이면 아들의 머리를 정성스레 빗겨 주고, 귓속까지 살펴보고, 제일 좋은 양말을 신겨 주었다. 그리고 어머니 자신도 그날의 예식에 맞도록 단정하게 차려입었다. 고모님이나 숙모님 등 어머니께서 어려워하던 분들이 주관하는 행사일 경우, 치장은 더욱 공이 들 수밖에 없었다. 그분들은 손님들이 완벽하게 예의를 차려 주기를 바랐기 때문이다.

그는 그런 행사가 늘 지루하게 여겨졌다. 하지만 그 지루함은 무척 인상 깊은 것이기도 했다. 왜냐하면 그런 날은 늘 되풀이되는 바쁜 일상 생활과는 판이하게 달랐기 때문이다. 어쨌든 그런 날엔 평소와 달리 마음대로 움직일 수가 없었다. 새로 신은 에나멜칠 구두 때문에 발뒤꿈치가 까져 아팠지만 그것도 참아야 했다. 지나치게 빗질이 잘 된 머리도 왠지 더 구겁게 느껴졌다. 게다가 앞에 있는 어른들이 하는 말들도 잘 이해할 수 없었다. 노부인들의 시선을 받으면 어디를 바라봐야 할지 몰라서 당황하기도 했다. 그러면서 그는 현재라는 시간에서 조금씩 벗어나고 있었다. 그리고 그 순간이 계속되기를, 어른들의 대화가 끝나지 않기를 바랐다. 만일 그 어린아이가 '영원' 이라는 단어를 알고 있었더라면, 그 순간이 영원하였으면 좋겠다고 생각했을 것이다.

그러나 그의 마지막 거처에 몰래 들어오게 될 아이들, 곧 오늘날의 아이들과 미래의 아이들은 그런 수줍음에 전염될 위험이 전혀 없을 것이다. 그리고 길게 늘어지는 권태 같은 것도 결코 맛보지 못할 것이다.

그의 위치는 빈 자리로 남을 것이다. 그래서 그가 살던 작은 도시 안에는 결코 채워질 수 없는 빈 자리 하나가 생기게 될 것이다. 그는 자신의 죽음을 다른 방식으로 생각하면서 자위했다. 그는 어떤 주문이나 명령 같은 것도 하지 않았다. 하지만 이 도시의 수많은 사람들이 자신의 장례식에 참석해 줄 것임을 예감했다. 그로부터 재치 있는 놀림을 당하곤 하던 이들도, 그의 펜 덕분에 무대 앞에 등장하여 자신들의 삶의 모습과 습관들이 드러나는 걸 즐거워했었기 때문이다. 물론 그는 단 한 번 죽는다는 걸 알고 있었다. 하지만 상상 속에서는 여러 번의 장례식을 치러 볼 수 있지 않은가. 그래서 그는 보슬비 속에서, 7월의 눈부신 햇살을 받으며, 혹은 휘날리는 눈발 속에서 치러지는 자기의 장례식들을 꿈꾸었다. 시장은 참석할까? 그와 가까운 두 명의 의사는? 그들은 그의 글을 좋아한다는 공통점은 있지만, 서로 사이가 좋지 않다. 그런 그들이 교회에서 장례 예배를 보는 동안 같은 의자에 나란히 앉아 있으려 할까? 문과 졸업반 아이들을 맡고 있는 여교사가 학생들을 데리고 와 줄까? 그 학생들은 보잘것없는 글쟁이의 마지막 안식처까지 따라와 줄까? 우리 도시에서 제일 가는 미인으로 손꼽는 그 아가씨는 어떤 차림을 하고 올까? ……만일 니콜라에게 발언권이 있다면(하지만 아쉽게도 그에겐 발언권이 없으니!), 그는 되도록 밝고 경쾌한 빛깔의 옷을 입으라고 권했을 것이다. 어쨌든 겨울 중에서도 매섭도록 추운 날에 죽어서는 안 될 텐데……

34

그렇게 생각하자 또 다른 생각들이 꼬리를 물었다. 만일 여름 휴가철에 친구들 곁을 슬그머니 떠나 버리게 된다면…? 틀림없이 이 도시의 많은 사람들이 먼 곳에 뿔뿔이 흩어져 있을 텐데……. 그가 이런 생각을 한 것은 많은 사람들의 주의를 끌고 싶다는 허영심 때문이 아니었다. 자신이 긴 세월 동안 주목해 왔고 사랑해 왔던 모든 이들이 그의 마지막 길에 동행해 주길 바랐기 때문이다.

그러나 그가 이런 우울한 생각으로 괴로워한 것은 기우에 지나지 않았다. 이 세상에는 지방 도시에 살고 있는 소박하고 겸손한 작가들이 꼭 필요하다는 걸 하느님도 알고 계셨기 때문이다. 과연 하느님은 그런 작가들을 죽음으로부터 지켜 주려고 결심하셨던 것 같다. 바이러스들조차도 그의 몸 안에서는 세력을 확장시키지 않으려고 특별히 조심한 것 같았으니 갈이다. 지독한 독감에는 걸렸어도, 의사가 우려했던 것처럼 만성기관지염으로 발전하는 일은 일어나지 않았던 것이다. 그는 자신이 그런 질병 따위로 손상될 사람이 아니라는 걸 알았다. 그래서 심술을 있는 대로 뻗치고 있는 햇빛 아래 모자도 쓰지 않은 채 외출하기 일쑤였다. 털신도 신지 않고, 그저 간편한 스웨터 차림만으로 눈 속을 거닐기도 예사였다. 그리고 언제부터인가 석유 난로도 켜지 않으면서 절약을 실천하기 시작했다. 유통 기간이 지난 오래 된 통조림을 싼값에 사서 먹었다. 조금 상할 듯 말 듯한 통조림이 더 맛있는 거라면서.

이 작은 도시의 사람들은 그가 건강을 다시 누리게 된 걸 기뻐했다. 그 역시 예전처럼 조간에 실린 그의 기사를 읽고 독자들이 즐거워해 주길 바랐다.

그러나 그의 작은 도시는 천천히 어두워져 가기 시작했다. 날마다 조금씩 작은 도시로서의 자긍심을 잃어갔던 것이다. 똑똑한 아이들은 그들이 성공이라고 믿는 걸 손에 넣기 위해 안달을 했고, 대도시나 수도권 지역에서 이름을 날리길 열망했다. 토지개발부 장관은 지방이 황무지처럼 변해 가는 현상에 맞서 싸우기로 결심한 듯했다. 그런데 어찌된 일인지, 장관의 그런 선전 포고가 오히려 수많은 사람들로 하여금 서둘러 지방 도시들을 떠나도록 부추긴 격이 되고 말았다.

세상이 이렇게 변해 가자 노작가는 더 이상 살기를 거부했다. 폐간된 잡지들, 아이들이 대도시로 빠져 나가는 바람에 텅 비어버린 학교들, 큰 축일에도 사람들이 거의 찾지 않는 교회들……. 그는 자신도 이런 것들과 함께 사라진다는 생각을 하며 슬픔에 잠겼다. 그는 이런 것들과는 다른 죽음을 원했을 것이다. 수많은 대원들을 거느린 거대한 함대의 위풍당당한 함장처럼, 무대 위에서 혼신의 열정을 쏟고 있는 배우처럼, 야생마를 타고 달리는 거칠 것 없는 젊은이처럼 죽음을 맞이하고 싶었을 것이다.

그는 저녁 7시쯤에 숨졌다. 그가 마지막 숨을 거둘 때, 말아올린 녹슨 블라인드에서 삐걱대는 소리가 들린 것 같았다. 누군가가 창가로 다가가 조용히 블라인드를 내렸다.

저편 세계에 익숙한 사람들

레옹을 처음 만난 것은 몽파르나스 묘지로 향하는 오솔길에서였다. 꾸준히 묘지를 찾는 우리의 변함없는 행동이 서로에게 좋은 인상을 갖게 했던 것 같다. 레옹도 나도, 서늘한 그늘이나 고요한 분위기를 찾아서 이곳엘 오는 사람들은 아니었다. 그랬더라면 차라리 아름답고 한적한 숲이 있는 공원을 찾아 걸음을 옮겼을 것이다. 우리가 묘지를 찾은 까닭은 그곳에서만 느낄 수 있는 것, 곧 삶과 죽음이 뒤섞인 묘한 분위기가 우리를 흥분시키면서 동시에 마음을 가라앉혀 주었기 때문이다. 그외에 묘지 안의 기념물들이라든가 추모인들의 움직임은 오히려 성가시게 느껴졌다. 누가 우리에게 극동 지방이나 발칸 반도를 여행하자고 제안했다면 두말 않고 거절했을 것이다. 그런 여행은 애정이 묻어 있는 우리의 습관들이나 꿈들로부터 우리를 츠방하는 것일 뿐이었기 때문이다.

우리가 많은 점에서 의기투합했던 건 사실이지만, 레옹의 열정만은 나의 그것보다 훨씬 더 강렬한 것 같았다. 그래서 나는 그가 그 열정을 과장되게 유지하려고 지나치게 애쓰는 게 아닐까 의심한 적도 있었다. 하여간 그는 순박하고 착한 자기 아내가 죽었다고 상상하면서 묘지를 거닐기도 했을 정도이다. 물론 아내가 불행한 일을 당하길 원했던 것은 아니다. 다만 죽은 아내를 날마다 만나러 오는 늙은 홀아비의 심정이 되어 보고 싶었을 따름이다. 한 노인, 그것도 아내를 잃은 노인만이 그런 장소를 헤매고 다니는 행복을 제대로 느낄 수 있을 거라는 게 그의 생각이었던 것이다. 사제만이 자신에게 지워진 교회라는 숙명적인 공간을 점령할 자격이 있고, 배우만이 무대라는 운명의 공간을 지배할 자격이 있듯이, 묘지 안에서의 레옹은 누구보다도 그 공간을 자연스럽게 주관할 수 있는 사람처럼 보였다. 그는 바다를 지키고 조난당한 선박들을 살피는 등대지기만큼, 또한 두 국가 사이의 국경선에서 여권을 조사하는 경비병만큼 경계를 게을리 하지 않는 망자(亡者)들의 감독자였던 것이다.

은퇴라는 특혜를 누리기 전까지 그는 초등학교와 중고등학교 장학사를 지냈다. 어느 정도 나이가 들고 나자, 그는 교사들을 감독하고 평가하는 일이 부끄럽게 여겨지기 시작했다. 분필가루와 눈치 보는 교원들과 아이들답지 않게 너무나 얌전한 아이들, 그리고 1년 단위로 이루어지는 일시적인 관계들 가운데서의 삶이란 그저 망가지고 낭비되는 삶일 뿐이라고 생각되었다. 그는 그렇게 살아온 자신의 삶에 복수를 하고 싶었다. 그리고 어떻게 하는 것이 진정한 복수인지도 깨닫게 되었다. 그것은 선인과 악인

을 구별해서 함부로 평가하는 버릇을 가차없이 내던져 버리는 것
이었다. 그래서 그런 일일랑은 한량없이 너그러우신 하느님과 성
모 마리아에게 맡기기로 했다. 그리고 자신은 다만 모든 것이 정
상적으로 돌아가고 있는지 살펴보는 일만 하기로 했다. 언젠가
는 한밤중에 묘지에 머물며 살피는 가외 근무까지도 하리라. 규
칙적인 걸음으로 묘지들 사이를 거닐면서, 죽은 자들이 일어나
탭댄스를 추려고 하지나 않는지 엄중 감시하리라. 또 누가 알랴,
망자들이 감히 그들의 울타리를 벗어나려는 시도를 해볼지도
……. 아무튼 그런 자연스럽지 않은 일들이 일어나지 않도록 사
전에 막아야 하리라. 예전에 그랬던 것처럼, 그는 이곳에서도 장
학사로서 존경을 받게 될 것이다. 고독하게 생각에 잠겨서, 그리
고 위엄 있는 태도로 묘지 시찰을 마칠 것이다. 이 임무를 맡음
으로써 그는 다시 재기할 것이고, 그동안 자신에게 익숙지 않았
던 당당함을 지니고 임무를 완수하리라…….

한 인간이 이 땅 위에서 초라한 존재로 머물기를 멈추는 순간,
죽음은 그를 캄캄한 암흑의 구렁 속이나 혹은 하늘의 가없는 심
연 속으로 던져넣는다. 어느 겨울날, 누군가가 그 심연 앞에 섰
다. 유난히 추운 날이었다. 레옹은 그날 저세상으로의 여행을 시
작한 그 낯선 사람을 그대로 보낼 수가 없었다. 그래서 겨울 밤
의 혹독한 추위를 단단히 대비하고 나섰다. 그의 마지막 길을 배
웅하기 위하여. 두꺼운 외투와 긴 목도리로 몸을 감싼 그는 이렇
게 해서라도 세상에서의 초라한 삶을 피하고 싶었던 것이다.

과연 은퇴를 하자, 그는 아내가 아직 살아 있는데도 자신의 계
획을 실행에 옮겼다. 얼굴에는 고귀한 표정마저 피어올랐다. 그

는 우수어린 모습을 하고서, 느린 걸음으로 묘지 사이를 걸어다녔다. 그의 시선은 지아비를 잃은 진짜 미망인들에게로 쏠렸다. 또한 자신처럼 죽음이라는 안식의 종교를 갖고 있는 듯해 보이는 사람들에게로 쏠렸다. 그들이 이 세상과 분리되어 있음은 한눈에 알 수 있었다. 비통한 심정의 포로가 된 그들은, 사회가 우리더러 일을 하고 소비를 하라며 부추기고 있는 환상들을 더 이상 따르지 않기로 결심한 자들이었기 때문이다.

레옹은 모자를 쓰는 걸 아예 포기했다. 자신과 뜻을 같이할 것 같은 형제자매들을 만나면 인사를 해야 하는데, 그때마다 모자를 벗는 기계적인 동작이 당당한 그의 자세를 흐트러뜨릴 것 같아서였다.

그의 아내는 남편이 묘지를 드나든다는 사실을 소문으로 들었다. 혹시 남편에게 연인이 생긴 것일까…? 그런 곳에서 은밀한 만남을 가지면, 사람들의 쑥덕거리는 시선을 피할 수 있을 거라고 생각한 것일까…? 하지만 그녀는 남편을 잃는 일은 없을 거라고 믿고 싶었을 것이다. 그런 곳에서 만나자는 약속을 받아들일 수 있는 상대라면, 역시 상당한 연령에 접어든 여인임이 틀림없을 거라는 생각도 했을 것이다. 게다가 다소 침울한 남편의 기질을 익히 알고 있는 그녀로서는, 남편이 경솔한 행동 따위는 절대로 하지 않을 거라고 믿었을 것이다.

레옹이 조금이라도 빨리 몽파르나스 묘지로 가려면, 번번이 그의 분노를 자극하는 작은 광장 하나를 지나쳐야만 했다. 그곳에는 언제나 철제 육교 난간을 따라 미끄럼을 타는 아이들이 있었고, 수다를 떨거나, 아니면 말 안 듣는 아이들에게 겁을 주는 젊은 엄마들이 있었다. 그는 이들 모두에 대해 부끄러움을 느꼈다. 그리고 한편으로는 자신도 이들과 다를 바 없는 삶을 살고 있다는 사실에 문득문득 놀라곤 했다. 그 역시 예전에는 모래를 집어 던지며 신이 나서 고함을 지르는 저런 꼬마들 가운데 한 명이었을까? 이런 생각을 하면서 묘지에 도착하면, 명상에 잠기거나 망자들의 지혜에 마음을 일치시키기가 쉽지 않았다. 그래서 멀더라도 그 광장을 피해 빙 돌아가는 게 낫겠다고 생각한 것 같았다.

나는 행복했다. 약간 우울한 듯해서 더 아름다운 가을의 서늘한 날씨는 우리의 만남에 꼭 어울리는 분위기였다. 희미한 잿빛이 느껴지는 11월, 우리는 발뒤꿈치를 살짝 들고 살금살금 세상 밖으로 나왔다. 그 분주한 세상에서는 우리가 사라진 걸 아무도 눈치채지 못했다. 그런데 언제부터인가 나는 레옹의 신경이 날카로워졌다는 것을 느꼈다. 기분이 좋지 않고, 화를 잘 내는 것 같았다. 아내가 여전히 너무 건강한 삶을 누리고 있어서, 그가 꿈꾸는 홀아비 생활이 아직 멀었다는 초조감 때문이었을까? 그건 아니었다. 알고 본즉, 날이 갈수록 장례식이 점점 더 약식으로 소홀히 치러지고 있음을 확인하게 된 때문이었다. 이젠 영구차라는 건 눈을 씻고도 찾아볼 수 없게 되었고, 대신 작은 트럭이 다른 여러 가지 용도로 사용되고 있었다. 검은 베일을 쓴 여인들도 사라졌다. 아주 가까운 몇몇 친지들만이 단추 구멍에다 조의를 표하는 동그란 장식을 달았을 뿐이다. 언젠가 검은 반바지 정장에다 양말까지 검은색을 신은 두 명의 고아들을 본 적이 있었다. 처음이자 마지막으로 발견한 행운이었다. 그는 몹시 감격했다. 그래서 조문객들이 애도를 표하는 시간이 되자, 장례식과 전혀 무관한 그가 갑자기 달려가 그 두 아이를 품에 안고서 칭찬을 퍼붓기를 아끼지 않는 바람에, 주변 사람들이 여간 놀라며 당황해한 게 아니었다.

그는 요즘 사람들이 뻔뻔스럽게도 전혀 체계가 서 있지 않은 행진을 감히 '장례 행렬'이라고 부른다며 분개했다. 그리고 과연 이런 상황에서 죽어도 되는 거냐고 고민하기 시작했다. 그의 기억 속에는 메아리치는 몇몇 단어들이 있었다. '지하 매장지,' '장례식 방,' 특히 '서늘한 무덤 속.' 지하 무덤은 신선했을 것이다. 천진 무구한 얼굴처럼, 선명한 빛깔의 그림처럼, 이슬 맺혀 있는 풀밭처럼. 예전에는 고인을 매장하기 위해서 땅을 파야 했다. 그럴 때면 보이지 않는 지하수를 흙이 빨아들이고 있음을 알 수 있었다. 그러나 오늘날엔 묘지의 아스팔트 위로 여인들의 경박한 구두굽 소리가 울려 퍼진다……. 어쨌거나 레옹은 꾸준하게 묘지 방문을 계속했다. 나는 그 사실에서, 그가 원칙이 지켜지지 않기 때문에 화가 나 있다는 결론을 내렸다. 그는 요즘 시대의 사람들에게 고인을 정중히 떠나보내는 절차에 대한 교훈을 주고 싶었던 것이다.

그의 아내는 남편의 이런 방랑을 받아들였다. 오히려 집안일을 하는 동안에는 거치적거리는 사람이 없어서 좋았고, 저녁에는 텔레비전 채널을 마음대로 돌릴 수가 있어서 좋았다. 언젠가는 그녀의 집을 방문한 손님이 남편은 어디 갔느냐고 묻자, 죽은 자들의 집에 갔노라고 스스럼없이 대답했다.

호기심이 많았던 것일까? 어느 날 그녀는 남편이 그토록 애정을 쏟는 죽은 자들의 세계로 살며시 발을 들여 놓고 말았다. 지극히 평범한 감기 끝에 일어난 일이었다. 핑계라기엔 너무나 빈약한 것이었지만, 어이없게도 그것이 그녀의 죽음의 비밀이었다. 그리고는 다시는 우리들 세계로 돌아오지 않았다. 우리에게 저 세상의 비밀을 가르쳐 주지도 않았다. 레옹은 아내가 먼저 저세상으로 가서 그곳 사람이 되고, 그 세상에 대해 알게 되었다는 데 질투를 느꼈다. 가정주부라는 평범한 삶 이외의 것에는 늘 무심했던 아내가, 이 땅을 초월한 세계의 탐색에 있어서 만큼은 자기보다 한 발 앞서갔다는 사실을 받아들이고 싶지 않았던 것 같다. 그는 어서 아내를 다시 만나, 그녀가 알고 있는 모든 것들을 함께 나누고 싶었을 것이다. 하지만 어느 날…… 한 40대 여성의 모습이 그와 나, 우리의 시야에 들어왔다. 그녀의 부드러운 자태와, 풍성한 검은 머리채에 어색한 듯 묘하게 어울리는 초록색 눈동자가 그의 마음에 꼭 들고 말았다. 상복을 입지 않은 그녀는 이 무덤에서 저 무덤으로 옮겨다녔는데, 주로 돌보지 않은 무덤들을 찾아다니는 것 같았다. 찾아올 수 없는 가정들이 묘지를 돌보기 위해서 고용한 여자였을까? 잠시의 망설임 끝에 그는 감히 그녀에게 다가가 그 짐을 들어 주겠다고 말하는 용기를 발휘했다. 그리고는 그처럼 열심히 무덤들을 돌코는 까닭을 알고 싶다면서, 삶은 때로 잔인하기도 하다고 넌지시 말을 건넸다. 그녀는 자기의 경우, 오히려 삶이 자신을 너무 응석받이로 만들었다고 쉽게 대답했다. 사실 그녀는 고통스러운 삶을 살아온 사람 같지 않았다. 짧은 시간 동안에도 자주 웃었고, 재미있는 사건들을 유쾌하게 이야기하는 데 주저하지 않았던 것이다.

낯선 여인은 우리와 함께 이야기 나누는 걸 흔쾌히 수락했다. 우리는 곧 묘지를 떠났다. 그리고 꽤 멀리 떨어진 한 카페에 들어가서 아페리티프를 마셨다. 왜냐하면 묘지 바로 맞은편에 있는 카페가 무례하게도 간판 위에 '저 맞은편보다 이곳에 있을 때 더욱 행복하나니!' 라고 모독적인 글을 써놓아서 우릴 놀라게 만들었기 때문이다. 그녀는 마티니를, 레옹은 생맥주를 주문했다. 나는 사라지다시피 해서 잘 구할 수 없는 캡 코르스를 주문했다. 우리는 카페 안의 소음 때문에 의자를 당겨 가까이 앉아야 했다. 엘리안은 계속해서 마티니를, 레옹은 계속해서 생맥주를 주문했다. 나는 다른 음료로 바꾸고 싶었으나, 대부분의 카페에서 자취를 감춘 캡 코르스를 주문한 나의 고집을 그녀가 칭찬하는 바람에 또 캡 코르스를 주문하고 말았다. 우리는 카페 주인이 "오늘은 이게 마지막 병입니다"라고 알려 줄 때까지 이야기를 나눴다. 그녀는 소형 아롱드를 몰았는데, 지금은 거의 사라지고 없는, 이미 오래 전에 한물 간 자동차였다. 레옹 역시 제2차 세계대전 이전에 샐러리맨들이 주로 썼던, 유행이 지나도 한참 지난 금속 테두리의 안경을 쓰고 있었다. 우리들 사이엔 가식이라든가 꾸민 태도 따위는 전혀 없었다. 우리는 유행을 따라다닐 필요성을 전혀 느끼지 못했으며, 심지어 새로운 것에는 알레르기 반응부터 보이는 사람들이었다. 다행히도 장 마레라든지 아를레티 같은 연극배우들 몇 명, 르네 클레르나 마르셀 카르네 같은 영화인들 몇 명, 그리고 지오노·모리악 같은 작가들 몇몇이 아직 우리를 전쟁 전의 시대와 연결시켜 주고 있었다. 우리는 그들 대부분이 그렇게 잘 늙었다고는 할 수 없다는 점을 인정하여야 했다. 혹은 지오노 같은 사람들의 경우 글 쓰는 태도가 확실히 변했다는 사실 등도 인정하기로 했다.

그후로도 레옹과 나는 늘 묘지에서 만나 엘티안을 집까지 데려다 주고, 저녁 8시경이면 헤어지곤 하였다. 그녀는 한 번도 3층에 있는 자기 집까지 올라오라고 한 적이 없었다. 하지만 그 우편함으로 보아, 그녀가 혼자 살고 있다는 걸 알 수 있었다. 들어가 보진 않았지만, 우린 그녀가 살고 있는 파리의 낡은 아파트를 얼마든지 상상할 수 있었다. 틀림없이 불편한 곳이 한두 군데가 아닐 테고, 오래 된 낡은 가구들이 집을 처우고 있을 것이다. 어쩌면 욕실도 없어서, 세숫대야에 물을 받아서 세수를 하고 있는 건 아닐까…? 그럴 수도 있을 것이다. 만일 그녀의 집에 아주 오래 된 낡은 재봉틀이 없다면 적잖이 실망스러울 성싶었다.

어느 날 저녁, 헤어지기 전 뜻밖에도 그녀가 우리를 다음날 저녁 식사에 초대하겠노라고 말했다. 레옹과 나는 과연 다음날 그녀의 아파트 층계참에서 만났다. 우습게도 우리의 손에 들린 것은 똑같은 꽃다발이었다! 집 안에 들어섰을 때 나는 놀라지도 실망하지도 않았다. 조금도. 생각했던 대로 식당의 가구들은 그 옛날 파리 만국박람회 때나 샀음직한 것들이었기 때문이다. 그녀가 만든 토끼 요리의 소스가 온 집 안에 풍기고 있었다. 거실 한쪽 구석에 놓인 라디오는 에펠탑이 송신탑으로 이용되던 시절부터 있었을 것처럼 보였다. 아마 독일군 점령 당시의 그 암울했던 시기에 런던 라디오 방송국의 메시지를 전해 주던 라디오였을 게 틀림없었다.

우리는 현관문 앞에서 그녀와 작별을 했다. 그때 뜻밖에도 레옹이 약간 어색한 태도로 내게 속삭였다. "자네 혼자서 가게. 엘리안이 나더러 좀더 남아 있어도 좋다고 했거든." 별안간 뒤통수를 한 대 얻어맞은 기분이었다. 순간적으로 아픔을 감추기가 쉽지 않았다. 레옹이 내가 누리지 못하는 특혜를 부여받았다는 사실을 금방 받아들일 수가 없었던 것이다. 그때까지 내 눈이 멀어서, 두 사람 사이의 감정을 전혀 눈치채지 못하고 있었다는 게 너무나 속상했다. 이만저만 후회가 되는 게 아니었다. 아마 그때의 내 얼굴에는 슬픈 표정이 역력했을 것이다.

나는 더 이상 그들을 만나지 않는 것이 좋겠다고 생각했다. 그러나 몽파르나스 묘지, 티볼리 카페, 캡 코르스, 레옹이 그리웠다. 특히 엘리안이……. 나는 다른 묘지나 다른 무덤들을 찾고 싶은 생각은 없었다. 게다가 티볼리 카페가 아닌 어느 다른 카페에서 과연 캡 코르스를 주문할 수 있겠는가? 나는 내 습관들을 그대로 가지고 있었다. 그 습관들은 나의 삶에 맛을 주는 것들이었기 때문이다.

나는 레옹의 신실한 우정을 믿었다. 하지만 그의 애정어린 편지에 답장은 한 번도 하지 않았다. 어느 일요일 아침, 나는 별 생각 없이 라디오를 듣고 있다가 프랑스 공원을 다녀와야겠다고 생각했다. 다녀와서는 일요일 저녁마다 TV 채널 1에서 하는 일요극장 영화를 보리라고 생각했다. 바로 그때 누군가가 초인종을 눌렀다. 레옹이었다. 그의 얼굴은 몹시 지치고 까칠해져 있었다. 그는 자신의 마음을 오랫동안 내게 털어놓았다. "엘리안은 정말로 현실적인 장점들을 가지고 있네. 일상 생활에서 발휘되는 인내심이 무엇보다도 큰 장점이지. 요리 실력도 대단해…… 토끼 요리로 그치지 않았거든." 그는 그녀가 영원히 이 세상을 떠나고 없을 때를 생각하면 슬픔이 밀려온다고 했다. 그가 사랑했으나 지금은 죽고 없는 사람들, 그런 사람들이 모여 있는 세계로 엘리 안마저 떠나 버리게 될 날을 상상했다. 그러다 어느 날 그녀에게 올 봄 알프스 산에 가서 함께 며칠을 보내고 오자고 제안했다. 계속되는 고기압권이 적어도 앞으로 1주일간은 화창하고 부드러운 날씨가 계속되리라는 걸 보장해 주고 있었다. 스키장의 원만한 비탈에서 그녀와 함께 스키를 탄다는 건 생각만 해도 행복한 일이었다. 그들은 산중턱의 스키 코스에서 다음껏 햇빛을 즐기고, 산 아래 마을의 평온함을 만끽할 것이다. 그리고 멀리 보이는 고원과 몽블랑 산을 함께 바라보는 기쁨도 누릴 것이다. 그러면 그곳의 풍경은 그들이 보는 앞에서 여러 가지 모습으로 변하며 한껏 즐거움을 안겨 줄 것이다. 초원들이 끊임없이 나타났다 사라졌다 할 것이고, 눈 녹은 계곡은 넘쳐흐를 것이다.

그러나 엘리안은 그의 바람을 따라 주지 않았다. "봄이 막 시작되려고 하는 때에, 죽은 사람들을 내버려두고 떠날 용기가 있단 말이에요?"라면서. 그의 끈질긴 간청 끝에, 마침내 그녀가 알프스에 가겠다고 승낙하고 나자(이상한 일이다. 보름 전까지만 해도 죽은 자들에게 필요했다는 도움이 보름 후엔 필요 없어졌단 말인가?) 그날부터 비가 오기 시작했다. 레옹은 비에 녹아 푸석해진 눈 속에 스키가 처박혀 사고가 일어날지도 모른다고 생각하자 맥이 탁 풀리고 말았다. 스키장 부근에 있는 케이크 가게들은 스키를 포기한 가족들로 엄청나게 붐볐다. "스키도 한 번 제대로 못

타보고…… 본래 퐁듀는 지치도록 스키를 타고 난 뒤에 먹어야 맛있는 법인데…… 영 제 맛이 아니구먼" 하고 레옹이 투덜대도, 그녀는 그 비난의 말들을 대수롭지 않게 들어넘기면서 태연하게 포도주 한 병과 크레프 하나를 더 주문했다.

이 일이 있은 후, 계속되는 엘리안의 무심한 태도가 레옹에게 상처를 주었다. 그런 그에게 그녀는 이렇게 대답했다. "레옹, 당신은 내게 한 번도 무심한 적이 없었어요. 당신이 없으면 난 어떻게 될까요? 하지만 당신과 함께 있는 행복 때문에 내 의무를 소홀히 하는 것 같아서 괴로울 때가 있어요……." 영화 대사 같은 "당신이 없으면 난 어떻게 될까요?"라는 그녀의 말은, "우리가 그들에게 기울이는 애정은 어떻게 하고요?"라는 말과 함께 그냥 지나칠 수 없는 말이었다. 그녀는 계속해서 이렇게 말하였다고 했다. "그럼요, 그건 분명 애정이지요. 수 년 동안 우리가 아무 생각 없이 그들에게 헛된 관심을 기울인 건 아니잖아요." 레옹은 결국 하고 싶었던 말을 하고야 말았다. "당신은 항상 그들이라고 복수로 표현을 하지. 차라리 특별한 한 남자를 생각하고 있다고 솔직하게 말하는 게 어떻겠소? 아직도 당신 머릿속을 온통 점령하고 있는 옛날의 그 연인 말이오. 당신은 죽은 자들에게 애정을 쏟고 있는 게 아니라, 그 한 사람에게 완전한 헌신을 쏟아붓고 있는 거요." "아뇨, 레옹. 절대로 그렇지 않아요."

레옹은 마지막에 내뱉은 자신의 말을 무척 부끄럽게 생각했다. 그는 그녀가 자신을 진실한 마음으로 대하고 있다는 걸 믿을 수 있었다. 하지만 그녀가 자기한테 쏟는 사랑만큼이나, 다른 사람들에게도 애정을 갖고 있다는 사실을 받아들여야만 했다. 결국 그는 그녀 곁에서 죽음으로써 자신의 고통에 종지부를 찍기로 했다. 그리하여 아주 비싼 값을 치르고서(파리에서는 1평방미터의 가격이 아주 높다) 묘 자리 하나를 샀다. 변호인과 친구들에게도 몽파르나스 묘지에 묻히고 싶다는 뜻을 나타냈다. 또한 엘리안이 행여 찾아올 수 없는 다른 장소에 묻히게 될까 봐, 자신의 생각을 거듭거듭 친구들에게 확인시켰다.

나는 그가 고민한 이유를 이해할 수 있었다. 그는 결코 죽음을 두려워한 게 아니었다. 하느님이 존재하는지 존재하지 않는지, 자신의 삶에 마침표를 찍을 용기가 있을지 없을지, 그런 것 때문에 불안했던 것도 아니다. 그가 두려워했던 것은 오직 한 가지, 매장되는 순간 혹시라도 아주 작은 착오가 생겨 다른 묘지에 묻히게 됨으로써 끔찍한 고독을 겪게 되지나 않을까 하는 것이었다.

나는 엘리안을 만났다. 그리고 그녀가 좀더 이성적으로 행동하지 않은 것을 나무랐다. "말을 빼앗기고, 햇빛을 누리는 즐거움도, 가까운 사람들의 애정도 박탈당한 사람들, 그리고 사랑하는 이들의 목소리를 들을 수 없는 사람들…… 맞아요, 분명히 그들도 우리의 도움을 필요로 하지요. 하지만 살아 있는 사람들은 훨씬 더 많은 보살핌과 사랑을 필요로 한다는 걸 모르겠어요? 살아 있는 우리는 언제 무슨 병이 나서 쓰러질지도 모르고, 또 어떤 실수로 무슨 사고를 당할지도 모릅니다. 게다가 주위 사람들의 악의나 못된 짓으로 언제 어떤 해를 당할지도 모르지 않습니까? 살아 있는 사람들은 성장이 멈추는 청년기부터 계속 몸과 정신이 노쇠해 갑니다. 악한 짓을 저질러 비참해지는가 하면, 반대로 다른 사람들로부터 고통을 당해서 가엾어지기도 하고 말이지요. 눈에 보이는 죽음보다 더 끔찍한 게 있는데, 그게 뭔지 아세요? 아주 천천히 다가오는 또 다른 죽음입니다. 그건 사랑할 수 있는 우리의 능력을 고갈시키고, 새로운 아침을 맞으려는 우리의 소망을 짓밟는 아주 고약한 것이지요. 그 죽음은 우리의 기억 속에 불안을 심어 주고, 우리의 행동을 아무 생각 없는 기계적인 움직임으로 만들어 버리니까요. 그렇다면 죽음의 선을 이미 넘어간 이들은 오히려 행복한 사람들 아닐까요? 레옹은 자신이 곧 죽을 존재라는 걸 알고 있습니다. 그러니 당신이 사랑하는 망자들보다 당신의 관심을 훨씬 더 받을 가치가 있다고 생각합니다."

엘리안은 울면서 자신이 잘못하였노라고 인정했다. 그러나 그뿐, 자신의 태도를 바꾸지는 않았다. 그녀는 변명처럼, 인간은 언제나 자신이 하고 싶은 대로 다 하면서 살 순 없는 거라고 했다.

변호인과 친구들은 레옹의 마지막 뜻을 받들어 몽파르나스 묘지에 묻어 주었다. 과연 그는 자신의 행동에 만족할 만했다. 엘리안이 매일같이 찾아와서, 그가 살아 있는 동안엔 한 번도 해주지 않았던 다정한 사랑의 말들을 속삭여 주었기 때문이다.

묘지에서의 이런 만남은 그녀에게 깊은 충격을 주었던 것 같다. 아마도 그녀는 그곳을 찾을 때마다 그의 죽음에 대한 죄책감을 느꼈을 것이다. 그녀는 점점 창백해져 갔다. 식욕도 잠도 잃어버렸다. 마침내 의료진은 당장에 묘지 방문을 중단하라고 명령했다. 그 외출이 그녀의 건강에 치명적이라고 본 것이었다. 그 일을 계속하다가는 틀림없이 사랑했던 사람에게 더 빨리 가게 될 거라고 했다. 그녀가 그 말을 듣고 반가워서, 사랑하는 사람에게 한시라도 더 빨리 가게 되길 바랐을까? 아니었다. 그녀는 그럴 기회를 붙잡지 않았다. 오히려 그 반대였다. 몽파르나스 묘지에서 더 이상 그녀를 볼 수 없었던 것이다.

레옹은 자살로까지 몰고 간 자신의 행위를 후회했다. 자살은 결국 그가 사랑했던 여인의 삶에서 그를 결정적으로 빼앗아 가고 말았다……. 실은 마지막 순간에 그는 자신의 결정을 취소시켜서, 더 살게 해 달라고 하늘에 간구했었다. 그러나 하늘은 그의 청을 들어 주지 않았다. 그가 시간을 거슬러 올라와 이 땅 위, 우리들 가운데로 다시 돌아오는 걸 허락지 않았던 것이다.

우수반 계단 강의

드디어 우리는 인간이 무엇보다 문화적 존재라는 사실을 인식하게 되었다. 그리고 지적·영적인 완전함이 비록 우리의 능력을 벗어나는 것이긴 하지만, 그래도 항상 그 목도를 향해 나아가야 한다는 것도 깨닫게 되었다. 때마침 한가로운 은퇴 생활을 누릴 수 있게 된 모든 이들에게 강의를 들을 기회가 부여된 것은 시의 적절하게 보였다. 그야말로 문화적 혁명이 아닐 수 없었다. 우리 조상들은 이보다 좀더 순박한 방식으로 삶의 마지막 단계를 채워 나갔다. 잎담배를 말면서, 파이프를 톡톡 두들겨 털면서, 친숙한 거리의 풍경을 보기 위해 커튼을 열어젖히면서…… 또한 술집의 탁자 앞에 둘러앉아 카드놀이를 하면서, 골동품이나 자질구레한 실내장식품들을 정성껏 닦고 어루만지면서, 다 해어진 옷들을 기워 가면서…….

태양이 눈부신 지방에 사는 우리의 선배들은, 사라지는 10월의 태양의 꽁무니를 좇아 공원 벤치나 앞마당에 내놓은 의자 위에 자리를 잡고 앉았다. 그러면 위엄을 자랑하는 찬란한 태양은 그들과의 숨바꼭질을 즐기며 아주 천천히 모습을 감추곤 했다. 이 계절에는 태양이 희미하게 모습을 드러내어 아쉬움을 남기는 날이 있는가 하면, 여름이나 다름없는 정열을 내뿜는 날도 있다. 노인들은 그 태양을 적절하게 흡수시킬 줄 알았다. 그래서 그 열기로 신경통을 가라앉히기도 하고, 팔다리의 냉기를 쫓아 버리기도 했다. 그들은 더 이상 바쁠 필요가 없는 팔다리와, 더 이상 아무도 안아 주지 않는 가슴을 보란 듯이 태양에 내맡겼다. 눈부신 햇살 때문에 눈에서 눈물이 흐르기도 했다. 그럴 때면 따뜻한 액체가 뺨을 타고 흘러내리도록 내버려두었다. 아직 눈물샘이 마르지 않았다는 사실에 감격하면서.

　나는 이런 식으로 즐기는 건 전혀 몰랐다. 우선 담배를 피우지 않기 때문에, 입술과 침을 사용해서 담배를 마는 즐거움은 느낄 수 없었다. 옷 수선이라……. 하도 입어서 노인의 위엄을 보여 줄 수 있는 고귀한 누더기로 승화한 옷을 굳이 꿰매야 할 이유가 있을까? 그렇다면 햇볕을 쬐는 건? 나는 늘 태양과 함께 살아왔다. 밭일을 하는 동안, 행복한 산책을 하는 동안 내내 그 햇볕과 동행해 오지 않았던가! 나는 여전히 그럴 수 있기를 바란다. 물론 그렇다고 해서, 사람이 나이가 들면서 좀더 섬세하고 은밀하게 햇볕을 즐길 수 있음을 모르는 바는 아니다.

　결론적으로 나는 내가 좋아하는 것들을 하며 살아올 수 있었다는 행운에 기뻐하고 감사해야 할 것이다. 반대로 은퇴 후에 새로 시작한 공부가 30년, 어쩌면 40년 동안이나 계속될 수도 있다는 걸 생각했을 때는 솔직히 끔찍한 기분이었다. 나는 어린 시절을 떠올렸다. 우리 대부분은 몇 년 동안 초등학교를 다녔을 뿐, 그후에는 결코 책 속에 갇힐 수 없는 세상을 향해 날아갔다. 더욱이 그 짧은 학창 시절 중에서, 공부를 쉬어야 했던 수많은 기간들을 삭제하고 나면 정말 공부를 했던 시간은 얼마 되지 않았다. 때로는 가을 추수 때문에, 때로는 포도 수확기라서, 또 때로는 축제를 맞이하는 마을을 장식하느라 수업을 중단하여야 했던 것이다. 11월이면 나무를 베었다. 그 덕분에 교실을 따뜻하게 할 수 있었다. 크리스마스 전에는 학교 건물을 둘러싸고 있는 눈을 말끔히 치워야 했다. 이듬해에 장학사가 와서 여선생님의 화단에 눈이 쌓인 것을 보면, 우리에게 불호령이 떨어졌기 때문이다.

친구들의 조롱거리가 되는 걸 무릅쓰고서 공부를 계속하려고 진학한 아이는 나 혼자뿐이었다. "어이, 쌍소! 아주 잘 한 거야. 그래, 밭일이란 건 확실히 천한 일이지. 덕분에 우리 세금이 뭔가 좋은 일에 쓰여지게 되어서 다행이다. 공부 좀 했답시고 손가락 하나 까딱 안하게 될 널 먹여 살리는 데에 말이야. 안 그래?" 그들은 온갖 종류의 농땡이들에다 나를 비유하곤 했다. 할 일 없이 길 위를 돌아다니는 도로 인부라느니, 말만 떠벌리는 라디오 아나운서라느니…… 말로 모든 걸 해결하려 드는 접대부에, 손가락 하나 움직이지 않다가 다 끝난 일을 검사하러 나온다는 감독관에, 말로 먹고 산다는 뚜쟁이에…… 그들의 비난이 부당하다는 걸 잘 알면서도, 왠지 내 생각과는 달리 나도 그들의 판단에 동의를 했었다…….

그때 나는 뭔지 모를 두려움을 느끼면서, 내 앞에 펼쳐질 평생

동안의 교육에 대비를 했던 셈이다. 나는 다섯 살 때부터 이제까지 한 번도 학교를 떠나 본 일이 없었다. 그때부터 줄곧 분필 냄새와 고리타분한 교실 냄새를 맡아 왔고, 아침과 저녁이면 어김없이 책가방을 정리하고, 새 달이 시작되면 방학이나 공휴일을 달력에 표시해 놓았으며, 노트가 새까맣도록 필기를 했다. 그리고 은퇴 후에는 평생교육에 등록해 강의를 듣고 있다. 그러니 이제 만일 하느님이 그만큼의 생명을 허락하신다면 앞으로도 3,40년 동안은 이런 삶이 계속될 것이다.

내가 많은 면에서 신세를 진, 가르생이라는 한결같은 친구가 있다. 그 친구가 하루는 내가 평생교육에 등록할까말까 망설이고 있다는 소문을 어디선가 듣고, 불쌍한 친구를 구해야겠다는 책임감을 안고서 날 찾아왔다. "이봐 피에르, 네가 이런 삶에서 벗어날 시간은 얼마든지 있어. 정말 사는 것처럼 한 번 살아 볼 시간이 아직은 남아 있단 말일세. 자네의 노트와 책들을 모두 불태워 버려. 우리가 함께 보낸 어린 시절을 생각해 보란 말이야. 자넨 버섯의 종류를 구분하고, 박새를 알아보고, 멀리서도 오토바이가 일으키는 먼지를 알아차리는 데 그 누구보다도 뛰어났었지, 안 그래?" 나는 아무런 항의도 하지 않고 잠자코 그의 말을 들었다. 영원한 학생이라는 운명이 다시 한 번 날 찾아왔다는 사실을 고백하길 삼갔다. 그리고 며칠 후 '우수반 계단 강의'라고 이름 붙인 강좌에 등록했다. 이 코스가 끝나면 70세 이상의 노인들을 위해 마련된 고등사범학교의 노인반이 기다리고 있을 것이다.

나는 잘 선택한 거라고 믿는다. 무엇보다도 수업 듣길 좋아하기 때문이다. 나는 7년 동안 이어지는 엄격한 학습과정을 따라갔다. 전직 교수로서의 나는 이 과정을 다 마치기 전에는 결코 꽁무니를 빼고 뒤로 물러서지 않을 생각이다. 그리고 그후에 공부를 더 계속할 것인지 중단할 것인지 생각해 볼 것이다. 이곳에서 새로운 급우들을 만나게 되었음은 물론인데, 이들의 대부분이 날 감탄하게 만들었다. 이제부터 말하고자 하는 몇 가지 한심한 결과들에도 불구하고, 평생교육이라는 노년의 학업을 긍정적으로 여기고 있는 이유가 바로 그 때문이다.

몇 해를 지나는 동안, 호기심 많은 사람들은 중세 미술사에서 일본어나 위상기하학 혹은 도자기 제조법으로 수강과목을 바꾸기도 했다. 아메리카의 스페인 문학에서 20세기 서구 민주주의 제도 비교 연구나 현미화학으로, 또 인공지능 연구에서 슬로바키아 문명사라든지 컴퓨터 기호학으로 관심을 돌린 사람들도 있었다.

이 학교에 들어와서 나는 미술사에 관한 강좌들이 그처럼 많을 수 있다는 것을 비로소 알게 되었다. 하지만 카타르 민족학처럼 그렇지 않은 연구 분야도 있었다. 카타르 국가에 대한 연구 결과가 보여 준 지대한 관심에도 불구하고, 영원히 젊은 우리 학생들이 선택할 수 있는 과목이란 〈베두인족과 카타르의 도시인들〉, 〈카타르의 건축술과 사회〉, 〈카타르 유목민들과 진주조개잡이 어부들〉, 〈오만 민족의 무기와 장신구의 결합〉 등 몇 가지에 불과하다는 사실을 알고 놀란 적이 있다.

나는 그런 강좌들 앞에서 나의 무식함에 부끄러움을 느꼈다. 날더러 로트에가론 지방에 있는 도시들을 제외하고, 파리와 로트에가론 지방 사이에 있는 도시들 중에서 큰 드시들의 이름만 대보라고 했어도 쩔쩔맸을 것이기 때문이다.

이런 강의들을 훌륭하게 소화해 내는 사람들은 소수일 뿐이었다. 그 소수의 사람들 중에는 평생교육원에 다니기 전까지만 해도 독일어를 하나도 알지 못하였건만, 지금은 괴테의 작품을 원서로 줄줄 읽어 나가는 이들이 있다. 그런가 하면 컴퓨터를 처음 배우기 시작해서 지금은 제 힘으로 프로그램도 만들고, 대기업의 프로그램들까지 능숙하게 표절해 내는 이들도 몇 명 있다.

아주 나이가 많은 사람들, 그러니까 70대와 80대의 노인들은 강좌를 따라가기가 쉽지 않았다. 하기야 내가 아는 대학입학자격자들 중에도 이 수업을 끝까지 따라가지 못한 이들이 몇 명 있을 정도이니까. 아무튼 7, 80대의 학생들은 속격과 탈격을 구분하지 못하고, 여전히 동사 변화만 외는 수준에 머무르는 경우가 대부분이었다. 그리고 사인과 코사인 · 탄젠트를 끝끝내 구별하지 않으려 했다. 그들은 삼각법을 화성인들의 언어처럼 생각하고 있었다. 덕분에 어쩌면 이 세상을 떠날 때, 외계인들과 의사 소통을 할 수 있을지도 모를 일이다. 어쨌든 학습 진보가 극히 미미해도, 그것 때문에 의기소침해지는 일은 결코 없었다. 괄약근의 통제력을 잃어버린 이들은 조금 시간이 걸리더라도 수업 시간 전에 기저귀를 갈고 오면 좋을 텐데, 그걸 거부했다. 꾸물대다 수업의 앞부분을 놓쳐 버리면 뒤따라가기가 더 힘들다고 생각했기 때문이다.

기숙사에서는 노인들의 동의를 얻어 밤 10시 전후에 공부방의 불을 끄기로 했다. 정해진 소등 시간에서는 왠지 매력이 느껴졌다. 오래 전의 독일군 점령 시대와 어릴 적 기숙사 생활 시절, 그리고 마지막 전철을 타고 돌아다니던 청춘 시절로 다시 돌아간 듯한 기분이 들었다. 그런 중에도 복습할 수 있는 장소를 찾기 위해, 손에 랜턴을 들고 더듬거리며 계단을 내려가는 노인들이 있었다. 기숙사 사감들은 그처럼 향학열에 불타는 사람들의 의지를 눈감아 주었다.

공부에 그리 재능이 없는 사람들이 잘 이해가 되지 않는 부분을 복습할 요량으로, 저녁 시간에 보충 수업 강좌를 열어 달라고 요구했다. 하지만 오히려 보충 수업 때문에 낮 시간의 정규 수업이 엉망이 되리라는 건 불 보듯 뻔한 일이었다. 사실 이런 요구는 정말 우스운 것이다. 잠이 모자라 흐리멍덩해진 머리로 어찌 기하학의 신비를 이해할 수 있을쏘냐! 학교 당국은 그러나 그들의 요구를 들어 주지 않을 수 없었다. 비합리적인 사람들 앞에서 한 걸음 물러서는 것은 물론, 어떤 시민도 요구한 적이 없는 비합리적인 조치들을 강요하는 게 바로 모든 권력층의 속성이 아니던가?

어쨌거나 학교에서는 작은 교실들을 마련했다. 보충 수업은 성적이 아주 떨어지는 학생들만 받을 수 있도록 하였기 때문에 큰 교실이 필요치 않았던 것이다. 하지만 그것은 큰 오산이었으니! 본래 성적이 뛰어난 이들은 다른 이들이 추격해 오는 걸 도저히 못 견뎌하는 법. 결국 그들은 보충 수업반에까지 밀고 들어와 교실을 꽉 채우고 말았다. 젊었을 땐 그들도 곧잘 수업을 빼먹곤 하였을 텐데, 굳이 보충 수업반을 꽉 메운 이유는 뭐란 말인가? 지적 호기심에서라기보다는 뛰어난 성적에 대한 욕구에서 비롯된 건 아닐까? 그걸 증명할 수 있는 사례 한 가지. 대학교에서는 사실상 대부분의 수업들이 화요일 오전에 시작되어 목요일 오후면 끝났다. 그런데 잔켈레비치는 짓궂게도 금요일 오전 8시부터 10시까지 1년 동안 강의를 했었다. 그가 뛰어난 학자라는 건 모두가 알고 있었건만, 그의 강의를 듣는 청중은 호기심 왕성한 10명 정도의 학생들로 그쳤을 뿐이다! 나는 그 적은 숫자에 내가 끼여 있었다는 걸 자랑스럽게 생각한다.

일이 이렇게 되자, 한 유명한 아카데미 학자가 무리한 한 가지 조치를 내놓았다. 평생교육을 세 코스로 운영하되, 연령층을 배려하여 60대 코스, 70대 코스, 80대 코스로 분반하자는 것이었다. 이런 코스들의 특성은 학생들의 연령층이 높아질수록 강좌 수준이 떨어진다는 것이다. 세번째 코스인 80대 노인들의 코스는 아무래도 첫번째 코스인 60대들의 것보다 훨씬 더 내용이 초라했다. 당연히 어떤 학생도 이 지진아반에 편입되길 원치 않았고, 따라서 등록할 때 제출하는 출생증명서를 위조하는 일까지 생겨났다. 어떤 학생은 3년 동안 계속해서 69세임을 증명하는 출생증명서를 제출하였으니! 이 속임수가 밝혀지자, 문제의 학생은 자살을 하겠다고 위협했다. 자살이란 항상 유감스러운 결과를 낳는 법이다. 하는 수 없이 학교측에서는 네번째의 위반을 그냥 봐주고 넘어가기로 했다. 그러나 진실은 언젠가는 밝혀지게 되어 있지 않은가. 결국 음모가 알려지고 말았다. 그날 이후로 첫번째 코스로 내려가게 해달라는 요청서가 쇄도하기 시작했다. 책임자들은 이 흥분한 노인 학생들이 알아듣도록 설득하기 위해 있는 대로 진땀을 빼야 했다. 궤변과 억설을 써서, 이 세 코스의 질이 모두 동등하다는 걸 증명했다. 그리고 그들이 숙제를 베껴 와도 점수를 깎지 않고, 혹시 너무 어려운 문제가 나올 땐 손자들의 도움을 받아도 좋다고 약속했다.

하지만 속임수를 써도 괜찮다고 한 판에 굳이 베껴 쓸 필요가 있을까? 게다가 손자손녀들이 아무리 할아버지 할머니를 사랑한 다 한들, 얼마나 바쁘고 할 일이 많은 아이들인데 할아버지 할머 니를 위해 집에서 피타고라스 정리며 독일어 동사 변화 등을 베 껴 쓰고 있으려 하겠는가!

젊은 세대들은 노인들이 이처럼 학습에 집착하는 태도를 보고 서 충격을 받았다. 그들은 은퇴한 선배들이 성숙한 태도로 평온 한 노년기를 누리는 모습이 보고 싶었을 것이다. 그들 역시 조용 하면서도 건강한 은퇴 생활을 꿈꾸면서, 그 언저리로 한 발자국 씩 다가가기를 바랐을 것이다. 그런데 노년의 선배들은 마치 비 바람이 몰아치는 날 어항 속으로 몰려드는 파리떼들처럼 행동하 고 있으니.

그래서일까, 청소년들과 중년층 사이에 자살 바람이 불었다. 경찰은 아침마다 자살 신고를 받고 출동하여 시체들을 확인하여 야 했다. 그렇지 않아도 수많은 차들로 꽉차 있는 도로들이건만, 이젠 경찰 차량과 병원 차량들까지 가세해 더욱 복잡해졌다. 이 후로 자살하고 싶은 사람들에게는, 스스로 삶을 끝낼 자들을 위 해 마련한 대형 호텔로 가서 일을 벌여 달라고 부탁할 정도였다.

예의바르고, 법의 준수를 생명처럼 여기는 일부 시민들은 그 말을 따랐다. 곤란에 처해서 이러지도 저러지도 못해 죽음을 택 하려는 이들의 대부분은, 아주 오래 전부터 살아가는 노하우를 가지고 있지 못한 사람들이었다. 그래서 마지막 가는 길에도 자 신들의 시체를 욕실이나 거실에 방치하는 경우가 많았다. 그런가 하면 과시하길 좋아하는 이들은 9층에서 뛰어내려 잠든 사람들을 깨우며 주의를 끌었다. 추락할 때 나는 소리를 줄이기 위해서 온몸에 붕대를 감고 뛰어내린 감수성 예민한 사람도 있었다. 다른 사람들을 배려했던 그는 그 때문에 단번에 죽지 못하고, 말할 수 없는 고통 가운데 천천히 죽어갔다. 마지막 숨을 몰아쉬는 순간에도 그는 덧문을 닫지 못했다는 생각을 떠올렸다. 아닌게 아니라 덜컹거리는 덧문이 이웃 사람들의 귀를 거슬리게 하고 있었다.

타인에 대한 이러한 배려의 마음은 시민교육 강좌 같은 데서 충분히 귀한 예로 상기되어질 만하지 않은가. 그래서 나는 그 다음주에 있었던 문교부 프로그램 검토 시간에 그 의견을 주장하였다.

선동에서 범죄까지

　우리는 바보같이 큰 소리로 싸우는 버릇을 갖게 되었다. 노인들은 대부분의 카페들이 자신들을 쫓아낸다며 분통을 터뜨렸다. 예전에는 노인들이 잡담을 나누며 오랜 시간을 끄는 바람에 카페 주인들의 한숨이 땅을 꺼지게 할 정도였다. 이들은 별로 먹고 마시지도 않으면서 테이블을 독점하고 있기가 다반사였다. 요즘의 카페는 요란스러운 음악을 틀어 놓는 것이 유행인지라 대부분의 카페에 주크박스가 설치되어 있고, 아직 30대의 손님들까지는 귀가 먹먹하도록 큰 음악을 좋아했다. 하지만 머리가 허연 사람들은 웨이터를 불러 소리를 좀 낮춰 달라고 부탁하기 일쑤였다. 그러면 웨이터들은 약간 빈정거리는 어투로 그렇게 할 수 없노라고 딱 잘라 말했다. 그리고는 매상에 전혀 도움이 안 되는 노인네 고객들을 몰아낼 수 있는 천만다행의 방법을 찾은 것 같아 의기양양한 표정이 되었다. 이름 있는 몇몇 대형 카페들은 여

63

전히 조용한 분위기를 고수하고 있었다. 하지만 그곳의 음료 가격은 노인들에겐 너무 비싸 보였다.

교통량이 많지 않은 오후 한때에는 노인들에게 무료로 교통수단을 이용할 수 있는 혜택이 주어졌다. 때문에 이들은 으레 그 시간대에 약속을 잡곤 하였다. 버스를 타고 터미널에 도착하면, 하고 있던 카드놀이나 잡담을 계속하기 위해서 내리지 않고 그냥 그 자리를 지키고 앉아 있거나, 호기심 많은 이들의 경우엔 다른 낯선 행선지의 버스로 옮겨타기도 했다. 덕분에 이들은 도시 구석구석의 다양한 모습들을 볼 수가 있었다. 버스나 전철 안에서의 노인들은…… 서서 가던 젊은이들과 중년들이 빈 자리가 생긴 것을 보고서 다가가 막 앉으려 할 때…… 순간 한 노인이 잽싸게 끼어든다. 이런 건 흔하디흔한 장면이었다. 노인들이 이미 예약해 놓은 좌석 운운하며 억지를 부리고 있을 때, 예를 들어 임신부나 장애자들이라도 올라탈 경우엔 주변 사람들과 사소한 말다툼이 벌어지기도 했다. 노인들이 버스의 주인이나 되는 것처럼 행세했기 때문이다.

또한 노인들은 항상 군것질거리들을 가지고 다니면서, 오렌지 껍질이나 과자 조각을 아무 데나 버리거나 흘리곤 하였다. 이 때문에 시청에서는 법적인 제재를 가할 수 있는 조치를 취해야 하지 않을까 하고 한때 심각하게 고민하기도 했었다. 러시아워 때는 아무리 어르신들이라도 버스 요금을 지불하여야 했다. 그래서 검표원들이 버스에 올라타게 되면, 그 승차했던 시간을 놓고서 노인들과 실랑이를 벌이는 일이 종종 있었다. 시의회는 노인들이 유권자들의 대표자격이라는 점에서 항상 한 발 물러서곤 하였다. 버스를 타고 있으면, 학교나 직장으로 향하는 학생들과 사무원들이 그들의 시야에 들어왔다. 거리에 잃어버렸던 활기를 되찾아 주는 것은 뭐니뭐니해도 학생들과 근로자들이었다. 노인들 중에는 식료품과 생필품이 잔뜩 든 무거운 장바구니를 들고 가는 가정주부를 보며 코웃음을 치는 이들도 있었다. 감수성이 풍부한 어르신들의 경우엔 자신들의 젊음을 상기시켜 주는 행인들을 보며 가슴이 뭉클해지기도 하였다. 그러면서 한편으로는 이처럼 버스의 뒷좌석에 앉아 있는 자신을 생각하면서, 또한 머지않아서 거의 하루 종일 혹은 영원토록 누워 있을 때가 오리라는 걸 생각하면서 눈물을 흘렸다.

의료보험의 적자폭이 점점 더 커져 가기만 하는 데는 노인들의 무절제한 태도가 크게 한몫 했다. 노인들의 숫자가 점점 더 많아지고, 그들의 몸이 편찮은 경우가 많아지기 때문이 아니다. 이런 점에 대해서야 어떻게 노인들을 비난할 수 있으랴? 문제는 노인들이 국가의 돈을 낭비하는 걸 오히려 즐긴다는 데 있었다. 의료진의 도움을 받는 데 전혀 망설임이 없는 이들은 국가에 부담시키는 비용에 따라 자신의 능력을 평가했다. 나는 언젠가 이웃 노인이 기뻐서 이렇게 소리치는 걸 들었다. "그거 쌤통이다! 내가 요번 달에 나라에다 자그마치 1만 2천 프랑이나 뒤집어씌웠단 말씀이야." 그 말에 나는 분노와 수치를 느꼈다. 나는 항상 국고금에 신경을 쓰는 편이었다. 그래서 오후 수업이 끝나 교실을 나설 때면 언제나 제일 뒤에 나오면서 불 끄는 것을 잊지 않았다. 무엇보다 슬프게 느껴지는 일은 보기 좋은 은발을 정성스레 빗어 넘기고, 맑은 눈빛에 잘 손질한 손톱을 지닌데다 국가유

공훈장까지 달고 있는 이 노신사가 그처럼 무례하고 상스러운 태도에 스스로 만족하고 있다는 사실이었다. 내가 슬며시 돌아섰더니, 말없는 나의 비난을 이해하였는지 그가 불러세웠다. "쌤통이지 뭐야, 안 그런가, 후배? 자네가 좋아하든말든 쌤통은 쌤통이야!" 나는 뭐라 한 마디 하고 싶은 걸 꾹 눌러참았다. "네가 좋아하든말든!" 그러고 보니 이 공식을 들어 보지 못한 지 꽤 오래 되었다. 반질반질 윤이 나게 손톱을 손질한 기품 있는 노신사에게 어쩌면 꼭 어울리는 공식인지도 몰랐다. 도자기처럼 새하얀 치아를 가진 사람이 고급스러운 가죽 구두로 발을 감싸고 걸을 때는, 하루 종일 기름때와 먼지에 전 채 일하다 나온 사람처럼 말할 순 없는 법인데…….

요즈음 들어 양로원에서 일할 직원들을 구하기가 더욱더 어려워졌다. 나이 든 사람들이 직원들로서는 참아내기 힘든 행동들을 할 때가 많았기 때문이다. 노인들 중에는 복통을 구실로 간호사들에게 배를 만져 달라고 하는 자들이 있었다. 그리고는 배를 문지르고 있는 간호사의 손을 슬며시 사타구니 근처로 밀어내는 것이다. 그럴 때 그들의 성기가 아직도 팽팽하게 솟아오를 수 있다는 걸 느낀 간호사들은 질겁하기 마련이었다! 그런 노인들은 간호사들의 얼굴에서 깜짝 놀라는 표정을 읽고도 태연하게 더 요구했다. "조금만 더, 조금만 더. 기분이 아주 그만인걸." 놀란 나머지 그 길로 곧장 원장에게로 달려가 불평을 터뜨리는 간호사들도 있었다. 그럴 때 그녀에게 돌아오는 대답은 이러하였다. "그것도 여기서 당신이 해야 할 일들 중 하나예요. 그럴 수밖에 없는 노인들을 조금만 더 이해해 주세요." 때로 이런 노인들을 측은히 여기는 간호사들도 꽤 있었다. 노인들은 간호사들의 애무를 아주 만족스럽게 받아들였다. 조금 더 은밀한 부분을 조금 더 빠르고 능숙한 손놀림으로 만져 주길 원하면서.

나는 이런 분위기가 점점 나빠져 갈 것이며, 언젠가는 사회가 이런 불평등을 계속해서 참아내지는 않을 거라 생각되었다. 노인들은 경제가 어려운 시기에도 자신들의 특혜를 남용했다. 날씨가 그리 문제되지 않을 때는 아디다스 운동화에, 온갖 화려한 빛깔의 겉옷을 입고서 도시를 돌아다녔다. 첫추위가 시작될 무렵부터 꽤 여유가 있는 노인들은 진짜 모피 코트를 걸쳤다. 다른 사람들이 혹독한 추위가 다가오는 것을 두려워하고 있는 동안, 그들은 아스타라한 모피나 여우 털·밍크 털로 온몸을 휘감을 순간을 꿈꾸었다. 매서운 추위를 그저 기다리는 게 아니라, 아주 기쁜 마음으로 환영하고 있는 것이다.

부유한 노인들은 매우 높은 구매력을 갖고 있었다. 그래서 한 해의 특별 기간인 겨울, 그러니까 눈이 오는 크리스마스 때나 스키 시즌인 2월에 관광지 호텔을 예약할 수 있었다. 한창 무더운 여름 바캉스철에 대서양 바닷가나 지중해변을 점령할 수 있는 이들도 노인들이었다. 아직 휴가철이 제대로 시작되지 않았거나, 이미 끝난 비수기로 노인들을 밀쳐내던 시절은 벌써 옛날이 되었다. 그래서 경제력이 없는 젊은이들은 물론이고, 사회의 역군인 중년층도 휴가를 즐기기에 적당치 않은 비수기 동안에나 겨우 호텔이며 별장을 잡을 수 있었다. 말하자면 눈도 아직 충분치 않고, 오후 4시만 되면 벌써 우울한 어둠이 스키장을 내리덮는

11월이 그랬다. 여름은 노인들의 과시 욕구를 펼치기에 한층 더 적절한 계절 같았다. 반면 아무리 펄펄 나는 한창때의 30대, 40대라도 10월에 해수욕을 즐기기란 꺼려질 수밖에 없었다.

노인들은 이런 말들로 중년층을 슬쩍 조롱하곤 했다. "자네도 그건 알고 있지? 아무리 알프스라도 5월은 좀 그렇지 않나? 눈도 거의 다 녹고, 호텔들은 호텔들대로 썰렁하고, 산은 리프트나 케이블카의 철선을 칭칭 감고 있는 게 그대로 다 보이고 말이야…… 크기만 아니었다면, 뉴욕의 현대미술관에 옮겨다 놓아도 현대 조각품으로 전혀 손색이 없을 몰골 아닌가…… 11월의 바다는 또 어떻고…… 끝없이 펼쳐진 해변이며, 분노에 차서 으르렁대는 파도에다 푸른 하늘이라…… 좋지, 그야말로 예술이지. 더군다나 10월의 바다는 여름 동안에 버려진 쓰레기를 모두 되돌려 준단 말씀이야. 코카콜라 깡통이며 썩은 널빤지, 깨진 병 조각, 포장지…… 어디 그뿐인가, 수면을 덮고 있는 기름띠에다…… 그런 걸 볼 수 있는 자네들은 아마 시의원들이 여름 내내 우리에게 감추고 있던 산업 사회의 이면을 발견할 수 있을 걸세. 말하자면 자네들은 무대의 커튼 뒤로 들어가 본 셈이지. 군것질거리를 잔뜩 들고서 무대 앞의 특별석에 편히 앉아 있는 우리들이야, 속은 줄도 모르고 그저 어리석게도 얼이 빠져서 화려한 무대를 보고 좋아하는 격이었지 뭔가."

사회의 역군들은 그런 말을 듣고 있으면 뭔가 속에서 치밀어 오르는 것 같았다. 분노가 끓었다. 그러나 그들은 워낙 의기소침해 있는 상태라, 그런 말에 대꾸하고 싶은 생각조차 없었다. 근무 시간중에 들볶이는 것만으로도 충분치 않았는지, 그들은 그처럼 소망했던 휴식마저 거절당한 셈이었다. 한 노동자가 치미는 화를 꾹 참느라 땅에 침을 뱉었다. 하지만 그들을 비웃던 영악한 노인은 분노를 감추려는 그의 행동에 속지 않았다. 오히려 그의 속을 더 긁으려는 듯, 안됐다며 혀를 찼다. "쯧쯧, 이를 어쩌나, 젊은 양반. 기관지염이구먼. 만성기관지염이 틀림없어. 그거 그렇듯 가볍게 여길 병이 아닐세. 신경 써서 치료를 받아야하네. 뭐니뭐니해도 건강이 제일 아닌가." 마음의 상처를 입은 중년 사나이는 벤치에서 일어났다. 그리고 그런 허섭스레기 같은 말을 하는 노인들이 앉아 있지 않은 빈 벤치를 찾아봤지만 헛수고였다. 아내인 듯한 여자가 노인에게 속삭였다. "당신이 좀 심했어요." "무슨 소리야! 젊은 놈들은 정신이 번쩍 들도록 약 좀 올려 줘야 해. 그 정도 농담도 못 받아들인다면, 그야말로 불쌍한 놈들이지…… 제대로 늙어 보지도 못하고, 저 혼자 속만 끓이다가 젊어서 죽을 팔자란 말이야."

풍족한 재산 덕에 돌봐 주는 사람들을 두고 있는데다가 지나칠 정도의 의료 혜택을 받고 있는 이러한 노인들은, 나이가 7,80세 가량인데도 여전히 건강하고 멋진 모습을 간직하고 있었다. 반면 경제적으로 한창 어려운 시기를 지나고 있는 중년층의 노동자나 실업자들은 피로에 지친 기색이 역력했다. 걷는 모습마저도 구부정하고, 신념 같은 것도 없었다. 계단을 올라갈 때도 금방 숨이 찼다. 노인들은 우연히 공원에서 만날라치면 날씨며 철도 사고에 대해, 노년기에 대해, 또 동부 아프리카에서의 맹렬했던 전쟁을 비롯한 기타 등등에 대해 아주 유쾌한 어조로 대화를 풀어 갔다. 그러면서 차츰차츰 중년층만이 누릴 수 있는 노동의 기회를 아쉬워하며 슬며시 그쪽으로 화제를 몰아 갔다. 단잠을 깨우는 자명종 소리, 화약 냄새나는 전쟁과도 같은 하루의 시작을 위한 분주한 아침, 보다 생산적인 일을 하기 위해 복잡한 인파를 뚫고서 직장으로 향하는 출근길, 하루 일을 마친 후 피곤한 몸임에도 불구하고 찾아드는 오늘도 사회를 위해서 뭔가 유익한 일을 해냈다는 행복감, 수백 통의 우편물에 도장을 쾅쾅 찍거나, 헤아릴 수도 없이 많은 맥주 박스를 매장으로 옮겨 놓거나, 엄청난 양의 상품들을 풀어 창고로 옮기는 큰일을 해냈다는 성취감……. 아! 만일 노인들에게 아직도 그럴 힘만 남아 있다면, 그들은 이처럼 쇠공놀이나 카드놀이를 하면서 기생충처럼 시간을 보내는 대신 아주 기쁘고 설레는 마음으로 노동의 대열에 끼어들었을 것이다! 그렇건만 이놈의 세상은 뭔가 한참 잘못 만들어졌다. 조물주도 양심이 있다면, 이런 세상을 만들어 놓고서 자랑할 순 없을 것이다. 모든 것은 한창때의 나이에 있는 사람들을 위한 것이다. 삶의 마지막에 다다른 사람들에게 남은 것이라곤 고작 자질구레한 일들, 시시한 오락거리, 콜콜한 놀이들일 뿐이다.

한 노인이 그런저런 생각을 하다 갑자기 감정이 북받친 것 같았다. 공원 벤치의 옆자리에 앉은 중년의 사나이에게, 그의 노동으로 인해 자신이 이처럼 안락하게 살고 있노라면서 고마워했다. 그리곤 감사의 표시로 중년의 사나이를 두 팔로 껴안고 놓지를 않았다. 노인의 숨결을 통해 나오는 썩은 입 냄새는 아무리 둔한 사람이라도 금방 불쾌감을 느낄 만했다. "놔주세요, 왜 이러세요. 이거 놓으라니까요!" 지나가는 행인이 보았더라면 동성애자들의 사랑 장면으로 오해할 수도 있었을 것이다. 마침내 노인이 팔을 풀고, 갈색 반점들로 얼룩진 앙상한 손을 내려놓았다. 그리고 사나이에게 동정어린 표정을 지어 보였다. "자네 같은 젊은이들이 열심히 일하고 있는 덕분에 나 같은 늙은이들이 지금과 같은 혜택을 누리고 있네그려. 하지만 내 나이에 이를 때쯤이면, 자네들에게 줄 연금은 벌써 바닥이 나버리고 없을 걸세. 그러면 자네들은 비위생적인 양로원에서 생을 마쳐야 된다는 얘기지! 이를 어쩌나, 정말 딱하고 안됐구먼." 예의 노인이 비웃으며 내린 결론이었다.

그건 정말 심했다. 그렇지 않아도 절망적인 심정으로 공원을 찾았던 불행한 중년이었다. 그가 소리를 질렀다. "야비한 노인네 같으니라구!" 하지만 노인은 조금도 당황하지 않았다. "이것 보게, 젊은 친구. 그러면 안 되지. 나 같은 노인들에겐 공손해야지, 그렇듯 불손한 태도를 보여서 쓰나. 그리고 아름다운 우리 국어를 아껴서 사용해야지. 그렇게 험한 말을 함부로 하다니, 애들이 뭘 배우겠나." 주변에 있는 머리가 허연 노인들이 모두들 동의의 표시로 고개를 끄덕였다.

중년들은 그래서 공원에 가길 꺼렸다. 노인들은 처음엔 그것을 만족스럽게 여겼다. 그리고 공원에서 누릴 수 있는 모든 것을 자기들끼리 누리고 가졌다.

뤽상부르 공원, 몽쏘 공원, 시청 공원도 모두들 그들의 것이었다. 분주한 정원사들, 나뭇가지에 앉아 있는 새들, 풍만한 몸매를 자랑하는 고대 미인들의 동상들, 오가는 경비원들, 풀꽃들의 고개를 숙이게도 하고 나뭇가지를 부러뜨리기도 하는 바람, 졸

졸거리는 물소리…… 이 모든 것들이 오직 그들만의 것이었다. 그들은 마치 왕의 사촌들이라도 되는 듯이 으스대며 공원을 누볐다.

노인들 중에는 이런 현실에 대해 슬픔을 느끼는 자들도 있었다. 하지만 그야말로 아주 고약한 노인들도 있었다. (나는 '악하다' 보다는 '고약하다' 는 표현을 쓰고 싶다.) 그들은 귀신같이 기회를 포착하여 빈정거리는 말로 직장 동료들에게 상처를 주고, 그 얼굴에 나타나는 고통과 슬픔을 보며 즐거워하던 옛 시절을 그리워했다.

젊었던 시절의 순수한 행복을 추억하며 슬픔을 느끼는 노인들과, 다른 사람들을 더 이상 못살게 굴 수 없다는 것 때문에 화를 내고 있는 노인들. 서로 화합되지 않는 이들 사이에 일시적인 그룹이 형성되었다. 고약한 노인들은 공격적이지 않은 노인들까지 끌어넣었다. 그리고는 허구한 날 중년의 후배들을 약올릴 방법을 찾고 있었다.

우리는 노인들이라고 하면 으레 온화하고 현명하고, 때로 약간 나약하긴 하지만 매우 인간적이고 신중한 사람들이라고 믿었다. 그래서 최근에 나타난 새로운 노인 세대들의 오만함을 더욱더 견딜 수가 없었다. 어떤 유전자적인 돌연변이가 나타난 것일까? 그렇다면 왜 생리학자들은 침묵을 지키고 있는 걸까? 좀더 사려 깊고 분별 있는 사람들은 인류 역사 속에 문화 혁명들이 있었던 사실을 기억했다. 그리고 지금의 이 문화 혁명도 아주 중요한 것이며, 앞으로 오랜 시간에 걸쳐서 인간들 사이의 관계를 바꿔 놓을 것이라고 내다보았다. 그들은 '노년기란 인자하고, 이해심 많

고, 타인에 대한 배려가 깊은 시기' 라는 거짓된 신화가 지금까지
감춰 온 진실을 떠올렸다. 실상은 예전부터 노인들은 누구보다도
자기 자신들만을 생각하는 자들이었다. 반면 자녀들은 노년기의
종말에 접어든 부모를 위하여 자기들만의 가정을 세우고, 자신
들의 삶을 살아가는 걸 포기했다. 부모들은 자식들의 희생을 당
연한 것으로 여겼으며, 더욱이 주변 사람들도 그런 부모들을 조
금도 비난하지 않았다.

　잠시라도 노인들의 존재를 잊고 산다는 건 불가능했다. 그들
은 식당과 상점을 채우고 있었으며, 나이트 클럽까지 드나들면
서 디스크 자키가 탱고나 룸바 음악을 자주 틀어 주지 않으면 소
란스럽게 항의하는 것도 마다하지 않았다. 라콤파르시타라든지
비올레타 같은 음악의 전주곡이 흘렀다 하면, 어느 새 부둥켜안
고서 마룻바닥을 미끄러지는 행복을 만끽하는 것도 그들이었다.
청년들과 중년층으로 말하자면, 일시에 현재라는 시간을 빼앗기
고 말았다. 과거의 춤의 세계로 갑자기 떠밀렸기 때문이다. 하지
만 일단 클럽으로 들어온 이상, 춤곡들이 그리 시끄럽지 않다는
점을 이용해서 그나마 대화로 시간을 메우기로 했다. 그러나 곧
자신들이 말의 사용법을 잊고 말았으며, 사실 딱히 할 말도 없다
는 걸 깨닫게 되었다.

　마음의 상처를 입고 우울해진 그들은, 다행히 댄스홀 옆에 오
락실이 마련되어 있을 경우 그곳으로 발길을 옮겼다. 그리고 대
개는 그곳에서 돈을 몽땅 잃었다. 당연한 일이었다. 추지도 못하
는 비엔나 왈츠가 흘러나오고 있는 마당에 어떻게 정신을 집중
하며, 어떻게 확률을 계산할 수 있겠는가? 제대로 집중할 수 없

었던 그들은 직감이 짝수에 돈을 걸라고 속삭이는데도 얼떨결에 홀수에 걸곤 하였다. 그런 그들을 노인들이 찾아와 같이 춤을 추자면서 손을 잡아끌었다. 젊은이들의 손을 잡는 순간, 뻣뻣하게 굳었던 노인들의 육체에 갑자기 모든 감각이 되살아나는 것 같았다. 노인들의 팔이 젊은이들을 리드하였다. 젊은이들은 난생 처음 추어 보는 옛날 춤에 흠뻑 빠지게 되었고, 아예 자기들끼리 왈츠를 추기도 했다. 이런 장면들을 보고 있던 중년의 사람들은 애꿎은 위스키만 거푸 마셔댔다. 때문에 그들의 정신은 점점 어두워져 갔고, 정력 또한 쇠퇴하였다.

노인들은 후배 세대들을 직접 대놓고 경멸하기도 했지만, 거대한 광고판 위에 나타나 이미지와 빛깔을 이용해 경멸하기도 했다. 대로와 네거리에 붙인 대형 광고판에 노인들이 승리의 표정을 지으며 의기양양하게 나타난 것이다. 그래서 내 조카는 자기 직장의 위치를 이런 식으로 가르쳐 줄 정도였다. "아저씨, 거기서 오른쪽으로 돌아요. 그러면 할머니가 웃고 있는 대형 광고판이 보일 거예요. 그리고 한 5백 미터쯤 가면 정지 신호가 보이죠. 거기선 반드시 멈춰야 해요. 경찰들이 매복을 하고 있을 때가 많거든요. 조금 더 가면 왼편의 대형 건물 위에 노부부가 손을 잡고 산책하는 광고판이 붙어 있어요. 속지 마세요, 그 사람들 실은 진짜 부부가 아니라 광고 모델들이에요. 바로 그곳에서 우회전하세요. 그럼 곧장 우리 사무실이 보여요. 사무실 바로 앞에 록 가수 차림을 한 할아버지 광고판이 있으니까, 금방 찾아낼 수 있을 거예요. 어깨가 넓고, 갸름한 얼굴에 다리가 긴 사람이에요." 아, 광고주들이 핀업 걸로 불리던 매혹적인 아가씨들의 사진으로 도시를 즐겁게 해주었던 그 아름다운 시절은 어디로 갔단 말인가…….

　빈둥거림은 악한 일을 꾀하게 만든다. 정부 당국에서 평생교육원을 통해 노인들에게 엄청나게 많은 양의 숙제들을 내주게 하는 것도 다 그런 이유 때문이다. 할 일이 있는 동안은 어쨌든 나쁜 것을 생각할 수 없기 때문이다. 그래서 늘 예습과 복습에 쫓기는 그들은 잠들기 직전에야 비로소 짬을 내어 조카로부터 상속권을 빼앗는 일이라든지, 익명으로 연애 편지를 쓸 일 등을 생각할 수 있을 정도였다. 노인들 중에는 70대 노년의 광적인 열기에 사로잡혀서 일에 집착하는 자들도 있었다. 그들은 한겨울에도 여름처럼 꼭두새벽부터 일어났다. 테니스 한 게임을 치러 가기 전에, 어슴푸레한 새벽빛 속에서 먼저 정원을 좀 손질하려는 것이다. 저녁에 브리지 게임을 위한 모임이라도 있는 날에는 아주 늦은 시간이 되어서야 헤어졌다. 그들은 추간 연골이 탈골해서 거의 초주검이 되다시피 한 육체와 불면으로 퉁퉁 부은 눈을 하고서, 마치 의무에 따른 과제 완수라도 하듯이 즐거움을 찾아다녔다.

　반대로 정원 손질이나 독서·브리지 게임 등등에 전혀 관심이 없는 노인들도 있었다. 그런 노인들은 대개 삶 자체에도 관심이 없었다. 그들은 또닥거리며 집 안 손볼 줄을 몰랐으며, 흙 한 줌, 물 한 방울 안 묻힌 깨끗한 손을 유지하고 싶어했다. 그들이 보기에는 늦은 나이에 동양의 언어나 도시화 역사에 대해서 배운다는 게 참으로 골 빈 짓거리로만 여겨졌다. 그런 노인들은 집

안에서만도 얼마든지 시간을 보낼 수 있을 것 같았다. 하지만 그런 그들에게도 우울한 생각들이 떠오를 때가 있었다. 그래서 그들은 명상을 하기로 했다. 그러나 절대자 신이나, 혹은 심오한 사상은 왠지 그들을 찾아오길 꺼리는 것 같았다. 한 번도 제대로 명상다운 명상을 하게 되지가 않았던 것이다. 1년에 한 번은 연금의 인상액을 계산하느라 집중할 수가 있었다. 하지만 그 일은 1년 열두 달 동안 그들의 생각을 사로잡을 만한 능력이 없었다. 그러다 정부가 연금 액수를 동결하기라도 하면…… 말 안해도 뻔하다.

TV 영화나 뉴스에서 늘 보는 것들을 아예 자신들이 실행해 보기로 한 노인들도 있었다. 물론 은행을 턴다든지, 우편 열차를 탈취하는 일까지는 가지 않을 것이다. 다만 사내아이들이나 하는 짓궂은 장난에 재미를 들였을 뿐이다. 씹던 껌을 아파트 열쇠 구멍 속으로 밀어넣어 열쇠가 들어가지 못하게 하질 않나, 자동차 연료통에 설탕을 들이붓질 않나, 벽에 온통 시커먼 글씨들을 채워 더럽히질 않나…… 동네 방범대원들은 몹시 흥분했다. 그래서 그 동네의 껄렁껄렁한 청소년들을 붙잡아 자백을 받아내려고 사정없이 윽박지르고 때렸다. 그런 짓을 한 장본인들은 당연히 죄책감을 느끼며 후회를 했어야 마땅하다. 하지만 그들은 다른 엉뚱한 사람들이 자기들 때문에 애매하게 고통을 당한다는 걸 알고, 오히려 흐뭇해 견딜 수가 없을 정도였다. 자신들의 소행이 완전범죄라는 점에서, 형벌을 운 좋게 면한 행운을 쥐었다는 점에서 쾌감을 느꼈던 것이다. 그들은 어쩌면 최후 심판의 날에도 하느님 앞에서 이와 똑같이 행동할는지도 모른다. 그렇다면 본시험을 치르기 전에 연습삼아 모의시험이라도 쳐본다는 기분이었을까?

그들이 시험삼아 해보고 싶은 것은 또 있었던 것 같다. 우선 몇 가지 작은 모험들부터 시작하기로 했다. 먼저 길을 묻는 운전자에게 엉뚱한 방향을 가르쳐 주었더니, 길을 헤매던 운전자가 결국 사고를 내고 말았다. 다행히도 치명적인 사고는 아니었지만 …… 아무튼 그들의 연습삼은 실험은 계속되었다. 그러다 마침내 이런 식의 간접적인 폭행이 노인들 본래의 힘 이상으로 폭발한 사건이 일어나고 말았다. 노인 네 명이 의기투합하여 얼굴에 복면을 쓰고서 우체국 여직원을 집단 성폭행한 것이었다. 희생자는 뒤늦게 퇴근하여 집으로 돌아가는 길이었다. 노인들은 그 사건에서 예상치 못했던 행복감을 느꼈고, 그 행복감에 완전히 사로잡히고 말았다. 범죄라는 사실 자체가 그들을 과도하게 흥분시켰던 것이다. 그리고 그녀의 몸을 범하는 짜릿한 순간에 잃었던 정력을 되찾을 수 있었다.

이 계획된 공동 범행 이후 그들은 서로에 대해 진한 동지애를 느꼈다. 그리고 이젠 서로 떨어질 수 없는 사이가 되어 버렸다. 나는 사람들이 그들의 절대적인 우정을 조금도 이상하게 생각지 않았다는 것이 놀랍다. 그들은 우체국 여직원 엠마가 퉁명스럽고, 입이 험하며, 성질이 못된 여자였다고 믿고 싶었다. 그렇고 그런 여자였기에 그러한 일을 당해도 그리 억울할 게 없을 것이며, 그런 점이 자신들에게 범행을 자극한 거라고 서로를 변명해 주었다. 자신들은 악마적인 유혹을 그저 실행으로 옮긴 것에 지나지 않는다는 주장이었다. 그들은 어떤 경로를 통해서든 두 번 다시 그녀와 접촉하지 않았다. 그녀는 그들을 고발할 수도 있었을 것이다. 순결을 보상받기 위해서가 아니라 그들을 곤경에 빠뜨리기 위해서라도.

그들은 사소한 절도 같은 범행으로 만족한다면, 그것은 자신들의 명예를 실추시키는 거라고 생각했다. 그래서 좀더 그럴 듯한 범죄를 탐색했다. 수 세기에 걸쳐서 인류의 기억 속에 길이길이 남을 만한 역사적인 범죄를. 예를 들어 뒤셀도르프의 흡혈귀 사건이라든지, 보스턴의 그 유명한 연쇄교살 사건 같은 것. 이런 일을 저질렀던 저주받은 영웅들의 엽기적인 범행은 모두 외국에서 발생한 것들이었다. 다시 말해 그런 사건들은 독일어나 영어권 지명이 주는, 왠지 고급스럽고 이국적인 분위기라는 특권을 누리고 있었다. 그들은 부둣가의 안개 속에서, 혹은 지난 세기의 대도시의 짙은 안개 속에서 일을 해치웠다. 하지만 이 사총사 노인들은 외국까지 나갈 수는 없었기에 그냥 평범한 이름을 지닌 교외 지역을 택할 수밖에 없었다. 도시 변두리의 어둑한 태양 아래, 혹은 희미한 가로등 불빛 아래서 작업을 할 것이다. 포기라니! 그들은 결코 포기하지 않았다. 왜냐하면 그들은 평범한 사람들이 범접할 수 없는 고귀하고 끔찍한 공포 속에서 삶을 마감하고 싶었기 때문이다.

그들은 남자들끼리만 어울렸다. 그리고 주의에 주의를 거듭했다. 순찰차들이 지역을 계속해서 순찰하러 다니고 있었기 때문이다. 거기다 지역 자위대까지 구성되어 있었다. 당국에서는 특히 머리가 하얗게 센 노인들에게 조심하라고 신신당부를 했다. "어르신네들 연세에는 특히 조심해야 합니다. 외출할 때도 되도록 혼자 하지 마시고, 해가 떨어진 6시 이후엔 절대로 집에서 나가지 마세요." 그래서 그들은 자신들의 경쟁자라고 할 수 있는 경찰들 앞에서 신중하게 처신할 필요를 느꼈다. 우선 실제 나이보다 더 늙은 티를 내어야 했으므로 걸을 때도 쭈뼛쭈뼛하며 자신 없이 걸었다. 아는 길도 괜스레 어수룩한 태도로 물어보는가 하면, 곧잘 일부러 길을 잃어버리기도 하였다. 말하자면…… 때를 기다리는 것이었다!

기다린다고? 어느 순간 그들은 인내심을 잃고 말았다. 더 이상 기다릴 수가 없었던 것이다. 첫번째 범행 이야기를 나누는 동안, 그들의 몸이 흥분으로 후끈 달아올랐다. 어느 날 저녁, 그들은 드디어 둘씩 짝을 지어 피프쇼를 보러 갔다. 그곳에서 펼쳐지는 장면을 신물이 나도록 보고는 밖으로 나왔다. 그리고는 두번째 희생물이 될 쇼걸 한 명을 유혹하였다. 이번에는 수사의 표적이 되지 않기 위해서 피해자 여성의 몸 속에 사정을 하지 않기로 했다. 후에 그들이 범인임을 밝혀낸 경찰은, 한두 명도 아니고 네 명 모두가 그러한 통제력을 보인 것에 깜짝 놀랐다. 그러니 이처럼 용의주도하게 계획적인 범행임을 알면서, 어찌 완전한 무책임을 주장하는 전문가의 결정들을 따를 수 있단 말인가?

사총사의 아내들 중 두 명이 경찰에 적극 협조하지 않았더라면, 경찰이 결코 그들의 본색을 밝혀내지 못했을 거라고 나는 확신한다. 한 부인은 자신의 이익을 위해서 경찰수사에 협력했다. 그녀는 이탈리아 항해 여행만으로 만족할 수 없었던 것이다. 결국 남편의 모든 재산을 소유하게 된 그녀는 자기 앞에 곧 태평양이 펼쳐질 것임을 상상하며 회심의 미소를 지었다. 또 한 여성은 질투 때문이라기보다는 남편에게 쓴맛을 보여 주기 위해서 협조했다. "결국 그 인간은 강간을 할 정도로 기력을 되찾은 거잖아요. 그런데도 내겐 조금도 그 혜택을 나눠 주지 않은 거예요. 내가 요구한 건 절대로 무리한 게 아니죠. 그저 약간의 애정 표시만이라도 해주길 바랐던 거라구요."

주모자격인 노인의 아내는 끝까지 남편의 책임을 인정하려 들지 않았다. "우리 그이는 내가 아는 사람 중에서 가장 여성을 존중하는 사람이에요. 내가 그이를 만족시킬 수 없다는 걸 알기 때문에, 창녀를 찾아가서 욕구를 해소하고 오라고 내가 몇 번씩이나 말했는지 모릅니다. 그때마다 그이가 뭐라고 했는지 아세요? '여보, 난 절대로 당신 마음을 아프게 하고 싶지 않아' 하면서 거절했다구요. 작년에 그이가 병원에 입원한 적이 있었는데, 그때 잠시 의식을 잃은 순간이 있었지요. 많은 환자들이 그렇듯이 그이도 그 이후로 주기도문을 제대로 외지 못합니다. 하지만 성모 마리아에 대한 헌신을 의미하는 아베마리아는 아직도 외고 있어요. 그건 그이의 신심을 말해 주는 것 아닌가요? 그이는 목욕탕에서 나올 때도 항상 하얀 목욕 가운을 입고 나와요. 그리곤 가운을 입고 있는 것으로도 모자라 급히 속옷을 챙겨입는다구요. 지금까지 함께 살면서 내게 한 번도 벗은 몸을 보인 적이 없을 정도예요. 그 정도로 몸가짐이 단정한 사람입니다. 그런데 그런 사람이 어떻게 친구들과 얼굴도 모르는 젊은 여자 앞에서 옷을 벗고 그런 짓을 할 수 있었겠어요? 형사님들도 한 번 생각을 해보시란 말입니다."

이 범죄자들의 세력은 막강했다. 겨우 징역 6개월에 집행유예를 선고받았을 뿐이었다. 재판중에도 그들은 사람들의 분노를 살 만한 뻔뻔스러운 말들을 아무렇지도 않게 너뱉었다. 그 중 한 명은 감히 이런 말까지 했다. "이해해 주시구려, 판사 양반. 이 나이가 되면 뭔가 새로운 경험을 해보고 싶고, 마치 다시 어린아이로 돌아간 것처럼 금지된 과일을 먹어 보고 싶은 법이라오. 그런데 젊은 여성들은 우리 같은 늙은이들에게는 절대로 몸을 주는 일이 없단 말씀이야. 판사 양반, 젊은 여자들이 우릴 얼마나 무시하는지 판사 양반도 잘 아실 것 아니오."

사건이 일단 종결되자, 이 고약한 노인들은 곧 다시 예전의 평온함을 되찾을 수 있었다. 그러나 범죄 장난을 할 수 없게 되고 보니 권태로워 견딜 수가 없었다. 그래서 늘 함께 모여 지나간 범행을 윤색해 가며 부풀려 이야기하곤 했다. 그리고 자신들도 믿지는 않았지만, 언젠가는 한 번 더 멋진 범행을 하자고 약속하기도 했다. 양심의 가책 같은 건 눈곱만큼도 없었다. 하지만 단한 가지, 병원에서 한 정밀 검사가 그들을 괴롭혔다. 의사들은 엑스선 검사 결과 그들의 창자에 수많은 주름들이 잡혀 있고(당연한 것 아닌가?), 뇌도 말할 수 없이 촘촘하고 서밀한 그물망 같은 것으로 덮여 있음이(당연한 것 아닌가?) 발견되었다고 말했다. 그 말을 들은 사총사 노인들은 약하고 섬세한 자신들의 뇌가 곧 어떻게 되나 않을까 걱정이 되기 시작했다. 창자는 창자대로 썩어 들어가는 건 아닌지 두려움을 떨쳐 버릴 수가 없었다. 나이 지긋한 이 노인들의 외설적이고 추잡한 범죄에 대해 익히 들어서 알고 있는 의사들은, 자기의 환자들을 안심시키기는커녕 좀더 불안하게 만들 말이 없을까를 고심했다. 그러다 그 중 한 의사가

'절대적으로 지켜야 할 큰 비밀을 어쩌다 폭로하고 마는 실수'를 저지르기로 결정했다. "어르신, 이런 말씀을 드리는 게 좋을지 어쩔지 모르겠습니다만…… 아마 오래지 않아 몸이 썩어 들어가리라는 걸 각오하고 계시는 게 좋을 듯합니다. 이런 말씀을 드리게 돼서, 정말 유감입니다……." '썩어 들어가리라'는 단어를 고의적으로 더 똑똑하게 강조하여 발음했음은 물론이다.

책임을 완전히 면제받을 수 있는 범죄란 결코 존재하지 않는다는 사실을 이야기하고 싶었다.

노인들의 전쟁

정상화

상황이 얼마나 이상하게 변해 가고 있는지 이미 예측하였어야 했다. 하지만 우린 역사의 어두운 면에 대해서만큼은 언제나 너무 무심한 게 사실이다. 그 의미가 너무 늦게서야 나타나기 때문일까? 아니, 정말 늦게 나타났던 것일까? 우리는 인류의 재난이라고 하면 허구의 소설이나 공상과학 소설에나 나올 법한 상황, 혹은 히틀러 같은 세계적인 미치광이의 행동, 그 유명한 식인 상어 조스, 초고층 빌딩의 대화재나 대지진 같은 사건들, 외계인의 침략, 우주 전체를 뒤흔드는 대폭발 등을 떠올리는 경향이 있지 않은가? 내가 이 자리를 빌려 이야기하고 싶은 건 노인들의 습격이야말로 재난 중의 재난이라는 것이다. 여기에는 멋진 구석이라곤 하나도 없다. 우주적인 차원의 장엄함이라든지, 좀더 소박하게 말해서 유럽 내에서 맹위를 떨친 독일 군대가 보여 준 웅장함 같은 것도 결코 찾아볼 수 없다.

노인들의 습격. 솔직히 그 최초의 징후는 극히 미미했다. 중부와 남부 지방에 있는 상당수의 소도시와 농촌 마을에서는 늘어만 가는 외국인들에 대한 불평이 한창 터져 나오고 있는 중이었다. 그들이 오기 전까지만 해도 모든 게 훨씬 좋았다는 것이다! 그러면서 우리네 삶을 힘들게 만든 원인들, 곧 경제 위기, 편향된 우익 정치, 사회주의, 고용주들, 과잉 군비, 공해, 미사일 같은 것들은 거론조차 하지 않았다. 문제는 오직 이 '다른 사람들'이라는 것인데, 사실 이들은 평범한 국민 혹은 주민의 일부로서 속죄양의 역할을 떠맡게 된 자들일 뿐이었다. 북아프리카에서 온 이민자들과 집시들, 그리고 경제력이 없는 젊은이들이 여기에 속했다.

이런 상황에서 우리는 위기의 이유들을 명백히 하기 위한 연구조사반을 조직하여야 했다. 그리하여 은퇴 후 이런 소도시들을 찾아와서 갑자기 그 수가 증가한 노인들이 이 위기의 원인으로 지목받아 마땅하다는 것을 분명히 이해시킬 필요가 있었다. 그러나 주민들은 노인들을 기꺼이 환영했고, 그들의 상냥한 태도를 찬양했다. 이들은 현금으로 물건을 사고, 양심적으로 지불을 하는 귀한 고객들이었기 때문이다. 노인들이 받는 연금과 국가에서 지급하는 생활수당이 주민들에게 큰 혜택을 주게 된 것이다. 노인들이 있는 곳에는 소음도 없었고, 분쟁거리 또한 없었다. 기껏해야 어쩌다 한 명, 그것도 귀가 좀 어두운 사람이 자기 집의 텔레비전 볼륨을 약간 높여 놓는 정도였다. 하지만 그 역시

10시 정도만 되면 어김없이 텔레비전을 껐다. 노인들은 자신들이 떠나온 곳, 그러니까 주민들로서는 한 번도 가본 적이 없는 낯선 지방들에 대해서 이야기하곤 했고, 주민들은 그들의 다양하고 생소한 억양에 마냥 신기해했다. 어떤 노인들은 커튼 뒤에서 도로를 바라보는 습관을 여전히 간직하고 있었다. 그들은 도로에서 일어나고 있는 모든 일들과, 학교에서 돌아오는 아이들을 주의 깊게 관찰하는 목격자이자 감시자인 셈이었다. 그래서 그들의 증언은 어린 소녀의 납치(그건 그들이 커튼 뒤에서 줄기차게 기다려 오던 사건들 중의 하나였을 것이다)와 같은 사건들이 일어났을 때 중요한 단서가 될 수 있었다. 또한 본 것들을 기억했다가 메모를 남기기도 하였는데, 그 기억력이 아주 비상했다. 하루도 거르지 않는 크로스워드로 워낙 잘 훈련되어 있었기 때문일 것이다. 그래서 흔치 않은 차량의 종류라든가 차번호, 색깔, 형태 같은 걸 정확하게 기억하고 있었다. 한 번도 본 적이 없는 낯선 사람의 키나 몸무게 정도도 거의 정확한 어림치를 잡곤 하였다. 그러나 부부가 함께 목격하였을 경우엔, 경찰에게 정확히 이야기해 주기 위해서 머리 빛깔 같은 걸 가지고 너가 옳으니 당신이 그르니 하면서 다투는 경우도 적지않았다.

자주는 아니지만 이런 소도시 안에서 열리는 학술회나 문화 행사는 노인들이 없으면 공허한 행사로 그치고 말 것이다. 이들이 와서 좌석을 메워 주지 않으면 텅 빌 것이 뻔했다. 그렇게 되면 멀리 리용이나 그르노블에서 초청해 온 사람들에게 미안한 마음을 어떻게 표현해야 할지 몰라 쩔쩔맸을 것이다. 노인들은 가끔씩 텅 빌 때도 있는 마을과 도시들을 굳건히 지켜 주었다. 은퇴 후 마지막 생을 마감하려고 찾아온 이 새로운 주민들이 없었다면, 로제르와 같은 작은 도시는 9, 10월이면 그야말로 조난당한 선박이나 혹은 불길하고 음산한 고성과 같았을 것이다.

그러나 상황은 변했다. 낯익은 얼굴들로 어디를 가나 친숙하게 여겨졌던 소도시들이 이제는 낯선 타지인들로 넘쳐나는 곳이 되고 만 것이다. 문제점들이 하나둘 나타나기 시작했을 때, 실은 그것이 어떤 경고였음을 알아차렸어야 했다. 결코 어리지 않은 젊은이들이 은퇴한 노인들이 오고 난 이후로, 왠지 자기 집에서 사는 것 같지 않은 불편함을 느낀다고 속마음들을 털어놓았다. 그들은 땅값이 갑자기 엄청 올랐다거나, 집구하기가 하늘의 별따기처럼 어려워졌다는 등의 구체적인 문제들을 처음엔 드러내 놓고 표현하지 않았었다.(사실은 그런 말들이 최초의 합리적인 주장들이 될 수 있었을 텐데도 말이다.) 좀더 근본적이고 비중 있는 반응을 하기 위해 우물쭈물하고 있었던 것이다. 젊은이들의 시선은 동질감을 느낄 수 없는 노인들의 얼굴에 지나치게 집중되었다. 그러면서 뭔지 모를 불안감을 느꼈다. 가축들까지도 그들 앞에 자꾸 나타나는 낯선 존재들 때문에 동요했다. 마침내 과격한 젊은이들이 입을 열기 시작했다. 이 낯선 사람들이 보여 주는 불순한 언사들에 대해, 위법 행위들에 대해, 그리고 이들이 남기는 배설물의 흔적에 대해…… 노인들의 배설물에서 나는 냄새가 온 도시에 배어 있는 것 같았다. 주민들이 아무리 몸을 씻어도 소용이 없었다. 예전의 청결한 분위기는 결코 다시 찾을 수 없을 것 같았다. 그들의 속옷이나 수건에서도 계속 낯선 사람들의 냄새가 묻어났다. 하루가 끝날 무렵이면, 이상한 열기가 온 도시를 덮

첬다. 그들은 생존을 위협받는 위험한 상황 속에 있는 것 같았고, 뭔가 악성 바이러스가 그들 몸에서 활동하는 것 같았다……. 어린 소녀들은 고무줄놀이나 사방치기놀이를 하고 있다가도, 북부 지방에서 온 노인들의 그림자만 보았다 하면 놀라서 하던 놀이를 멈추곤 집 안으로 뛰어들어가 버렸다. 남자들은 자신들이 더 이상 카페에서 보란 듯이 탁자를 두드리며 카드놀이를 하지 않게 되었음을 어느 날 문득 깨달았다. 그곳에 가면 노인들의 조롱하는 듯한 따가운 눈초리가 내려꽂히는 것 같았기 때문이다. 그럴 땐 거의 다 이긴 카드 게임에서도 마지막 으뜸패를 내밀 수가 없었다. 속임수를 쓰려는 게 아니라, 그 순간에 딴 생각을 하고 있었기 때문이다. 바로 그때 한 여성이 날카롭고 발작적인 소리를 내질렀다. "어마! 저 노인네가 내 몸을 만졌어!" 문제의 노인을 조사하자, 왕년에 관세청 간부라는 훌륭한 직업을 가진 바 있는 점잖은 어르신이었다. 사건은 그가 단지 그녀에게 인사를 하려고 했던 것인데, 여자가 과민 반응을 한 것으로 처리되었다. 하지만 그가 자기의 몸을 만졌다고 주장한 여성은 밤새도록 악몽에 시달리며 소리를 질러야 했다. "그자가 내 몸을 만졌단 말이야! 나를 보호해 줘요, 제발! 이 부끄러운 얘기가 우리 어머니에게 들어가지 않도록 해줘요!" 그녀의 남편은 악을 써대는 아내의 소리가 이웃에게까지 들릴지도 모른다는 생각에 거북해하면서도 멍청히 바라다보고만 있었을 뿐이다.

무슨 일이든 이론으로 정립하는 데 편집광적인 취미를 가지고 있거나, 또 그럴 능력을 가진 사람들은 이 사건이 주민들의 지역 정체성 요구를 무시한 선례가 될 것이라고 결론 내렸다. 파리와 그밖의 대도시에서 온 노인들과 함께 살게 된 토박이 주민들은 도무지 고향에 살고 있다는 느낌이 들지 않았다. 아무래도 자신들이 낯선 침입자들에게 무릎을 꿇고 만 기분이었다. 그들에게 자기들의 해변과 바다, 시내 중심지, 결국엔 들판까지 몽땅 다 내준 것만 같았다. 더욱이 최근에 와서는 자기들끼리만 오붓하게 살고 싶었던 마지막 보루인 산비탈까지 백발의 물결로 뒤덮인 판이었다. 몽땅 빼앗겨 버리고 만 듯해서 심정이 말이 아닌 그들에게, 지중해 지역은 벌써부터 이런 추세를 받아들여 지금은 아주 잘 살고 있다는 등의 말을 해봤자 아무 소용이 없었다. 그곳과는 상황이 전혀 달랐으니 말이다. 지중해 주변은 예전부터 수많은 사람들이 와서 머물다 가던 곳이라 호텔·민박·별장들의 시설이 즐비했으며, 관광 버스들로 넘쳐났던 곳이 아닌가. 하지만 이런 소도시들도 이제는 돌멩이나 밭뙈기 수만큼이나 다양한 생활 방식을 가진 이방인들이 풍경의 일부를 이루게 되었다. 본시 이곳 토박이들은 부스스한 차림으로 다니는 편이었고, 그런 차림은 느긋한 아침을 맞이하는 행복의 상징이기도 했다. 그러나 언제부터인가, 말쑥하게 차려입고 나서는 도시 출신의 노신사와 노부인들이 이 소도시의 모습을 바꿔 놓았다. 젊은이들은 이렇듯 변해 버린 땅을 하나둘 떠나기 시작했다. 그러니 이 작은 도시에는 나이가 어느 정도 든 사람들만이 남게 되었다. 게다가 땅까지도 나이를 먹는지 한쪽이 기울어져 가는 것 같았고, 간혹 조금씩 진동을 하는 곳도 있었다. 반대로 외부에서 온 이들, 이 땅의 햇볕을 받으며 늙어 온 자들이 아닌 낯선 얼굴들, 그들의 늙은 피, 곱실거리는 백발, 이러한 것들은 모두 어떤 의미를 갖는 것일까? 당시의 시대적 특징을 보여 주는 극단적인 이미지를 사용하자면, 토박이 주민들은 마치 조물주가 자신들의 땅에 인간떼를 쏟아부은 것 같다고 말하곤 했다. 참말이지 그 수는 지나쳤다. 그야말로 과도한 양이었다. 이제 주민들의 수는 지나치게 많은 수치에 달하였다. 그러더니 언제부터인가 타지인들의 수가 조금씩 사라지기 시작했다.

마을마다 날마다 장례식이 이어졌고, 묘지가 점점 늘어나기 시작했다. 급기야는 거대한 면적이 묘지로 뒤덮이게 되었다. 그래서 이런 소도시 가까이에 이르게 되면, 제일 먼저 눈에 띄는 것이 시청도 아니고 축구장도 아니었다. 벼락부자가 된 졸부처럼 어색하고도 둔중한 모습을 한 묘지였다. 끝이 안 보일 듯 넓은 터에 대리석이나 진주·돌로 만든 비석들이 끊임없이 배달되어 왔다. 그것은 채마밭이나 정원처럼 교회에 부속된 묘지가 아니었다. 따라서 이런 도시의 젊은이들과 중년층은 늘 죽음의 음울한 분위기에 휩싸여 살게 되었다. 이에 비하면 대도시들은 노인 공해로부터 잘 보호받고 있는 셈이었다. 대도시 주민들은 가난한 하층민들과 공해를 일으키는 공장들을 도시 밖으로 내몰았다. 그리고는 도시의 변두리 지역에 녹지대를 만들어, 마침내 노인들마저도 그곳으로 쫓아내는 방법을 찾아냈다. 게다가 본래 대도시는 자동차들이 뿜어내는, 귀를 먹먹하게 만드는 소음들 속에서 모든 것이 항상 복잡하게 들끓고 분주하게 움직이는 곳인 터라 어차피 노인들의 신음 소리 같은 건 들리지도 않았다. 다음에 이어지는 이야기는 암과 같은 백발들의 존재가 대도시까지 위협하게 될 것임을 보여 주는 것이었다. 하지만 대도시들은 당장은 다른 분야에서와 마찬가지로 노인 문제에서도 혜택을 누리고 있다고 볼 수 있었다.

　정부 당국과 수도권에서는 노인 문제로 인한 지방의 위기들을 계속해서 무심히 보아넘길 수만은 없었다. 그래서 고민했다. 어떤 조치들을 취하여야 할 텐데, 좀더 시간이 흐른 후로 미루는 건 불가능할까…… 그런데 어떤 조치를 말하는 건가? 그 끔찍했던 마지막 전쟁, 그러니까 당시의 쓰라림을 그토록 상기시켜도 또다시 과거 속에 쉽게 잊혀지고 마는 독일군 점령 시절에 취해졌던 조치들이 무의식적으로 모델이 되고 있었다. 예를 들면 그 전쟁중에 유태인들과 집시·무국적자들을 한데 모아 놓았던 것처럼 노인들을 한 곳에 모아두는 것이다. 이미 남서부와 중부 지방의 몇몇 마을들을 북아프리카 이민자들과 베트남 난민들의 손에 넘겨 준 셈이나 마찬가지 아니던가. 그렇듯이 노인들만 모여 사는 지역을 만들어 노인 시장, 노인 시의회, 노인 사제 등등 온통 노인들이 다스리게 만드는 것이다. 실제로 그런 곳은 그리 많지 않았지만, 아무튼 노인들이 점령한 공간들 덕분에 새로운 도시화가 이루어지게 되었다. 노년부 장관이 보건부와 환경개발부의 협조를 얻어서 노인들이 모여 사는 소도시 주변에 간병인·간호사·운동요법자·의사, 그밖에도 사회복지사업부에서 나온 여러 보조자들이 살 수 있도록 만든 새로운 형태의 마을을 건설한 것이다. 노래 제목처럼 〈아름다운 프랑스〉라는 기치 아래 세워졌던 예전의 마을들인 노인들의 구역과 20세기말의 최신식 장비를 모두 갖춘 빌라들이 점령한 새로운 구역들은 인상적인 대조를 이루었다. (그런 대조는 평범한 것일까, 아니면 유감스러운 것일까?) 이러한 사정을 잘 모르고서 이곳을 지나는 여행자라면, 한 세계에서 갑작스럽게 전혀 다른 세계로 넘어가는 순간 당황하지 않을 수 없었을 것이다. 노인들의 생활을 돕는 보조자들은 유사 의학에 관한 여러 가지 학설과 무수한 의학 정보, 여기에 관한 비디오들 속에 파묻혀 살았다. 그들은 이렇듯 노인들이 거대한 집단을 이루고 사는 것에 대해 불안감을 느꼈다. 혹시라도 바람 부는 방향이 잘못되기라도 하면 썩는 냄새, 달하자면 노인들의 쿰쿰한 냄새가 최신식 빌라들로 이루어진 이들의 구역에까지 풍겨 왔다. 어떤 사람들은 대소변 냄새에 환부에서 나는 냄새가 섞인 것이라고 했고, 또 다른 사람들은 좀더 조롱섞인 어조로 그것이 바로 시체 썩는 냄새라고 했다. 아무튼 뭐라 말할 수 없는 냄새가 바람을 타고 이 새로운 구역에 만든 푸른색의 멋진 수영장에까지 침범해 들어왔다. 그래서 그들은 인간의 배설물 냄새들을 잊고 살기 위해서, 수천 가지의 흥미로운 '환상적인' 게임들을 고안해 내어야 했다. 노인 전문 의료 및 보조자들의 조합에서는 악취로 인한 공해에 따른 손해 배상을 청구하기 위해서 당국에 끊임없는 압력을 가하기도 했다.

노인들 가운데는 밤을 틈타 노인들의 구역을 빠져 나가는 자들이 있었다. 그들은 인근의 시골 마을들을 배회했다. 그들 중에서 옛날 영화들에 대한 기억을 가지고 있거나, 과거의 경험에서 얻은 교훈을 지니고 있는 노인들은 경계에 경계를 게을리하지 않았다. 어떻게든 이 죽음의 진영으로부터 벗어나야 한다고 생각했기 때문이다. 그들은 혹시라도 청회색의 유니폼을 입은 자들이 없는지 살폈다. 또한 동맹군들이 낙하산 부대를 브내거나, 폭탄이라도 떨어뜨려 줄지 모른다는 희망을 가지고 하늘을 쳐다보면서 걷기도 했다. 더 오래 전 기억까지 거슬러 올라간 사람들은 은밀한 첫 데이트 장소를 기억을 더듬어 찾아가기도 했다. 그때는 다른 사람의 육체에 매료되는 기쁨을 만끽한 후, 부모들의 의심을 사지 않기 위해서 이른 새벽녘 몰래 집으로 돌아오곤 했었는데 ……. 아주 용감하게도 파리로, 혹은 다른 대도시로 간 노인들도 있었다. 본래 시골뜨기 출신이 아닌 이들은 전철 안의 후텁지근한 냄새, 고급스런 대형 카페, 시끌벅적한 대형 호프집, 활력이 넘쳤던 대학가, 그리고 5월 1일 노동절의 시가 행진 같은 것들이 못 견디게 그리웠다. 그들은 수도로 가는 길을 안내해 줄 대형 광고판들을 찾았다. 그러나 가도가도 아직 도시의 정글 속이 아니라는 걸 알고 놀랐다. 그들은 도시 정글의 늪지대 냄새가 희미하게라도 풍겨 오지 않고, 개구리 소리도 전혀 들리지 않자 점점 더 불안해졌다. 만일 손에 무기 같은 거라도 쥐고 있었더라면, 멀리서 어른거리는 그림자들을 향해 총을 쏘아댔을 것이다. 새벽의 냉기가 그들을 떨게 만들었고, 추위 속에서 말라리아 증상까지 나타났다. 길을 잃고 헤매다가 땅바닥에 넘어져 살갗이 벗겨지는 상처를 입기도 했다. 그러나 한편으로는 어쨌든 죽음의 땅을 벗어났다는 기쁨이 있었다. 그런 그들에게 그것은 다시 집으로, 늙은이의 땅으로 소환되기 전까지 누릴 수 있는 최후의 멋진 탈주였다. 또한 모든 것이 기록되고, 조사·검토당하는 세계에서는 전혀 경험할 수 없는 대모험이기도 했다. 어떤 노인들은 돌아오는 길을 찾았으나 허사였다. 그야말로 오디세이의 방랑을 증명하기에 충분한 짤막한 모험담이 아닐 수 없었다. 결국 추위로 얼어죽고 만 사람들도 있었다. 비탈길이나 작은 숲 속에서, 부들부들 떨다가 죽어간 핏기 없는 노인들의 육신을 발견하는 것은 결코 유쾌한 일이라 할 수 없었다. 이런 일들이 되풀이된 후, 모든 것을 작전 용어로 풀어 가는 행정가들은 '방랑노인 수거 차량'을 운행하거나, 임시로 생각해 낸 몇 가지 디봉책을 사용하는 게 어떨까 고심하기 시작했다.

어렵사리 돌아와 의료진의 마을 어귀에까지 이른 노인들도 있었다. 그들이 내는 인기척 때문에 아이들과 개들이 잠에서 깨어 공포에 떨었다. 어느 집에선가 희생적인 한 사람이 작은 트럭을 몰고 나왔다. 그는 예닐곱 명의 노인들을 태워서 그들의 마을로 향했다. 각자의 집이 어딘지 물어볼 생각은 애초부터 하지 않았고, 노인 마을 중앙에 있는 광장에 그들을 내려놓았다. 노인들의 대탈주 모험은 대개는 이런 식으로 끝나곤 하였다. 이런 과정에서 분명히 불운한 사고들을 피할 수도 있었다. 몇 가지 조치만 취할 수 있다면. 문제는 그 조치들이란 게…… 애석하게도 불길한 시대를 상기시켜 주는 것들이었다! 그래서 모두들 우물쭈물 망설이고 있었던 것이다. 예를 들면 경보 시스템을 설치하는 방법이 있을 수 있었다. 그렇게 되면 음성 인식을 통해서 도망자(방랑자)들의 신원을 확인할 수 있을 터였다. 아니면 노인 도시 전체를 울타리로 둘러쌀 수도 있었다. 하지만 그렇게 하면 그 지방 전체의 미관을 크게 해치지 않을까? 언제나 그렇듯이 결국 중간 정도의 해결책을 택하기로 했다. 그것은 문저의 마을들 주변에 높은 담을 쌓는 것이었는데, 원자력 발전소나 몇몇 공장 지대에서 이미 사용했던 방법이다. 문제는 그 거대한 담을 어떻게 가리

우느냐 하는 것이었다. 정식으로 아이디어를 공모한 끝에 프랑스와 벨기에의 건축가·풍경화가·역사가들로 구성된 팀의 프로젝트를 채택하기로 했다. 그들의 아이디어는 아주 참신했다. 문제 지역을 둘러싼 울타리를 성벽과, 성벽 아래를 흐르는 도랑, 가짜로 만든 망루들 등 신(新)중세기식으로 능숙하게 가렸던 것이다. 오랜 문화가 없다는 콤플렉스를 지닌 순진한 미국인들은, 그 위장 성벽이 프랑스의 유명한 건축복원가인 뷔올레 르 뒤크 학파의 작품이라고 믿었다. 그리고 후기사회학파의 잡지들은 신(新)남프랑스 문화에 대해 떠들면서, 지금 프랑스가 전국적으로 그 문화권의 영향 아래 있다고 결론을 내렸다. 동시에 이 건축문화의 결정적인 요소들이 그 유명한 〈아름다운 프랑스〉를 노래한 샹송 가수 샤를 트레네풍에 따른 것이냐, 아니면 피에르 쌍소풍을 반영한 것이냐 하면서 토론을 벌이기도 했다.

그러나 문제는 그것으로 완전히 해결되기는커녕 전혀 해결되지 않았음을 곧 깨닫게 되었다. 할 수 없이 다른 조치들을 취하기로 했는데, 이번에는 프랑스 남부 전체의 이익을 지킬 수 있는 좀더 전체적인 시스템을 구축하기로 했다. 방법이 약간 복잡하긴 했으나, 이 복잡성은 '공정함'을 존중하기 위해서는 필수적인 것이었다. 내용인즉 이러하였다. 남프랑스에 거주지를 정한 자들은 죽을 때까지 남프랑스에 머무는 것이 보장되었다. 그러나 북부에 사는 부모나 사촌·애인, 그리고 빛 바랜 옛사랑을 간직한 옛날의 연인들을 자기 집으로 초대하는 것은 금지되었다. 다른 지방에 사는 노인들은 만만치 않은 비용의 딱지를 살 경우 체류허가증을 얻을 수 있었는데, 국가를 위해 공헌한 일이 있는 사람들은 이 딱지를 할인 가격에 구입할 수 있었다. 그러자 이 아리송한 자격 규정은 수많은 불법 거래를 조장했으며, 이 제도가 악용되는 빌미가 되었다. 부부 가운데 한 명이 죽으면, 남은 배우자에게는 경우에 따라 아주 싸게 딱지를 구입하는 혜택이 주어지기도 했다. 그외의 다른 사람들은 자기들이 태어나고 살아 온 곳에서 죽어야 했다. 정부에서는 그것이 가장 아름답게 생을 마감하는 방법이라고 국민들에게 설득하기 위해 대대적인 캠페인을 벌였다. 남프랑스에서 살던 사람들은 만일 북부로 옮겨 갈 경우, 남프랑스의 일조권을 팔 수 있는 권리를 가지고 있었다. 그 권리금의 최대 한계선은 법으로 정해져 있었고, 그 액수의 몇 퍼센트는 국고로 들어갔다. 그러나 사실 그 액수는 상황에 따라 다양하게 변했다. 사회당 의원들은 개인의 재산 규모에 따른 이 새로운 차별 제도에 반대하고 나섰지만, 정부로서는 경제 위기를 맞이한 시점에서 꽤 짭짤한 재정 수입의 증가를 무시할 수가 없었다. 노인들 중에는 이런 매매를 하느라 가진 재산을 상당히 허비하는 경우도 많았다. 아주 비싼 가격에 체류허가증을 구입했다가, 남프랑스에서의 새로운 삶에 크게 실망하였을 경우가 그러했다. 이들은 결국 주위 사람들의 야유를 들으면서 고향으로 되돌아왔는데, 그것은 물론 자신들의 허가증을 터무니없이 싼 가격에 팔고 난 후의 일이었다.

이러다 보니 주민들의 이동을 제대로 잘 통제하기 위해서, 프랑스를 남북으로 가르는 일종의 경계선을 만들 필요가 생겨났다. 비교적 평화로운 시절인지라 할 일이 별로 없었던 젊은 군인들과 경찰 기동대들에게는 경계의 벽을 지키는 일거리가 생긴 셈이었다! 관광 버스들이 북부 사람들을 태우고 와서, 거대한 건축술을 자랑하는 수치의 상징인 경계 벽을 구경시켰다. 관광객들은 새로 생긴 벽의 위용에 입을 다물지 못하고 감탄했다. 북부의 국민들은 자신들을 거부하는 나머지 반쪽 지역을 곁눈질하며 탐을 냈다. 얼마 가지 않아서 이 벽은 유명한 관광지인 몽생미셸이나 에펠탑보다 더 많이 사진에 등장하게 되었다. 어떤 사람들, 그러니까 그 옛날의 전쟁에서 마지막으로 살아남은 자들은 지금처럼 둘로 나뉘었던 그때의 프랑스를 향수에 젖어 떠올렸다. 과연 그것이 향수를 불러일으킬 만한 일인가 하고 미심쩍어하는 사람들도 있었지만, 그들 역시 하나이면서 동시에 둘인 이 국가, 나라 안에 경계선을 가지고 있는 자신들의 조국에 감탄하였다.

월경안내원이라는 수상쩍은 직업도 생겨났다. 그들은 반대편 땅으로 가고 싶어하는 노인들에게 무사히 약속의 땅으로 데려다 주겠노라고 장담했다. 당연한 일이겠지만, 독일 점령 시절에도 그랬듯이 노인들의 상황을 악용하여 돈을 갈취하는 안내원들도 적지않았다. 운 좋게 남프랑스의 작은 도시에 밀입성할 수 있었던 사람들로 말하자면, 결코 그곳에서 안전하게 살아갈 수가 없었다. 심술궂은 이웃들이 언제 그들을 고발할지 몰랐기 때문이다. 그런가 하면 로자 부인처럼 아예 지하에 은신처를 마련해 그곳에서 생활하는 사람들도 있었다. 하지만 따져 보면 비참한 은신처에서 늙어 가느니, 차라리 북부의 그 아름다운 스트라스부르의 태양과 멋진 운하들을 누리면서 사는 편이 훨씬 나았을 것이다. 꿈에 그리던 남프랑스에 와봤자 지방 뉴스를 통해서나 지중해의 태양을 볼 수 있을 뿐이었다. 그래도 한동안은 어쨌든 남프랑스에서 살 수 있다는 것에 대해 설레임과 자부심을 느낄 수 있었을 것이다.

그러다 어느 아름다운 날, 부자연스럽기 짝이 없는 이런 조치들이 모두 폐지되었다. 국민들은 이 수치의 벽을 허물었다. 그러나 위험은 생각했던 것보다 훨씬 더 전반적인 것이었다. 노인 공해와 노인 정치의 술책에 위협을 받고 있는 곳은 이제 음침한 북부 지방만의 문제가 아니라, 프랑스 전체의 문제가 되어 있었던 것이다. 그래서 정부는 사망한 노인의 가정에 사망자 수당을 지급하는 제도를 만들었다. 물론 출생자 수당은 여전히 존재했다. 솔직히 말해 이 두 가지 수당이 국가를 다시 젊게 만들 수 있을 거라고 생각했던 것이다. 국가에서는 차별 제도를 만들어 노인이 일찍 사망한 가정들을 눈에 띄게 격려해 주었다. 그러나 노인들은 연령에 상관없이 목숨 보존에 악착스러움을 보였다. 80세 노인의 삶에 대한 애착도 60세 노인의 그것만큼이나 집요하였다. 이런 실정이고 보니, 한 가정에서 노인들이 비슷한 방법으로 잇달아 사망하게 될 경우 상당한 액수의 보너스를 주는 고육지책까지 마련하게 되었다. 물론 자연사가 아니어야 한다는 단서가 붙어 있었다. 그랬더니 악성종양이나 노화로 인한 부모의 사망을 턱하니 살인으로 가장하려는 가정들이 생겨났다. 그래서 시신을 철저하게 검사한 후에야 비로소 노인사망 수당이 지급되었다. 각 가정에서는 고인이 죽기 전에 건강 상태가 아주 좋았다는 것과, 예를 들어서 다리에 힘이 없어 계단에서 굴러떨어지거나, 갑작스러운 현기증 때문에 높은 발코니에서 떨어질 확률이 전혀 없었음을 증명하는 의사의 소견서를 제출하여야 했다.

노인들이 자신들의 세력을 자각하고서, 소위 '노인 전쟁'이라는 걸 계획하게 된 때가 이즈음이었다. 정부에서 노인들, 특히 북부 지방 노인연맹측의 강력한 대응을 예측했었을 수도 있다. 이들은 특별히 만만치 않은 세력을 지닌 단체였기 때문이다. 이들이 설립한 기구들마다 도전을 두려워하지 않는 기백 있는 당원들로 넘쳐났다. 이로써 그동안 무위도식하면서 의미 없는 일에만 전념했던 60대, 70대, 80대 노인들의 삶이 새로운 의미를 갖게 되었다. 이제 그들은 한순간도 방심하지 않고 식사 때나 차도를 횡단할 때, 발코니에 서 있을 때, 혹은 별 생각 없이 시골길을 산책하거나, 심지어 잠을 잘 때까지 매순간 경계를 하여야만 했다. 늘 쫓기는 듯 살아가게 된 노인들의 머릿속은 주의 사항·경고 신호·음모 등으로 가득 차게 되었으며, 양탄자 깔린 작은 아파트 안에서 생활할 때 느끼던 지루함 같은 건 더 이상 찾아볼 수 없게 되었다! 언제나 죽음의 그림자가 뒤쫓고 있다는 사실이 그들로 하여금 팽팽하게 긴장된 삶을 살게 해주었다. 그들은 어디를 가든 사람들 틈에 끼어서 들어갔고, 나올 때는 다른 문으로 나오는 용의주도함을 보였다. 여행을 계획했다가도 마지막 순간엔 꼭 취소를 했다. 아니면 기차를 탈 때도 마치 안 탈 것처럼 멍하니 있다가, 기차가 서서히 움직이기 시작했을 때 뛰어가서 달리는 기차에 올라타곤 했다. 그들은 시각장애인·신체장애인·청각장애인으로 위장했다. 물론 자신들을 죽이려는 자들을 속이기 위해서였다. 가족들과 함께 식탁에 둘러앉아 있을 때도 가족 중 누가 가장 의심스러운지 살피곤 했다. 며느리일까? 금발의 곱슬머리를 한 저 천사 같은 손녀딸일까? 아니면 하나밖에 없는 외아들이란 말인가? 만일 아들 며느리가 노인 돌봐 주는 사람을 집 안에 들이기라도 하면, 그 혹은 그녀가 청부살인업자가 아닌지 의심하여 일거수일투족을 살피곤 하였다. 공격이 최선의 방어책 이라는 말을 좌우명처럼 생각하여 전철 안에서 검표원들을 차창 밖으로 밀어 버리는 일도 생겨났다. 검표원들이 단순히 차표를 확인하기 위해 다가온 것인데도, 아들이나 며느리가 가짜 유니 폼을 입혀서 내보낸 청부살인업자라고 생각했던 것이다. 그들은 또한 머리가 아프거나 소화가 잘 되지 않을 때면, 어린 손자들이 먹는 '안전한' 약을 노인의 정량에 맞게 조금 늘려서 먹는 식으 로 해결했다. 아파트의 어두운 복도에서 사람을 만나면 정당방 위였다는 구실을 내세워 주저 않고 총을 쏘았다. 그리고는 정말 뻔뻔스럽게도 그 사망자가 노인이 아닌데도 보상금을 지급해 달 라고 사무실을 찾아가는 경우도 간혹 있었다. (설령 노인이었다 해도 그 보상금은 당연히 사망자 가족의 몫이어야 했다.) 하여간 그 들은 '어쨌든 죽은 자는 죽은 자다' 라는 말로 으기다시피 보상금 을 요구했다. 이는 '젊은이는 결코 노인일 수 없다' 라는 또 다른 속담은 전혀 무시한 처사였다.

반 항

우리는 또 다른 시나리오 하나를 상상해 볼 수 있다. 이것은 앞의 이야기와는 완전히 다른데, 이번에는 노인들이 주도권을 가 졌을 때의 이야기이다.

마침내 노인들은 공포 분위기를 조성하기에 이르렀다. 그들은 순수한 폭력에 이르기 전에, 우선 시장 구조를 문란하게 만드는 것부터 시작했다. 하지만 노인들에게 이런 정복 욕구, 게다가 공격성까지 있다고 보는 이유는 무엇인가? 그러한 요소는 통상적으로 흔히 젊은이들, 그리고 중년층에게서나 볼 수 있는 거라고 생각해 오지 않았던가? 이제까지 인류가 주로 인자함 혹은 평온함을 부여해 왔던 노인들에게 어째서 이런 원한의 마음, '고약한 성품'을 부여해야 하는가? 솔직히 온화하고 평화로운 노인이란 우화 속에나 등장할 법한 이야기이다. 처음에는 노인들 자신도 온화하고 너그럽고 인자하고 지혜롭다는 등등의 신화 속에 갇혀, 꾸며지고 위조된 이미지 속에서 행복한 척하는 바보가 되고 싶진 않았을 것이다. 세상 사람들이 자신들의 의도와 아랑곳없이 만들어 낸 그처럼 따분하고 지루한 틀을 어떻게든 벗어나려고 했을 것이다. 실제로 노인들은 절대로 그런 자들이 아니다. 그처럼 망령이 들어 아무것도 모르는 체 마냥 행복해하고, 어린애같이 순진하게 행동하며, 점잖게 차려입고, 선거철의 포스터나 가정 잡지 특별호에 실린 모습처럼 인자한 미소를 짓는 그런 사람들이 결코 아니다. 그들도 놀 줄 알고, 게임에서 속임수를 쓸 줄 안다. 종이 꽃가루나 꽃을 던지는 카니발이 아니라, 회반죽 덩어리를 던지며 난장판으로 즐기는 카니발을 계획할 줄도 안다. 마음껏 먹고 마시고 춤출 수 있다. '할아버지 할머니들은 점잖으신 분들'이라고 믿고 있는 아이들의 얼굴이 붉어질 정도로 빈정거릴 수도 있다. 사람들이 보는 앞에서 서로 포옹할 수도 있다. 젊은이들보다 더 짙고 뜨거운 포옹을 못할 건 또 뭔가? 아주 추잡스럽게 행동할 수도 있다. 또한 아무도 말하고 싶어하지 않는 노년의 동반자인 죽음이라는 것을, 마치 인생을 통달한 현자처럼 의연히 대하는 척 뻐길 수도 있다.

축제와 전쟁 사이에는, 그리고 흉내만 내는 폭력과 무자비하고 잔혹한 폭력 사이에는 우리가 약하다고 믿는 노인들까지도 아주 수월하게 넘을 수 있는 간발의 차이만이 있을 뿐이다. 그렇다, 노인들은 이 혹은 튼튼한 틀니, 날카로운 손톱, 분노의 속성, 치밀어오르는 욕망, 권력에 대한 의지들을 가지고 있다. 그런 그들이 새로운 상황에 직면하게 되자 자신들의 숫자가 기하급수적으로 증가하고 있으며, 인구 비례로 볼 때 가장 우세한 부류라는 점을 의식하게 되었다. 은퇴한 부유한 노인들이 몰려와 정착한 마을들에서, 소박한 토박이 주민들이 갖는 무게가 어느 정도나 되겠는가? 주민들의 연령층이 점점 높아지는 바람에 전체적으로 늙어가고 있는 수도 안에서 중년층들의 목소리가 뭐 그리 대단하랴? 언제나 소수는 불공평함에 맞서 대들기 마련이고, 다수는 단순히 '가장 많이 갖기'를 원하는 것이 아니라 '전부를 갖지 못할까 봐' 전전긍긍하는 법이다.

노인 전용의 아코디언에서부터 평생교육원의 현대 수학이론 강좌에 이르기까지, 노인들을 위해 고안된 온갖 종류의 오락거리들이 생겨났다. 그럼에도 불구하고 노인들은 마침내 도저히 어찌해 볼 수 없는 심각한 권태에 사로잡히게 되었다. (흔히들 권태란 아직 미완성의 존재들인 청소년들이나 느끼는 거라고 생각했었다.) 어느덧 그들은 자신들의 관심을 쓸데없는 오락거리에만 돌려 놓으려는 정부의 술책을 깨닫게 되었다. 정부는 노인들의 의견서나 계획서를 눈길 한 번 제대로 주지 않고 쓰레기통에 던져 버렸던 것이다. 노인들의 의견 같은 건 절대로 빛을 보지 못하도록. 노인들은 이제까지 정부가 자신들에게 '약간의 사탕'을 던져 주었을 뿐이라는 사실을 알아차리게 되었다. 갖가지 빛깔의 풍선과 솜사탕으로 즐겁게 해준다. 그러한 것들은 예전에 구둣방 주인들이 아이들에게 나누어 주던 것들이었다. 노인들을 기쁘게 하기 위해 고안된 바르셀로나 혹은 니스행 노인 관광 기차들은, 사실상 유태인들을 태우고 나치 수용소로 향하던 다하우행이나 부헨발트행 기차들과 다를 게 없었다. 그 공통점을 사람들이 이해나 할는지……. "허무를 향해 달려가기는 둘 다 마찬가지지." 사탕과 알록달록한 풍선과 현대 수학이론 강좌와 노인 관광 기차들에 대해서, 그 위험을 누구보다도 걱정하고 있던 한 노인이 드디어 설득력 있게 말을 꺼내기 시작했다. 다른 노인들은 숨을 죽이고 그의 말을 경청했다. 마침내 노인들은 사탕을 끊었다. (하기야 그동안 워낙 많이 먹어서 이가 빠졌기 때문에 더 이상 사탕의 단맛을 즐길래야 즐길 수도 없었다.) 그리고 다시 한 번 빛나는 영광을 누리게 되기를 꿈꿨다. 이제는 더 이상 평범한 일상 속에서 만족하는 생활을 참아내지 않을 것이다. 그것은 65년, 70년 전부터 신물나도록 해오던 일이 아닌가. 그러니 이젠 그런 따분한 일상을 향해 단호하게 작별을 고하기로 했다. 그들이 알지 못하는 도시들을 정복할 수 있는 날도, 자신들이 무엇을 할 수 있을지를 보여 줄 수 있는 시간도 얼마 남지 않았잖은가!

가장 놀라운 것은, 노인들이 마치 젊은 세대들에 의해서 착취당하고 지배당해 온 것 같은 허구의 역사를 만듦으로써 자신들의 계획이 정당한 것처럼 꾸몄다는 사실이다. 마치 노인들의 폭력으로 한창나이에 죽어간 젊은이 혹은 중년이 단 한 명도 없었던 것처럼. 마치 죽는 순간까지 권력을 쥐고 나라를 뒤흔든 노인들이 동서양을 막론하고 단 한 명도 없었던 것처럼. 비만에 귀조차 멀고 가슴에는 인공심장 장치를 단데다가, 몸은 관절염으로 제대로 움직이지도 못하고 눈도 침침하며 정신마저 흐릿한 가운데서도 결코 권력의 고삐를 놓지 않았던 자들이 어디 한둘이던가? 노인들은 100세에 아들을 낳았던 아브라함을 비롯해 샤를마뉴 대제와 스탈린·루스벨트 같은 이들의 존재는 까맣게 잊고 있었다. 특히 하늘에 계신 하느님 아버지를! 그분은 수천 년이라는 긴 세월을 뒤에 두고 계시면서도, 지금도 여전히 절대자의 자리를 지키고 계시지 않은가! (이에 비해 알렉산더나 예수 같은 이들은 적절한 시기에 사라질 줄 아는 인물들이었다.) 아무튼 노인들은 약식 고고학이라는 이름으로 인류사를 재창조하였다. 그들의 주장인즉슨 자연의 이치를 살펴볼 것 같으면 몹시 지혜로운 법칙이 하나 발견되는데, 그건 언제나 나이가 많은 것들에게 통치권이 주어진다는 것이다. 인간들의 불행은 바로 이런 자연 법칙을 위반한 데서 비롯되었다나……. 그리고 인간이 자기 조상을 업신여기고 죽이기까지 한 이후로 이 자연 법칙은 아직까지 회복되지 못하고 있다는 것이다. 그러면서 노인들은 이런 법칙과 전혀 동떨어진 삶들, 곧 개선의 여지가 너무나 많은 모든 참상들과 노인 관광 기차와 양로원, 의료진 및 노인 복지 관계자들을 떠올렸다. 이런 것들은 속알맹이는 전혀 없고 겉만 번지르르한 껍데기에 불과할 뿐이라고 비난하면서. 그리하여 노인들을 한적한 시골에 몰아 놓은 것도 실은 주민들과 공모해서 한 일이라는 것이다. 예를 들어 무슨 문제가 생겨 신고를 해도 경찰들이 늑장을 부렸다고 한다. 그리고 뒤늦게 나타나서도 문제를 처리하기는커녕 젊은애들과 장난을 치거나 자기 콧수염이나 만지작거리면서 딴청을 부리다가, 다급해서 소리치는 노인들을 덤덤한 시선으로 바라볼 뿐이라는 거였다. 매주 노인 클럽에 가서 보게 되는 낡은 이탈리아 영화들도 한결같이 늙은 어머니가 울며 애걸하는데도 못된 아들이 기어이 싸구려 양로원으로 보내는 식의 내용들이었단다. 문제는 이런 영화들이 젊은이들의 사상에 상당한 영향을 끼쳤다는 데 있다며 목에 핏대를 세워 가며 주장했다. 소수의 사람들이 주장하는 노인 존중의 가치를 떨어뜨리기 위해 의도적으로 만들어진 영화라는 것이다. 노인들은 이런 주장을 펴면서, 모든 소수 집단들과 공동 전선을 펼쳐 그들을 자신들의 반항 운동에 합류시키려고 하였다. 이민자들과 여성들·동성애자들이 바로 그들이 말하는 소수 집단이었다. 하지만 이것이야말로 의심의 여지가 다분한 술책이요, 비난받아 마땅한 제안이 아닌가! 따지고 보면 그것은 결코 소수 집단이 벌이는 저항 운동이 아니라 다수 집단의 전쟁 선포였다. 특히 여성들의 경우, 남성들과 마찬가지로 노인들의 박해를 받아 오지 않았는가 말이다. 솔직히 말해 그건 사회 계층이나 문화 계층간의 다양한 문제들에서 비롯된 것이 아니라, 단순히 노인들과 젊은이들 사이의 세대간 문제였을 뿐이다.

그 전쟁은 노인들의 축제에서 비롯되었다. 사실 노인들이 제안한 축제 계획은 시의회를 기쁘게 해주었다. 그럭저럭 축제가 시작되었을 때만 해도 전체적으로 시들해지는 분위기였다. 그러자 주최측에서 유명 가수들을 초청하고, 빠르고 경쾌한 춤곡을 연주하여 춤을 추게 했다. 하지만 전반적으로 왠지 우울하고 슬픈 분위기가 느껴지는 건 어쩔 수 없었다. 이렇게 되자 노인들이 직접 나서기로 했고, 그 다음부터 축제 분위기가 완전히 바뀌어 버렸다. 종이 꽃가루가 아닌 회반죽 덩어리를 던지면서 소란스러워진 니스의 카니발은 가히 기념비적이라 할 만했다. 노인들의 열정은 지나칠 정도였다. 떼지어 다니면서 젊은 남자의 바지를 잡아내리질 않나, 지나가는 여자의 가슴을 드러내질 않나…… 온 상가와 건물들을 헤집고 다니는가 하면, 자동차에 불을 놓기도 했다. 만일 골칫거리로 알려진 저 유명한 교외 지역 맹게트에서 이런 일이 일어났다고 하면, 모두들 분개하고 비난의 화살들을 쏘아댔을 것이다. 당국의 책임자들은 무척 당황했다. 하지만 선거를 염두에 두지 않을 수 없는 터라 상당한 표밭인 노인층의 기분을 상하게 할 수가 없었다. 그래서 껄껄 웃어넘기며 이렇게 말했을 뿐이다. "노인들의 과실 정도야 너그럽게 봐주라는 말도 있잖소!" 젊은이들의 과실을 너그럽게 봐주라는 속담은 들어 봤지만, 이런 말은 듣느니 처음이었다. 노인들이 자동차에 불을 놓으면, 그건 문화 파괴주의에서 나온 행동이 아니라 단지 류머티즘으로 굳어진 근육과 말라 버린 뼈에 온기를 불어넣기 위한 행위로 간주되었다. 당국의 이런 처사는 젊은이들의 분노를 살 만했다. 그들의 경우였다면 이보다 훨씬 사소한 일을 저질러도 당장 경찰이 출동하여 체포해 가기 때문이다.

노인들로서는 지루해 죽을 것만 같은 이 사회에서 더 이상 점잖은 리더로 처신하고 싶지 않다는 의도를 분명히 드러낸 셈이었다. 그리고는 몇 가지 조치를 실행에 옮겼다. 그 조치들은 합법적인 틀 안에 있는 것이긴 했다. 그리고 지금처럼 경제난에 시달리는 때만 아니었다면 소비자연합회도 그렇게까지 비난하지는 않았을지도 모른다. 아무튼 노인들은 막대한 양의 물품을 사들일 수 있는 자신들의 경제력을 이용하기 시작했다. 경제 시장을 혼란스럽게 만들어 수많은 기업체들을 파산시키기 위해서였다. 우선(이것이 국가 경제 전체를 뒤흔들어 버린 조작 행위의 첫발이었다) 전체 물량의 80퍼센트를 노인층이 소비했던 비스코트(딱딱하게 구운 토스트)를 사먹는 일을 일시에 중단했다. 이 갑작스러운 고약한 행위 때문에 비스코트 생산업체들이 절대적인 타격을 입었음은 물론이다. 그러나 제빵 회사에 대해서는 그런 악한 태도를 취하지 않았다. 두번째 단계로는, 수많은 부유한 노인들이 나서서 거의 모든 별장들을 사들이거나 임대했다. 그런 다음 사전에 어떤 표시도 징후도 보이지 않다가, 정작 여름철이 오자 별장이 있는 휴양지행을 돌연 취소하였다. 그러자 휴양지 일대에 있던 식당과 유원지 관리자들이 이만저만 낭패를 본 게 아니었다. 이들은 1년 중 이 한 철을 위해 비싼 값으로 그곳에 세를 들어 장사를 하며 사는 사람들이 아닌가 말이다. 노인들은 사회 계층의 차이는 전혀 무시한 채 오직 노인이라는 한 가지 공통점만으로 똘똘 뭉쳤다. 그리고 만장일치로 공모하여, 자신들이 누리는 모든 권리들을 최대한 이용하여 국가의 자금난을 더욱 악화시켜 나갔다. 예를 들어 의료계에서 그들이 행하는 과잉 소비는 국가 경제에 끔찍한 재난을 초래하였다. 다 죽어가던 노인들도 이 운동에 참여하여, 국가의 의료비 적자폭을 조금이라도 더 늘리기 위해 하루라도 더 살아 있으려고 용을 쓰더 버렸다. 물론 그렇게 안간힘을 쓰는 동안 암이라든가, 그밖의 다른 질병들로 인한 통증을 참아내기가 보통 힘든 일이 아니었을 것이다. 그러나 그들은 그같은 희생을 통해 국가 재정을 얼마만큼이나 축낼 수 있을 것인지를 계산하면서 고통을 이겨 나갔다. 아픔을 참기 위해 찌푸린 눈썹과 앙다문 입술, 빈정거림으로 일그러진 표정들에서 그런 고통들이 역력히 읽혀졌다! 의료 혜택을 받는 동안 그들은 운동 요법사, 물리 치료사, 마사지 전문가, 발음 교정 기술자, 간병인, 보조 간호사 등등 요구할 수 있는 모든 권리들을 주장했다. 목 수술을 한 자들이나 턱뼈를 교정한 자들은 말을 제대로 다시 배우고 싶다며 언어 치료사들을 요구했다. 운동 요법이며 물리 치료, 발음 교정, 전신 마사지 등등의 그 많은 일과들을 하루 동안에 어떻게 다 소화해 낼 수 있는 걸까? 그 옛날 스파르타쿠스의 군대를 움직였던 원동력이었을 승리에 대한 예감과 노인들 특유의 심술, 이 두 가지 요소가 그들의 원기를 대폭 증가시켜 주는 것 같았다. 이처럼 사회 구조를 파괴하려는 노인들의 비정상적인 집착과 치밀하면서도 원색적인 방법에 직면한 정부 인사들과 경제학자들은 제2차 오일 쇼크, 달러 급등과 같은 지난날의 경제 위기를 오히려 향수에 젖어 떠올려 볼 정도였다. 순수 경제가 이처럼 지독한 경제난을 초래했던 적은 결코 없었다.

　노인들은 이 정도의 승리로 만족하지 않았다. 그들은 폭력을 행사하고 싶었고, 거리의 주인들이 되고 싶었다. 과연 그들은 거리를 점령하고 말았다. 어느 정도였는가 하면, 젊은이들과 중년층이 해만 떨어졌다 하면 감히 외출할 생각을 하지 못할 정도로.

이들이 밤에 영화를 보러 간다거나 디스코텍에 간다는 건 엄두도 못 낼 일이었다. 직업상 어쩔 수 없어서 밤에 나가지 않으면 안 되는 사람들은 온갖 위험을 무릅쓰는 모험을 하지 않으면 안 되었다. 어떤 때는 바로 집 앞에 주차해 둔 차 안으로 뛰어들어 갈 시간조차 없을 정도로 절박한 위기감을 느낄 때도 있었다. 제법 주요 위치에 있는 사람들은 신변 보호를 위해서 노인 경호원을 두기도 했다. 그런데 이런 경우 참으로 애매하고 혼란스러운 상황이 발생했다. 노인 경호원이 확실한 보디가드가 되어 주는 수도 있었지만, 어떤 경우엔 경호원 자신들도 '치사한 배신자'라는 이름으로 테러를 당하는 일이 종종 있었기 때문이다. 지금부터 말하고자 하는 특별한 사건들은 예외로 친다 해도, 어쨌든 사회 전체가 거대한 환상에 빠져 공포에 떨고 있었던 것은 사실이다. 그것은 아무리 발버둥을 쳐봤자 악랄한 아버지, 못된 어머니의 손아귀로부터 절대로 벗어날 수 없을 거라는 환상이었다. 혹시라도 그런 낌새를 부모에게 들켰다가는 큰일을 당하리라는 걸 모두가 너무나 잘 알고 있었다. 그러고 보면 노인들은 모든 걸 삼켜 버리는 '시간'과 너무도 닮지 않았는가?

도저히 있을 것 같지 않은 이런 공포를 이해하기 위해서는 인간이 어떤 존재인지, 우리가 지금 역사의 어느 순간에 와 있는지를 되돌아볼 필요가 있다. 사회의 역군인 세대들은 실업의 불안에 시달리거나, 감당하기 힘든 업무 속에서 혹사당하며 살아가고 있었다. 역삼각형의 비정상적인 연령 피라미드로 인해 지나치게 많은 노년층과 고령층의 생계를 담당하여야 했기 때문이다. 신체 조건을 최상의 상태로 유지해 가면서, 후손들이 정신적·생리학적으로 파괴되어 가는 냄새를 기분 좋게 맡고 있는 영악한 노인들에게 있어서 이들은 얼마나 다루기 쉽고 매혹적인 먹이인가! 이제 사람들은 일정한 연령에 이르면, 자신보다 더 젊은 사람들도 죽어가는 판에 지금까지 살아남았다는 사실에 대해, 그리고 이제부터 자신도 노인층의 일원으로서 모든 권한을 누릴 수 있게 되었다는 점에 대해 자축하게 되었다. 안타까운지고! 이쯤 해서 우리는 너무나 소화도 잘 되고, 힘든 기색 없이 아침마다 가뿐하게 조깅을 즐기면서 바싹 야위고 창백한 젊은 세대들을 딱하다는 듯이 바라보는 노인들의 행복에 대해서 말하지 않으면 안 될 것 같다. 그런데 사실 알고 보면 노인들도 언젠가는 죽을 존재들이 아니던가? 그렇건만 어찌된 일인지 죽음은 그들 세대만큼은 살짝 건너뛴 채 곧장 그 밑의 세대들에게로 덤벼들었다. 죽음은 영원히 이 노인들을 살짝 비켜갈 것 같았다.

정부는 어떤 태도를 취해야 옳은 것인지 가늠할 수가 없었다. 노인들을 억압하기란 결코 쉬운 일이 아니었다. 노인 탄압이란 씨도 먹히지 않을 소리였다. 외교적 수법을 써볼까? 부드럽게? 합의를 본다? 아니면 눈 딱 감고 처벌을 해? 차라리 꽃다발을 들고 환영한다? 안 될 말이다. 노인들은 죽음의 월계관을 환영의 꽃다발로 조롱하고 있는 거라고 볼 게 틀림없다. 그것도 아니라면 역겨운 숨 냄새에도 불구하고 두 팔을 한껏 벌려 그들을 포옹해야 하나? 어떤 사람들은 노인 탄압 쪽으로 기울었다. 어쩌면 이번이 높아만 가는 노인 세력의 인플레를 끌어내릴 수 있는 뜻밖의 기회가 아닐까? 대대적인 소탕 작전을 감행해서 그들을 노인들의 공원으로 몰아넣을 수 있는 절호의 기회가 아닐까? 하지만 수만, 수십만이나 되는 노인들에게 무슨 수로 압력을 가한단 말인가? 국가 질서를 유지하기 위해 있는 공권력이란 것도 사실 이런 일에는 전혀 준비가 되어 있지 않았다. 오히려 아주 오랜 옛날부터 노인들을 존중하고 보호하도록 교육받아 오지 않았던 가? 비록 언제 어떤 탈선을 저지를지 모르고, 동정심이라곤 눈곱만큼도 없는 이 노인들 때문에 괴로움을 당하는 처지라고 해도 말이다. 게다가 치안대가 나서서 무력 행사를 하다가 저도 모르게 자기 아버지나 이모 혹은 할머니를 때리지 않으리라고 누가 보장할 수 있단 말인가? 치안경찰대원들이 누구이던가? 이들은 아주 능숙하게 두개골을 때리도록 특수 훈련을 받아 온 사람들이다. 결코 부드럽지 않은 공격을 하면서도, 시위자가 죽지 않을 만큼 정확하게 계산해서 때릴 수 있는 자들이 바로 이들이었다. 하지만 그건 대학생이나 노동자들을 대상으로 했을 때의 일일 뿐이다. 아무리 확실한 훈련을 쌓은 숙련자라 해도 노인을 상대로 했을 땐 속수무책일 수밖에 없었다. 아주 약하게 때렸어도 단 한 방으로 죽음에 이를 수도 있었고, 살짝 스치기만 했어도 온갖 비난의 소리를 다 들을 수 있을 것이기 때문이다. 더군다나 노인·노파들 중에는 정말로 고약하고 못된 사람들이 있었다. 그들은 늙은 원숭이요, 배우 뺨치게 연극을 할 수 있는 산전수전 다 겪은 자들이었다. 그래서 피로 물든 자신들의 머리를 바짝 카메라 앞에 들이밀 줄 알았다. 팔다리를 공중으로 쳐들고 땅에 눕는가 하면, 치마를 걷어올려 외설적인 모습을 연출할 줄도 알았다. 경찰은 시위자들의 이런 태도에 당황해서 어쩔 줄 몰라했다. 그런가 하면 노인들은 분명히 맨손으로 온 것 같았는데, 갑자기 어디서 나왔는지 이상한 무기들을 들이대기도 했다. 몸에 숨길 만큼 크기는 아주 작아도 효능만큼은 만만치 않은 것들이었다. 노인들은 눈속임으로 지참한 의료 기구들까지 능숙하게 사용하는 기술도 갖고 있었다. 의족, 유리 안구, 틀니, 가발, 가짜 가슴, 맹인용 지팡이, 코르셋, 휠체어 등등……. 이런 것들이 모두 그들의 무기요, 호신 기구들이 되었다. 몇몇 노인들이 인공심장기를 이용해 다른 곳에서 시위를 벌이는 자들과 교신하는 모습도 눈에 띄었다.

공격으로 말하자면, 정말 끔찍한 장면들도 있었지만 대개는 처벌을 받지 않았다. 백발에 주름진 얼굴을 하고 있는 가해자들은 모두 그 얼굴이 그 얼굴처럼 보여서, 피해자로서는 누가 공격을 했는지 도저히 분간해 낼 수가 없었기 때문이다. 그것은 20세기 초에 유럽인들이 중국인들의 얼굴을 구분할 수 없어서 난처해했던 것과 똑같았다. 경찰서로 연행된 노인들을 심문하는 시간은 또 왜 그리도 오래 걸렸는지…… 노인들의 체력이 견뎌내지 못하고, 기억력도 가물가물한지라 도중에 몇 번씩이나 중지를 하고 쉬었기 때문이다. 노인들은 경찰관들의 말이 들리지 않는 척하거나, 옷을 입은 채로 그냥 앉은 자리에서 일부러 대소변을 보기도 했다. 이런 장면들이 결코 유쾌할 리는 없었다. 이러한 환상과 악몽 속으로 들어온 데는 과학의 눈부신 발전이 필요했다. 과학의 도약으로 노인층이 다른 연령층에 비해 급속도로 증가할 수 있었기 때문이다. 장년에서 어느 정도의 나이에 이르러 노인 집단에 편입되려면, 마치 신입생을 골려 주기 위한 신고식을 치르듯 온갖 학대를 견뎌내지 않으면 안 되었다.

이리하여 지구는 우리들이 두려워하듯이 무슨 핵 재난 같은 것이 아니라 가속화되어 가고 있는 노령화로 인해 사라지게 되어 있었다. 그렇다면…… 이 세계가 구원받을 길은 전혀 없단 말인가? 아니, 단 한 번의 봄이 찾아오는 것만으로 이 세계는 충분히 구원받을 수 있을 것이다. 아기들이 태어나는 순간마다 우리는 다시 젊어지는 세상을 꿈꿔 볼 수 있을 것이다. 진실로 순전하고, 아무런 경험도 없는 어린아이들. 아기 예수처럼 기적적인 생명으로 이 세상에 오는 아이들만이 이 세상을 다시 봄으로 만들어 줄 수 있을 것이다.

공포의 박물관

박물관을 세우고, 찾는 것이 유행이 되었다. 과거의 것을 보존하고 전달해야 한다는 생각은 칭찬받을 만한 것일 수도 있었다. 그럴 만한 가치가 있는 것들을 보존하고 전달하는 것이라면이야 ……. 우리는 과거가 현재를 뒤덮을 정도로 모든 걸 쌓아두려고 할 만큼 우리의 판단력에 있어서 자신이 없었던 걸까? 심지어 당국에서는 60년대풍인 리용의 변두리 지역까지 보존하기로 했다. 그곳이 전쟁 후에 날림으로 세워진 건축물들이 모여 있는 대표적인 곳이라는 이유로. 하지만 그곳 전체를 박물관으로 만드는 데 공사 비용이 엄청나게 비싼 것으로 드러나자 지방의회는 계속 추진해야 하는 것인지 망설이게 되었고, 그러는 동안 그 버려진 건물들 안에는 신원이 확실치 않은 사람들이 둥지를 틀게 되었다.

하여간 이런 식의 박물관 신드롬에 힘입어 사려 깊고 능력 있는 노인들 몇몇이 나서게 되었다. 노인들이 젊은이들로부터 받

은 모진 학대들을 잊지 않기 위해서 노년기 박물관을 세우기로
한 것이다. 마침내 그들의 뜻대로 박물관이 완성되었다. 안으로
들어가자, 큰 홀 내의 중앙에 관람객들의 이해를 돕기 위한 안내
문이 적힌 작은 금속판이 세워져 있었다. 지나치다 싶을 정도로
간단한 소개는 오히려 대중들의 호기심을 자극하자는 뜻인 것 같
았다. 주변에는 몇 가지 놀라운 사건들을 인형으로 재현해 놓았
는데, 각 장면들의 연관성에 대해서는 아무런 언급이 없었다. 그
장면들은 이러했다. 우선 불에 탄 한 양로원이 있었다. 그곳에서
지내던 불행한 노인들은 한 사람도 그 불길에서 빠져 나오지 못
한 채 모두 그 자리에서 타죽었다. 밤이면 늘 그랬듯이, 역시 그
끔찍한 운명의 밤에도 출구란 출구는 모두 막혀 있었던 것이다.
더욱이 몇몇 희생자들은 머리 위로 들어올린 두 팔이 침대 머리
에 묶여 있는 상태였다. 이 장면 앞을 지나는 젊은이들이 약속이
나 한 듯이 웃음을 터뜨렸는데, 우연의 일치로만 볼 일은 아닌 것
같았다. 아마 이 비극적인 장면이 그들에게 묘한 성적 분위기를
느끼게 했는지도 모른다. 아니면 더 심각한 일이겠지만, 조상들
에게 저지른 악행들이 재미있게 생각되었던지…… 다른 곳에서
는 간호사들이 노인들의 체력에 치명적이라 할 수 있는 약을 함
부로 주사하고 있었다. 환자들을 돌보는 귀찮은 임무를 덜어 버
리려는 심산이었다. 또 다른 곳에서는 아직도 생각하고 판단할
수 있는 노인들을 외부로부터 완전히 격리시켜 놓았다. 덕분에
상속자들은 아주 편안하게 부모나 숙부 혹은 고모의 재산을 가
로챌 수 있었다. 그런가 하면 노인들이 마치 한 쌍의 말처럼 수레
에 묶여 있는 장면도 있었다. 양로원 원장의 아들이 승마용 채찍

으로 노인들을 때리며 더 빨리 뛰라고 재촉하고 있었다.

제1실에는 노인들의 참상을 말해 주는 옷들, 다 해어진 잠옷, 불편하기 짝이 없는 목욕용 들통, 닳아빠진 틀니, 찢어진 매트리스가 깔린 더러운 침대, 값싼 금속으로 만들어진 의족 등이 진열되어 있었다. 그리고 극도의 사실적인 묘사를 위해서 배설물, 주방의 찌든 기름 냄새 등 역한 냄새를 인공적으로 만들어 발산시키고 있었다. (화학의 발전은 가히 놀랄 만했다!) 박물관측에서는 일부러 관람객들에게 이런 후각적 효과를 미리 알려 주지 않았다. 비위가 약한 사람들은 그 끔찍한 악취를 견디지 못해 구토를 하기도 했다. 관리인들은 그때마다 걸레질로 그 뒤처리를 하여야 했지만, 그것은 이 불행한 노인들이 당하지 않은 고통이란 하나도 없었다는 점을 부각시키는 데는 효과 만점인 기획이었다.

제2실에서는 노인의 얼굴과 신체를 보여 주고 있었다. 넋나간 듯한 표정에다, 이가 다 빠지고 주름살로 쪼글쪼글해진 노인들의 얼굴 사진들이 나열되어 있었다. 가련할 정도로 바싹 마른 노인들이 거의 다 벗다시피 한 몸으로 추위에 떨면서, 마치 외양간의 소들처럼 한 방에 몰려 있는 사진들도 있었다. 간호사들의 못된 눈초리 속에서도 간절히 진료의 손길을 기다리고 있는 눈빛들이었다.

토요일과 일요일, 그리고 공휴일에는 노인들의 삶을 보여 주는 지독히도 끔찍한 연극을 공연했다. (어버이날에는 특별히 두 차례의 공연이 예정되어 있었다.) 1장에서는 간호사가 한 노인을 마치 더러운 빨랫감 주머니 끌 듯이 끌고 가는 장면이 나왔다. 그녀는 괄약근 조절을 제대로 하지 못해서 속옷을 더럽혔다는 이유로 노인의 엉덩이를 철썩철썩 때렸다. 이어서 노인의 코를 배설물에 바짝 갖다대고는 억지로 냄새를 맡게 하였다. 2장에서는 TV에 정신을 팔린 한 간병인이 반신불수의 노파에게 음식을 먹여 주고 있었는데, 불쌍한 노파의 목과 셔츠 위로 국물이 줄줄 흘러내리고 있었다. 식사 후, 환자는 의료 검진을 받았다. 진료가 끝났는데도 노파는 그냥 다리를 벌린 채로 앉아 있었다. 이성을 이미 잃은 상태여서 수치심마저도 느낄 수가 없었던 것이다. 그러나 이 장면은 너무 외설적이라고 판단되어 곧 삭제되었다.

마지막 3장은 노인들의 약함과 고독을 고발하고 있었다. 한 노인이 안경을 달라고 요구했다. 책을 읽고 싶었기 때문이다. 그러나 그에게 돌아온 대답은 이러하였다. "당신에겐 안경이 필요 없어. 이젠 아무것도 이해할 수 없는데, 뭘 읽겠다는 거야." 그러자 노인은 자신이 애착을 갖고 있던 물건 하나를 요구했다. 그의 가족 사진이었다. "당신에겐 그런 사진을 갖고 있을 권리가 없어. 여기서 당신에게 속한 것이라곤 아무것도 없단 말이야." 노인은 편지도 받을 수 없느냐고 물어보았다. "이젠 당신을 기억하고 생각해 주는 사람은 단 한 명도 없다고 말했잖아. 도대체 몇 번이나 더 말해 줘야 알아듣겠다는 거야!" 불쌍한 노인은 마치 어린아이처럼 울었다. 하지만 그 모습에서는 우는 아이들에게서 볼 수 있는 귀여움 같은 건 전혀 찾아볼 수가 없었다.

막이 내리자 관객들이 일어나서 박수를 쳤다. "정말 너무들 했어!" 대체적인 반응이었다. 상상과 현실을 혼동하고는 "더러운 놈들!" 하고 욕설을 퍼붓는 사람들도 있었다. 그러자 간호사 역할을 맡았던 배우는 아무도 눈치채지 못하도록 무대 뒤를 살짝 빠져 나와 조심스럽게 박물관 출구로 향했다. 좋은 좌석에 앉기 위해서는 미리 예약을 해두어야 했다. 평소에 지나치다 싶을 정도의 낙관주의로 종종 나를 화나게 만드는 친구가 있었는데, 어느 날 이 친구를 데리고 연극을 보러 갔다. 그도 연극을 보더니 상당히 동요한 것 같았다. 하지만 결국 그의 대답은 이런 거였다. "그런데 연극이 뭔가 수상한 의도를 가지고 있는 듯한걸." 수상한 의도라고? 나는 그가 "정말 역겨워, 어떻게 그럴 수가 있었을까!"라고 말해 주길 바랐었다. 그날 나는 인간에 대한 그의 멍청할 정도의 신뢰감을 결코 흔들 수가 없으리란 걸 깨달았다.

나는 다시 냉정하게 생각을 가다듬었다. 그 연극이 어느 정도 과장되었다는 생각은 들었다. 하지만 노인들을 상대로 의도적인 공포를 만들어 낸 거라고는 절대로 믿고 싶지 않았다. 수상한 의도라니……. 그날 나는 구식 냄새가 풍기는 어느 그룹이 모인 자리에 우연히 끼이게 되었다. 거기에 모인 몇몇 사람은 나와 같은 신념을 갖고 있었다. 50대로 보이는 한 남자(역사가라고 했다)가 우리를 초대해 모임을 열기로 했다. 모임은 다음날 그의 집에서 있었다. 우리는 그 문제에 관한 자료들을 각자 가져오기로 했는데, 그 중 한 인류학자가 4개 양로원에서 옛날에 사용했던 식단을 어디선가 구해 왔다. 식단들은 제철 야채와 체리·송아지 고기(닭고기나 오리 고기가 아니라 제법 비싼 송아지 고기였다!) 등으로 구성되어 있었다. 마침 한 양로원의 식단 우에는 생선 수프의 재료들까지 상세하게 적혀 있었다. 생선, 치즈, 튀긴 빵조각, 소스…… 한 재료도 빠지지 않은 제대로 된 요리였다!

우리는 뭔가 이상하다는 느낌에 빠지게 되었다. 우리의 사랑하는 노인들이 이토록 안락한 생활을 하고 있었다는 말인가? 몇 가지 자료를 통하여 내려야 할 결론은, 그들을 위해서라면 아까울 게 없을 정도로 모든 것이 공급되고 배려되었다는 거였다. 믿을 수 없는 결론이었지만, 우리에게 주어진 자료들이 말하고 있는 건 바로 그것이었다. 확인을 해보기로 했다. 그래서 지금은 돌아가시고 안 계신 부모를 예전에 그 양로원에 모셨던 한 여인을 수소문해서 찾아갔다. 그녀는 양로원의 개원 기념일에 찍은 비디오 한 편을 우리에게 보여 주었다. 햄 · 소시지 · 베이컨 등과 케이크로 구성된 풍성한 뷔페가 식당 안에 마련되어 있었다. 식사 후에는 원장이 무도회를 열어 주었고, 진짜 악단이 와서 음악을 연주했다.

흥분한 몇몇 친구들은 과거의 진실을 지나치게 왜곡하고 있는 노인들의 정책에 항의해서, 박물관 벽에 이런 자료들과 사진들을 붙였다. 그러나 순식간에 뜯겨지고 말았다. 다시 새로운 사진들이 나붙었다. 그것 역시 곧 사라졌다. 나는 친구들에게 조심하라고 충고했다. 그리고 "자네들은 양심대로 행동했으며, 또한 부모를 돌아가실 때까지 잘 모셨던 자들이다. 중요한 것은 그 사실이다"라고 말해 주었다. 다만 역사가라는 자만이 우리가 내린 결론을 완강히 부인하였다. 그건 아마 자신이 쓰고 있는 논문의 주제와 너무 동떨어진 결론이었기 때문에 그랬을 것이다. 그후 나는 그를 한 번도 보지 못했다. 그가 논문이나 책을 냈다는 소문도 듣지 못했다. 아마도 양심의 가책을 받았거나, 아니면 너무 조심스러워서 논문 발표를 연기했던 건지도 모른다.

이런 식의 반발이 몇 차례 있고 난 뒤부터는, 선한 사람들이나 정의로운 사람들은 더 이상 노인들에게 관심을 가질 수 없게 되었다. 어쨌든 노인들은 그들 나름의 아픔을 기념하는 기념탑을 갖고 있는 셈이었다. 그래서 이번에는 어른들의 악한 행위를 견뎌내야만 했던 자녀들에게 관심을 돌리게 되었다.

옛날에는 아이들을 너무 쉽게 감옥으로 보냈었다. 참으로 아무것도 아닌 가벼운 잘못에도 무거운 형량을 부과하는 게 보통이었다. 어린 로베르는 돼지기름 한 덩어리와 설탕 조금, 그리고 감자 몇 알을 훔쳤다는 죄목으로 감화원에서 8년을 지내도록 선고받았다. 거리를 방황하면서 구걸을 했다는 이유로 잡혀 들어온 아이들도 있었다. "사생아 시몽, 11세, 토끼 한 마리와 오리 두 마리를 절도한 죄로 2년의 징역. […] 목동 필리프, 감화원에서 식료품과 그외의 몇 가지 물건을 절도한 죄로 20세까지 감화원 생활."* 지금은 형기가 점점 길어지고 있다. 사실 1년 혹은 2년 동안 처벌을 받아서, 그런 아이들에게 무슨 변화가 있단 말인가? 형량이 10년이나 15년 정도는 되어야지 그런 대로 아이들을 교육시키고, 제대로 길들일 시간이 있을 것 아닌가?

감화원에서 지내는 아이들의 일반적인 상황을 보자면…… 그들은 배고프고, 목마르고, 추위에 떨어야 하며, 불결한 환경 속에서 지내야 한다. (갈증을 해소하기 위해서 물탱크 속으로 뛰어들었던 아이도 있다. 며칠 후 물탱크 속에서 익사한 그의 시체가 발견되었다.) 규칙을 위반했을 때 내리는 다양한 처벌들은 잔인하기가 한이 없다. 예를 들면 불쌍한 아이의 두 발목을 쇠사슬로 묶어 놓았는데, 두 발목 사이의 쇠줄의 길이가 채 30센티도 안 되었

* 마리 루아네, 〈감옥 안의 아이들〉, 파리, 페이요, 1992.

다. 그런가 하면 40대 혹은 60대씩 채찍질을 하기도 했다. 감화원 원장은 그 채찍질을 두 번에 나누어 아침에 30대, 저녁에 30대를 때렸다고 한다. 그래야 낮에 아이에게 일을 시킬 수 있다는 계산에서.

아이들이 어떻게든 감화원에서 도망치려고 하는 이유가 여기에 있다. 그들은 한 번 잡혀도 다음번에 또다시 탈출을 시도한다. 상처입은 발, 살갗이 벗겨진 손을 한 채로 계속해서 길을 떠나는 것이다. 아이들은 살기 위해서 먹을 걸 훔치고, 신분을 감추기 위해서 옷을 구해야 한다. 선량한 시민들은 그런 아이들을 보면 신고하기에 바쁘다. 감화원으로 다시 붙잡혀 온 아이들에게는 물론 엄한 벌이 기다리고 있다. 그래도 그 아이들은 단 며칠 동안이라도 자유를 꿈꿀 수 있었을 것이다.

사정이 이렇게 밝혀지고 보니, 이번에는 아동에 대한 범죄들을 모두가 기억하고, 이에 대해 수치심을 느껴야 마땅하다는 의견들이 나오게 되었다. 그 결과 박물관이 세워졌음은 물론이다. 하지만 그런 것들을 전시하여 한낱 구경거리로 전락시킴으로써 오히려 문제의 심각성을 반감시키는 건 아닐는지…?

이렇게 되니 두 세대 사이에 끼여 있는 중년층은 자신들이 아주 불리한 위치에 있다는 생각이 들었다. 말하자면 노인들을 구박하고, 자녀들을 학대한다고 양쪽에서 공격을 당하는 셈이었다. 그들은 연구진들의 의견을 반영하고, 자신들 세대에서 자녀들로 인해 고통을 겪고 있는 사람들의 사례들을 모아 박물관을 세우기로 했다. 이들의 박물관에는 그다지 독창성이 없었다. 왜냐하면 아무래도 앞서 만들어진 두 박물관에서 그 외형과 시스템을 본뜬 부분이 많았기 때문이다.

그곳에 전시된 사연들은 이러했다. 이브는 다음과 같이 부모를 협박했다. "지금 당장 할리 데이비슨 오토바이 한 대만 사줘. 안 사주면 이 집을 쑥밭으로 만들어 놓을 거야. 목욕탕 벽과 바닥 타일에다 송곳으로 구멍을 내겠어. 거실 유리창도 박살을 내고, 옷이란 옷은 다 찢어 버릴 거야. 그걸 다 수리하려면, 중고 오토바이 한 대 사주는 것보다 훨씬 돈이 더 들걸!" 크리스티앙은 다른 식으로 어머니에게 최후 통첩을 했다. "돈 없다는 소리같은 건 절대로 안 통한다는 걸 아슈. 가구 몇 가지만 팔면, 얼마든지 돈을 마련할 수 있을 테니 딴소리 말라구. 당장 서두르라니까. 나중에 다시 오지 않도록 말이야. 귀찮게 한 번 더 오게 만들면, 그땐 액수가 더 커진다는 걸 아셔야지."

나탈리는 어머니 곁에 있기를 더 좋아하는, 눈에 띄는 금발의 어린 소녀였다. 그녀는 어머니가 세 끼 식사를 꼬박꼬박 자기 침대로 갖다 주게 했다. "불고기는 딱 알맞게 구워요. 절대로 타면안 돼, 엄마. 그저께처럼 채찍에 맞지 않으려면 실수 없이 잘 해야 한다는 거 알지?" 5월의 어느 날 저녁, 그녀의 어머니는 딸의입맛에 맞는 식사를 준비하기 위해 두 번이나 상을 차려야 했다. 열이 나면서 아팠던 탓에 안타깝게도 딸에게 줄 무슬린 소스를 망쳤던 것이다.

창백한 얼굴이 오히려 낭만적으로 보이는 여고생 미레이유는, 자기 어머니를 지하실에 가두고 48시간이 지나서야 풀어 주었다. 자기에게 사과하라고 하는 딸의 말을 듣지 않았기 때문이다.

이런 사건들은 법정에 올려져도 제대로 결론이 나지 않았다. 판사들이 부모들에게 지나치게 관용적이든지, 지나치게 가혹한 판결을 내리든지 둘 중의 하나였다. 가혹한 처벌을 받은 부모는 아예 집을 떠나 아무도 모르는 곳으로 도망칠 수 있기를 간절히 바랐다. 자신의 생명을 보존하기 위해 행방을 알리지 않고 종적을 감췄던 한 아버지는 손발이 묶인 채로 아들에게 붙잡혀 와야 했다. 예전에는 아버지들이 가끔씩 가족들에게 행방을 알리지 않고 훌쩍 떠났다가 돌아오는 일들이 있었다. 하지만 그처럼 축복받은 시절이 있었다는 건 이제 옛말이 되었다. 다시 집으로 돌아온 가장은(가장이라는 이 모순된 단어를 과연 써도 좋을지 모르겠지만) 진정제를 몇 알씩 삼키면서 하루하루를 보냈다. 그는 회계사로 일하는 직장에서도 몇 번씩이나 계산이 틀리곤 했고, 그것을 수정하기 위해 아주 늦은 시간까지 일을 해야만 했다. 결국 회사에서도 퇴출을 당하고 말았는데, 그날부터 집에서 하루 종일 자식들의 구박과 괴롭힘을 당하여야 했다. 다행히도 간신히 야간 경비원 자리를 얻을 수 있었고, 아들이 늦잠을 자는 덕에 그나마 아침 나절엔 평화로운 시간을 가질 수 있었다.

박물관에 전시된 사례들 중에는 로랑 부인이 자살을 하여야 했던 상황은 포함되어 있지 않았다. 알려지지 않은 그 이야기를 하자면…… 이 불쌍한 여인은 개망나니 같은 아들의 학대를 어떻게 피해야 할지 몰랐다. 아들은 어머니의 월급을 가로채는 것만으로도 모자라 때리기까지 하였다. 그녀는 이 패역무도한 자식의 폭력과 자신의 고난에 찬 삶에 종지부를 찍기로 결심했다. 마침 이웃집 여인이 그녀에게 사설 탐정을 소개해 주었는데, 이 작자가 조심성이라곤 없는 사람이었다. (그는 전쟁을 겪는 동안, 우리 모두 언젠가는 죽을 인생들이라는 진리를 온몸으로 배운 자였다.) 하여간 어머니는 아들에게서 훔칠 수 있는 돈이란 돈은 다 훔쳐냈다. 그러고도 모자라는 액수를 채우기 위해 은행에서 대출까지 받았다. 탐정은 도무지 어려운 일이란 게 없는 사람이었다. "부인, 안심하십시오. 이제 곧 편해지실 겁니다. 오늘 저녁은 이웃집에 가서 알리바이를 만드십시오. 나는 조니에게 술을 먹여 취하게 만들었다가 적당한 때를 봐서 처리하겠습니다. 아드님이 많이 고통스럽지 않도록 특별히 신경을 쓸 테니 걱정 마십시오. 약속합니다." "절대로 실패하는 일이 있어서는 안 돼요, 아시겠지요?" 그녀는 천성이 걱정이 많은 여자였다. "안심하고 날 믿으셔도 됩니다!" 탐정이 외쳤다. "이보다 훨씬 더 어려운 일들도 뒤탈 없이 깨끗하게 잘 끝냈는데, 이 정도쯤이야 일도 아니지요." 그런데! 그날따라 조니의 친구들이 불시에 들이닥쳤다. 자신만 믿으라고 큰소리치던 탐정의 계획은 완전히 틀어지고 말았다. 뿐만 아니라 친구들에게 모든 사실을 술술 고백해 버렸고, 불법으로 받았던 돈도 그대로 토해 놓아야 했다.

건달 아들은 곧 제 어머니를 경찰에 신고했다. 여론은 자기 자식을 살해하려 한 비정한 모정을 맹렬히 비난했다. 치즈 가게 여주인과 정육점 주인은 이 가엾은 여인에게 물건 팔기를 거부했다. 다니던 여행사에서도 그녀를 해고했다. 그런 중에도 한 신문은 그녀에게 약속하기를, 청부살인 계획에 대한 이야기를 써주면 상당한 액수의 돈을 주겠노라고 했다. 하지만 다른 신문사에서 이 신문사보다 먼저 그 모자의 이야기를 실어 높은 가격에 팔

아먹어 버렸다. 그러니 처음에 약속했던 신문사가 그 약속을 이행할 리 만무했다. 그러자 신의를 지키지 않은 신문사로부터도 상처를 받고, 오랜 단골 가게인 정육점 주인으로부터는 스테이크 사는 일마저 거절당한 여인은 생을 마감하기 위해 다량의 수면제를 복용하였다. 숨이 넘어가기 직전 그녀는 기어이 구토를 해서, 아들이 비싼 돈을 주고 샀던 가죽 소파를 버려 놓았다.

아들을 죽이려 한 어머니의 이야기는 아무래도 좀 그랬다! 박물관 직원들은 이 증언에 대해서는 더 이상 이야기하고 싶지 않았다. 그래서 이 이야기가 박물관에 남지 않게 된 것이다.

나와 친구들 몇 명은 이렇게 세대간의 전쟁을 유발하는 것이 정확하게 무엇인지, 그 정체를 밝혀내고 싶었다. 이 전쟁은 그 자체로도 매우 유감스러운 것이었다. 하지만 이 전쟁은 다른 갈등, 그것도 매우 현실적인 갈등들을 뒤에 숨기고 있음이 틀림없었다. 우리는 지방 언론들을 통해서, 자식들을 사랑할 줄 몰랐던 부모들과 혈육의 말을 듣지 않았던 자녀들에게만 책임을 물어서는 안 된다는 걸 보여 주고 싶었다. 우리는 '사랑을 받지 못한 자녀들이 증오심 많은 부모가 된다' 는 너무도 명백하고 뻔한 공식만으로는 만족할 수 없었다. 그런 우리들의 눈에 아주 이상하게 비친 한 가지가 있었다. 그것은 연령과 혈연 관계를 떠나서 우리 모두를 위협하는 건 이런 정신병적인 기괴한 행동들이 아니라, 서로에 대한 지독한 무관심이라는 사실이었다. 물론 친절이나 헌신의 예들도 얼마든지 넘쳐나고 있었다. 조금 더 낙천적으로 이야기하자면, 그런 상냥함과 희생이 우리 삶의 일반적인 규칙이 되고 있었다. 그럼에도 불구하고 자신만 생각하고 남을 괴롭히는 데 집착하는 태도는, 아무리 소수에게서만 보여지고 있다 해도 악의 불가사의한 특성을 인정하지 않을 수 없게 만들었다. 우리는 이성(理性)을 숭배하고, 사람을 신뢰하도록 양육받아 왔다. 그리고 이런 냉혹하고 비정한 태도들은 말할 수 없이 부끄러운 행동이라고 보아 왔다.

나와 친구들의 이런 분석은 중요한 부분에서 합의를 보지 못했기 때문에, 우리의 의견을 싣고자 했던 신문사에 전해지지 못했다. 우리 중에서 실증주의적 정신을 가진 몇몇 사람이 지적하기를, 우리의 분석에서 자기들이 결코 동의할 수 없는 휴머니스트적인, 심지어 기독교적인 색깔이 묻어난다고 하였기 때문이다. 그들의 생각에 따르면, 모든 세대들이 함께 살아가는 데서 오는 어려움은 일시적인 것에 지나지 않는다는 거였다. 때문에 인문과학의 새로운 통로들, 즉 좀더 개선된 정치적 활동들이 앞으로 그런 문제들을 없애 줄 수 있다는 것이다.

어찌되었든 이런 분석의 결과들을 발표한 것은 큰 효과를 보지 못했다……. 아마 상황은 나름대로 굴러갈 것이다. 박물관들은 폐관되기 직전까지 상당한 성공을 거두었다. (우리 친구들이 전혀 개입하지 않았는데도 박물관들은 폐관되었다!)

박물관들이 한창 관심을 끌고 있었을 무렵, 많은 사람들이 이 세 박물관을 연달아 관람하였다. 박물관들이 서로 이웃해 있기도 했지만, 한꺼번에 관람할 경우 상당한 액수를 할인받을 수 있었기 때문이다. 문제는 이런 박물관들이 한결같이 끔찍해서, 동시에 다 관람하기가 몹시 부담스럽다는 것이었다. 그러나 소수의 사람들은 이곳들을 돌아다니면서 위안을 얻었다. 그들은 우선 이처럼 야만스러운 행위들로부터 벗어나 있다는 사실이 행복하게 여겨졌고, 감사하는 마음이 들었다. 이후로 자신들이 견뎌내야 할 괴로움들을 좀더 너그럽게 견뎌낼 수 있을 것 같았다. 아마 도덕성이나 타인을 배려하는 마음들이 점점 더 성숙해질 것이다.

그러나 대부분의 사람들은 절망감을 느꼈다. 부모들이 그들에게 사형수처럼 고약하게 굴고 있거나, 혹은 반대로 희생자처럼 살고 있었기 때문이다. 이런 비인간적인 관계에서 언젠가는 벗어나리라고 어떻게 기대할 수 있겠는가? 이번에는 자신들이 부모의 권위를 무시하고, 비정하게 대하는 자식들을 갖게 될지도 모르는데······.

더 깊이 생각해 보면 더욱 유감스러운 결론이 내려질 수도 있다. 설령 인간들이 서로 괴롭히고 상처 주는 일을 중단하였다고 해도, 우리는 영원한 수치심을 간직하게 될 것이라는 사실이다. 과거는 우리가 더 이상 어떻게 수정해 볼 수 없는 것이기 때문이다. 강자들이 약자들을 착취하고 죽이기까지 하는 시대에서는 어떤 속죄도 기대할 수 없다. 혹시 무슨 기적이라도 일어나서 세대들간에 조화가 이루어진다 해도, 모든 세대가 연대 책임을 느껴야 할 그 악을 속죄할 수는 없을 것이다.

수많은 박물관들이 있었지만, 다행히도 그 중에서 우리가 이야기한 세 박물관들이 문을 닫았다. 이 박물관들이 존재하는 한 계층간에 왜곡된 분쟁이 계속될 거라는 점에서, 나는 이들의 폐관 조치가 마땅히 칭송받을 만하다고 생각했다. 그러나 이 조치에도 자못 염려되는 점이 한 가지 있긴 했다. 기억의 의무를 저버리고,

가슴 아픈 과거를 기억하지 못하게 되는 건 아닐까 하는…….

세 명의 관리인과 직원 몇 명이 폐관된 박물관들을 지키고 있었다. 아주 오랜 시간이 흐른 어느 날, 혹시 다시 문을 열어야 할 경우가 생길지도 모르기 때문이었다. 이들은 용감하게도 하루에 한 번씩 박물관의 각 방들을 순찰했다. 그리고 그때마다 갈가리 찢긴 가슴을 안고 사무실로 돌아왔다. 나는 그들 중 심성이 아주 예민한 관리인과 가까이 지냈다. 그를 볼 때마다, 인류가 세대를 이어 가면서 매일매일 저지르는 죄악을 계속해서 참고 계시는 그리스도와 비교하게 된다. 그는 어쩌면 다른 두 명의 동료들과 함께, 이 영원한 희생 제의를 드리도록 미리 운명지어진 사람은 아니었을까…?

몽상 그리고 해결책

침묵의 섬들

나와 더 관련이 있는 쪽이라면, 가난보다는 비참이라고 해야 할 것이다. 가난은 구체적인 모습을 가지고 있다. 그래서 그것을 약화시켜 보려고, 심지어 없애 보려고 시도해 볼 수가 있다. 하지만 비참은 다르다. 비참은 극단적인 가난에서 나온 것일 경우를 제외하고는 제대로 파악할 수가 없다. 그것은 모호하면서 동시에 형이상학적이고, 정신적 · 사회적인 개념이기 때문이다. 정확히 말해, 나는 인간에게 있어서 비참은 어떤 의미에서 결코 벗어날 수 없는 것임을 알고 있었다. 때문에 비참에 대한 두려움은 줄곧 나를 떠나지 않고 괴롭혔다.

비참에 관한 명상은 나의 여러 가지 경험과 독서를 통해서 발전해 왔겠지만, 실은 한 이미지에 대한 생각이 큰 영향을 미쳤다. 그것은 타인들을 위해서 쉬지 않고 노를 젓는 갤리선 노예들이 처한 비참한 상황에 대한 생각이었다. 뿐만 아니라 벌을 받아야 마땅한 고리대금업자들이나 고문관·가해자들의 삶도 비참하고 불쌍하게 여겨졌다.

나는 비참이란 우리가 거부할 수 없는 불행한 유산이라고 생각했다. 다른 사람들이 자유나 사랑을 최초로 경험하는 때가 있듯이, 나도 인간의 비참함을 처음으로 직면한 때가 있었다. 내 자신이 가장 초라하게 여겨졌을 때인데, 그때 나 자신에 대한 분노 혹은 혐오감을 느꼈었다. 그런데 그런 노여움에도 불구하고, 노여움의 대상인 내 자신에게 동정심을 느꼈다. (그렇다고 나를 용서했다는 것은 아니다.) 그러다 어느 정도 원기를 회복하고 다시 허세를 부릴 수 있게 되자, 나와 타인들 안에 있는 인간의 비참함을 한동안 잊어버렸다.

나는 아이였을 때, 그리고 청소년이었을 때, 늙음이라는 것이 가장 견딜 수 없는 비참한 형태 중 하나라고 생각했었다. 그러나 학교에서는 노년기가 행복한 시기라고 이야기했었다. 그러면서 노인들은 다정하고 현명하고 너그러우며, 다시 순진한 동심으로 돌아간 사람들이라고 가르쳐 주었다. 종교인들뿐만 아니라 일반 속인들의 생각도 이런 개념을 퍼뜨리는 데 공헌했다. 하지만 내가 관찰한 노인들의 모습은 전혀 다른 것이었다. 귀로 듣고 배운 것과는 너무도 달라서, 도저히 내 눈을 믿을 수 없을 정도였다. 내가 만난 노인들은 나이가 들어가면서 점점 더 이해할 수 없는 사고 방식을 갖고, 자기에게 필요한 것과 자기의 육체에 관한 것에만 관심을 보일 뿐더러 비겁할 정도로 삶에 집착하는 사람들이었다. 언젠가는 이렇게 되어 버리고 말 인생의 부조리를 분명하게 보여 주는 사람들 같았다. 그들은 발육이 느린 덩치 큰 어린

아이들 같아서 엉덩이에다 파우더를 발라 주고, 겨드랑이에다 오데코롱을 뿌려 주고, 한 숟가락씩 음식을 떠먹여 주면 좋아할 거라는 생각이 들게 했다. 나는 노인들은 지혜롭고 너그럽다고 이야기하던 어른들을 의심하기 시작했다. 내게 이런 거짓말을 한다면, 다른 거짓말은 하지 않으리라는 보장이 있을까? 그랬다. 어른들은 어리석고 감상적인 소설들을 만들어 냈다. 좋은 의도나 효심에서 그랬던 게 아니라 현실을 직면할 용기가 없었기 때문이다. 곪아터질 것 같은 상처, 물렁물렁한 육신, 늙어 간다는 우울한 아픔을 직면할 용기가 없었던 것이다. 한때는 어린아이였고, 청소년이었고, 성년이었던 우리가 결국엔 집행유예를 선고받은 늙은이가 된다는 그 고통스러운 결론을 인정할 수 없었기 때문이다.

나는 노인들을 관찰하면서, 내게 약속된 미래에 관한 수수께끼를 풀어 보고 싶었다. 그래서 선택을 했다. 될 수 있는 한 욕심 많은 노인들은 피하기로 했다. 노인들은 나를 번쩍 들어 무릎 위에 앉힌 뒤에, 얼굴을 내 얼굴 가까이에 대고는 떨리는 손으로 어린 손을 잡는 방법을 너무나 잘 알고 있었다. 빨강 모자의 이야기를 들을 때마다, 있을 것 같지 않은 상상 속의 늑대보다 내가 더 무서워했던 대상은 빨강 모자의 할머니였다. 나는 노인들을 보면서 마음 아픈 점을 한 가지 더 발견하게 되었는데, 그건 모든 노인이 다 똑같이 고약한 건 아니라는 사실이었다. 호사를 누릴 수 있는 자들은 부유한 노인들뿐이었고, 가난한 노인들은 그런 삶을 철저히 거부당했다. 가난한 노인들이 점점 더 초라해져 가는 반면, 부유한 노인들은 자신들의 것을 마음껏 즐기고 있었다. 그들은 이기적이고 변덕이 심한 사람들이었으며, 약자들에게 함부로 권력을 휘둘렀다. 이처럼 불공평하고 가슴 아픈 광경은 어린 내 마음에도 분노를 일으켰다. 하지만 그런 분노에도 불구하고, 한편으로 나는 부유한 노인들이 자신의 불면증과 휠체어와 사람을 부르기 위한 작은 종을 기술적으로 사용하는 방식에 감탄하게 되었다. 마침 그런 노인들 중 한 사람이 내 눈길을 끌었고, 우리는 사전 협의도 없이 서로에게 접근하기 시작했다. 과거를 돌아보는 지금, 나는 그를 폭군 노인이라고 부를 것이다.

폭군 노인은 늙은이의 못된 계략들을 보며 즐길 줄 알았던 11세짜리 사내아이에게 감탄을 금치 못했다. 그래서 그 꼬마를 즐겁게 해주려고 일부러 고약한 행동을 더하였다. 삶의 모든 걱정거리들로부터 벗어나 있었기에 그는 많은 비용을 들여서 즐기고, 타인을 괴롭히고, 뜻밖의 사고들을 저지르고, 모든 사람들이 숨기려고 하는 것을 거침없이 폭로하고, 비현실적인 고통들을 흉내내고, 견디기 힘든 아픔들을 감추는 법을 배우는 데 거리낌이 없었다. 부유한 특권층을 상징하는 값비싼 고급 지팡이와 당당한 시선, 두말 할 필요 없이 많은 돈……. 그는 이런 것들을 이용해서 예절이고 뭐고간에 모든 것을 뒤죽박죽으로 만들었고, 전혀 새로운 언어 체계를 고안해 냈다. 그리고 오직 어린 소년의 관심을 끌 수 있는 세계를 만들어 갔다. 나는 그런 노인과 우정의 협정을 맺었다. 다른 사람들은 우리 두 사람 사이에 이루어지고 있는, 뭔가 은밀하면서도 석연치 않은 이 게임의 범위가 어디까지인지를 의심하기는커녕 그런 게임이 존재한다는 것조차 알아차리지 못했다. 그들은 어린아이들에게서 흔히 볼 수 있는 왜곡된 시선을 감탄할 수 있는 천재 노인의 능력에 별로 관심을 두지 않았다. 나는 이 점을 보지 못하는 어른들을 원망했다. 분노 때문에가 아니라 어른들의 어리석음을 깨우쳐 주고 싶어서, 식탁보를 잡아당겨 접시들을 떨어뜨리고 싶은 유혹을 억지로 참아내곤 하였다. 시간이 지나면서 나는 그때까지만 해도 몰랐던 그 노인과 몇몇 다른 노인들의 매력을 이해하게 되었다. 아이들은 놀 때도 너무 많은 에너지를 쏟아내면서 맹목적인 태도가 되어 버리는데 비해서, 더 이상 아무런 희망이 없는 노인들은 무슨 일에나의욕 없는 무관심한 태도를 가질 수 있었기 때문이다. 따라서 그나이에는 늠름하고 당당한 풍채만 유지할 수 있다면, 음유시인들에게서나 볼 수 있는 그런 순수함을 가지고 검은 속셈 없는 교제를 할 수 있을 것이다. 내가 관심을 가졌던 노인만 해도 그랬다. 부루퉁해하고, 발을 쾅쾅 구르고, 사람을 부르기 위해 종을마구 흔들어대고, 유산을 상속하지 않겠다며 위협하는 일들만 그만두었어도 충분히 사람들의 환심을 살 수 있었을 것이다.

어쨌든 나는 그 노인이 주변 사람들에게 모욕을 주는 태도가무척 싫었다. 모두가 비겁한 겁쟁이였던 것은 분명했다. 하지만그렇다고 해서 그 노인의 태도가 용서될 수 있는 건 아니었다. 어느 정도 시간이 지나자, 이번에는 그가 나를 악용하고 싶어했다. 그는 내게 자질구레한 심부름들을 시켰고, 나는 조심스럽게 임무를 완수했다. 그러면 그는 시간이 꽤 흐른 후, 며칠 전 심부름을 들먹이며 내가 잔돈을 제대로 돌려 주지 않았다고 억지를 부렸다. 내가 그의 심부름으로 사다 주었던 물건들은 사실 그에게

별 필요도 없는 것들이었다. 그저 나를 시험해 보고 싶었던 것이다. 그러면서 짐짓 화가 난 것처럼 지팡이를 사납게 흔들어대곤 했다. 그래서 어느 날 나는 더 이상 그 노인을 찾아가지 않겠다고 결심했다. 그건 그에게 가장 큰 벌이었다. 내게는 그 노인말고도 가까이 지낼 수 있는 또 다른 노인들이 있었다. 반면 그는 자신의 변덕을 재미있어하면서 받아 줄 수 있는 유일한 대상을 잃은 셈이었다. 나는 그가 자기의 변덕스러운 기질에 대해서, 또 결코 사소하다고 할 수 없는 장난들에 대해서 비밀을 지켜 줄 수 있는 속 깊은 친구를 찾으려고 애쓰다가, 결국 허탕치고 우울해하는 모습을 상상했었다. 나는 요즘 들어서 그 기억을 떠올리며 불편한 기분을 느낀다. 그와의 사이가 좋지 않았다는 것 때문이 아니라, 내 삶의 중간중간에 구두점을 찍었던 결별들의 횟수 때문이다. 나는 내가 참을성이 많고, 변덕이 없는 편이라고 생각한다. 하지만 아직 시간적 여유가 있을 때 나와 상대방 사이의 문제를 해결할 줄 모른다. 아무 감정도 드러내지 않고 그저 우물쭈물하고 있다가, 더 이상 견디기 힘들다고 생각되는 순간 살짝 발뒤꿈치를 들고 슬며시 뒤로 물러나는 편이다. 그래서 나와 상대가 완벽한 사이라고 믿고 있던 주위 사람들은 우리가 완전히 헤어지고 난 뒤에야 그 갑작스러운 결별에 깜짝 놀라곤 한다.

이제 내 삶 속에 들어왔던 두번째 노인에 대해서 이야기하고자 한다. 그는 철저하게 고독을 즐기는 자였다. 니스의 카라바셀 가 근처에서 살았던 나는, 그곳에서 멀지 않은 양로원 주변에서 노닐며 벽에 나 있는 틈새를 통해, 혹은 벽 높이까지 풀쩍풀쩍 뛰어올라 그 안을 들여다보길 좋아했다. 심지어 검은 신부복을 입고서, 종교 단체에서 운영하는 이 양로원의 고해실 안에서 노인들이 고백하는 죄를 듣고 있는 나를 꿈꾸기도 했다. (이 얼마나 신성모독적인 상상인가!)

그즈음 내 또래 중에서 제법 올된 아이들은 나와는 다른 의도에서 훔쳐보는 걸 좋아했다. 그들은 구석진 곳에 웅크리고 앉아서, 마을의 처녀나 젊은 부인들이 옷 벗는 장면을 우연히 목격할 수 있기를 바랐다. 나는 그 아이들이 몇 시간쓰이라도 기다릴 수 있다는 걸 알고 있었다. 부모들이 밤에는 외출하는 것을 허락해 주지 않았기 때문에, 대낮에 그런 장면을 만나는 행운을 안으려면 운명의 여신이 웃어 주기만을 바라는 수밖에 없었다. 어쩌다 젊은 아가씨가 옷을 벗는 장면을 포착하였다고 해도, 등이나 옆모습을 보이고 있으면 목적을 제대로 달성했다고 볼 수 없었다. 그들은 예쁘고 귀여운 아가씨들이 낮에도 옷을 몇 번씩이나 갈아입거나, 아니면 여름날 제일 더운 시간에는 아예 속옷을 입지 않을 거라고 생각했던 것 같다. 운이 더 좋다면, 예기치 않게 남편이 젊은 아내를 불쑥 포옹하는 장면을 목격할 수 있을지도 몰랐다. 내가 그들에게서 감탄했던 건 꼼짝도 않고 기다리는 능력이었다. 동시에 내가 놀랐던 점은(왜냐하면 그때만 해도 인간의 심리와 그 악함에 대해서 아는 바가 별로 없었기 때문이다) 그런 장면이라면 자기들 집에서도 얼마든지 볼 수 있는 것들인데도 굳이 남의 집에서 보기 위해 그처럼 애를 쓴다는 사실이었다. 그들이 바랐던 건 단지, 이건 내 추측이지만 희생자가 알지 못하게 은밀히 숨어서 본다는 것, 그게 아니었나 싶다.

하지만 그들 편에서 본다면, 나를 이해할 수 없었을 것이다. 그들은 말도 안 되는 소리로 나를 괴롭혔다. "그래, 네가 밤낮 틈새로 들여다보는 할머니 팬티는 무슨 색깔이더냐? 할아버지 고추는 봤냐?" 그들은 내가 자기들과 축구를 하거나 용돈을 벌 수 있는 잔심부름 같은 걸 하지 않고, 나 역시 자기들처럼 몇 시간씩 움직이지 않고 지켜볼 수 있다는 사실에, 그것도 다른 목적으로 그럴 수 있다는 데 깜짝 놀랐을 것이다.

그곳 노인들 가운데 한 명이 내 눈길을 끌기 시작했다. 언제나 혼자 벤치에 앉아 있었기 때문이다. 그후로 나는 나보다 50년 혹은 60년 연상이었을 그 노인과 보조를 맞춰 살기 시작했다. 그는 늘 혼자 떨어져 있었다. 양로원의 동료들이 서로 어깨를 맞대고 앉아 있거나, 때때로 이쪽 벤치엔 여자들 저쪽 벤치엔 남자들 하는 식으로 모여앉아 있는 걸 이상하게 여기는 것 같았다. 왜냐하면 모두들 그렇게 바짝 붙어앉아 있기만 할 뿐 말을 나누는 법은 거의 없었기 때문이다. 서로 말을 할 것도 아니면서, 왜 저렇게 꼭 붙어앉아 있는 걸까를 생각하는 것 같았다. 혼자 있다는 것이 두렵게 느껴져서 그런 걸까? 서로의 체온을 나누어 조금이라도 몸을 더 따뜻이 하려는 것일까? 그 역시 어린아이였을 적에는 학교에 오갈 때, 또래 소년이나 소녀의 손을 꼭 잡고 다녔을 것이다. 아무튼 그렇게 모여 있는 노인들 가운데서 재미있는 이야기로 다른 사람들의 시선을 집중시키거나, 말을 많이 하는 사람은 보이지 않았다.

8월의 어느 일요일, 양로원 마당의 벤치에 앉아서 따가운 햇볕에 온몸으로 저항하고 있는 노인은 그 혼자였다. 아마 그날은 마당이 유난히 더 넓게 보였을 것이다. 그는 40년 전의 자신을 되돌아보고 있었다. 그때는 인적이 드문 거리를 혼자서 한가로이 거닐길 좋아하는 나이였지⋯⋯. 그렇게 조용히 거닐며 몇 시간을 보내다 보면, 어느덧 해가 뉘엿뉘엿 기울어 가는 시간이 되어 있었어. 그러면 해변가로 나갔던 사람들이 돌아오는 왁자지껄한 소리가 들리기 시작했고⋯⋯ 피서객들은 아직도 파도 속에서 노닐고 있다는 느낌이 채 가시지 않은 채 전차에 몸을 실었지. 그들을 가득 태우고 달리는 전차의 금속음 소리가 듣기 좋았는데⋯⋯ 하지만 그런 상상은 오래 가지 않는다. 그는 곧 자기 자신에게로, 그리고 현실로 돌아온다. 세상이 그의 머리를 떠나지 않고 있음이 틀림없다. 어쨌든 일요일만큼은 세상도 싸움을 중지한 듯하다. 나는 그에게 신호를 보낼 수도 있었다. 하지만 나 같은 꼬마를 수상하게 여기거나 귀찮게 여길지도 모른다고 생각했다. 담장 위에 올라앉아 있는 아이. 그 낯선 아이가 그에게는 이해할 수 없는, 그래서 불안감을 주는 존재가 될 수도 있을 터였다.

그는 양로원 밖으로 나가 볼 수도 있었을 것이다. 외출하지 못한다는 규칙은 없으니까. 도로를 건너는 일도 그리 위험하진 않을 것이다. 도로 건너편에 있는 광장에는 쇠공놀이를 할 수 있는 장소가 많았다. 이 놀이는 감각이 느린 사람도 하기에 알맞은 게임이다. 그는 좀더 젊었을 때, 쇠공놀이를 하는 사람들이 공을 던지기 전에 속도와 방향에 대해서 신중하게 생각하는 모습을 좋아했을지도 모른다. 그러나 그는 벤치를 떠나지 않는다. 아름다운 니스에서 맞이하는 화창한 8월의 한가로운 일요일에, 구경꾼들 틈에 끼여 어울리지 않으려는 이유가 무엇일까? 구경꾼들 사이에 있으면, 인사치레로 몇 가지 의견을 구하는 사람도 있을 것이다. 그는 이제 모든 의지를 상실한 것일까? 그런 즐거움을 하잘것없는 것으로 여기고 있는 걸까? 어쩌면 나뭇잎이 떨리는 것을 보고 있는 것일까? 날파리 한 마리가 날아와 시선을 끄는 바람에 밖으로 나가려던 계획을 바꾸게 된 것일까? 그것도 아니라면 …… 혹시 이상한 시선 하나를 느낀 것일까? 담장 틈새로 지켜보고 있는 어린 사내아이의 시선을.

다른 사람들은 밖에서 부르는 소리에 귀를 기울인다. 그리고 때때로 양로원 밖으로 산책을 나서기도 한다. 그러면 바깥 세상에서는 그들의 신원을 확인한 후에 다시 양로원으로 '귀환'시킨다. 여름 밤이면, 약간 정신이 이상하거나 지나치게 열정적인 할머니들 몇몇이 양로원 벽을 따라 걷는 일이 종종 있다. 할머니들은 그때마다 멋진 군인 아저씨, 혹은 약혼자가 밖에서 자기를 기다린다고 한다. 그러면서 밖으로 나갈 수 있도록 제발 열쇠를 달라고 간호사 앞에서 울기도 한다. 너무 늦지 않게 돌아올 것이며, 사고를 저지르지 않을 것을 꼭 약속한다면서…… 만일 약속 장소에 자기가 나타나지 않으면 약혼자가 다른 주둔 부대로 그냥 떠나 버리게 되고, 그러면 결혼을 못하게 된다고 하면서.

내 연상의 친구가 목을 긁고 있었다. 뭔가가 목을 물었던 것 같다. 그때 그의 셔츠 깃을 볼 수 있었다. 셔츠의 뒷목 부분은 알다시피 쉽게 더러워지는 곳이건만, 그의 셔츠 깃은 아주 깨끗했다. 옷 세탁과 목욕하는 것을 포기하지 않았다는 증거일 것이다. 그가 샤워를 한다면, 그건 놀랄 일이 아닐 수 없다. 몸을 씻으려면 우선 어느 한 부분을 씻고, 차츰 다른 부분으로 옮겨 가야 한다. 얼굴, 목, 손, 어깨(이 부분이 제일 어려울 것이다)와 같은 순으로······. 그런데 어느 한 부분을 깜빡 잊고 안 씻었다는 걸 알게 되면······ 빠뜨린 부분을 씻기 위해서는 다시 가운을 벗고, 속옷을 벗어야 한다. 그건 세심한 주의를 요구하는, 꽤 시간이 걸리는 작업이 아닐 수 없다. 그리고 한 손의 움직임이 둔해졌다든지, 한쪽 무릎이 예전만큼 펴지지 않는다든지 하는 식으로 신체에 쇠약해진 부분이 늘어 간다는 걸 깨닫게 해준다. 혹은 내가 여길 벌써 씻었던가, 아직 안 씻은 데가 남았던가 하게 되면 정신의 쇠약함도 느끼게 된다. 예전에 아이였을 때는 개수대 위에 대야를 올려 놓고 씻어야 했다. 그때만 해도 샤워기나 욕조의 사용을 몰랐기 때문이다. 그는 어쩌면 그런 것과는 또 다른 목욕 장면을 생각하고 있을지도 모를 일이었다. 다른 사람들이 그의 시체를 씻기고 있는 장면을.

이미 말했듯이 나는 카라바셀 가 근처에서 살았다. 정확히 말하자면 부모님과 통듀티 드 레스카렌 가 32번지에서 살았다. 양로원으로 가기 위해서 나는 곧잘 빅투아르 가에 있는 마세나고등학교 쪽 길을 택했다. 그곳은 겨울 내내 장이 서는 곳이었다. 그곳을 건너가면 큰 광장이 하나 나오고, 그 광장 끝에는 내가 들어갈 수 있는 유일한 극장인 폴리아니 가족영화관이 있었다. 그곳에서 관람하는 영화는 자주 끊어졌고, 안내원 누나들도 기대했던 만큼 매력적이지 못했다. 무엇보다 검은 원피스에 스타킹 차림이 아니라는 점이 나를 실망시켰다. 영화 중간의 휴식 시간은 마치 학교에서의 쉬는 시간 같았다. 우리는 잠깐 쉬는 그 시간에 플라타너스가 우거진, 먼지가 폴폴 나는 영화관 마당으로 나와 깡충거리며 뛰어놀았다. 그곳에서 놀고 있으면 언제 시간이 갔는지 모르기 때문에, 다시 시작한 영화의 앞부분을 놓치기 일쑤였다. 내가 영화를 보러 갈 때말고도 이 동네를 갈 때는 양로원에 있는 내 연상의 친구의 얼굴 위에서 나의 미래, 좀더 쉽게 말해 인간의 비참함을 읽을 수 있었기 때문이다.

생각이 거기에 미치자, 나는 내가 이미 마음의 친구로 정해 버린 그 노인에게 다가가기로 결심했다. 그리고 내가 늘 이용하던 틈새로 쪽지 하나를 밀어넣었다. 물론 답장을 해주길 바라면서. "할아버지, 저와 서로 쪽지를 주고받는 것 어때요?" 아직 불확실한 나의 친구는 예기치 못한 어린 소년의 행동에 적잖이 놀랐던 것 같다. 다음날 나는 노인이 쓴 쪽지를 발견했다. "그래, 하지만 내 기분이 내킬 때만 쓰기로 하마." 나는 그가 쪽지 때문에 조용한 삶을 방해받고 싶어하지 않는다는 걸 알아차렸다. 그래서 그를 괴롭히는 긴 대화는 삼가야겠다고 생각했다. 우리는 서로에 대해서 아는 것이 없었다. 내가 보고 있는 노인은 매우 독립적이고 오만한 자연인이었다. 나는 머릿속에 떠오른 생각과 양로원 마당에서 관찰한 것들을 쓰기로 했다. 내 친구인 그가 글 쓰는 법을 잊어버리지 않는 한, 혹은 철자법이 틀릴 것을 두려워하지 않는 한, 나처럼 그런 글을 과연 써줄까…?

내 친구로부터 늘 몇 미터 정도 떨어진 곳에 앉는 노인이 한 분 있었다. 그가 나의 주의를 끌게 된 건 우리 아버지를 많이 닮았기 때문이다. 우리 아버지가 그 연세가 되면 꼭 그런 모습이 될 것 같았다. 우리 아버지처럼 그분도 등이 굽었고, 턱이 앞으로 좀 나왔으며, 눈이 움푹 들어간데다 머리에는 항상 베레모를 쓰고 있었다. 그리고 아버지처럼 그분도 지팡이를 짚고 걸었다. 다만 우리 아버지의 걸음걸이가 아직 당당한 데 비해서, 그 노인은 힘겹게 한 걸음씩 떼어 놓을 때마다 투덜거렸다.

그 모습을 보고 있자니 불현듯 불안한 생각이 스쳐 갔다. 나는 즉시 집으로 뛰어갔다. 아침에 일어날 때 보았던 모습 그대로의 아버지를 보자 순간 안도의 한숨이 나왔다. 그리고 기뻤다. 하지만 식사를 하는 중에 아버지의 얼굴에서 늙은 아버지의 모습이 설핏 읽혔다. 나는 고통스러운 심정으로 아버지를 응시했다. 그 순간 아무도 피할 수 없는 인간의 죽음이 의식되었다. 그리고 극히 소수의 사람만이 피해 갈 수 있는 늙음이라는 것, 곧 육체적·정신적으로 쇠약해진 인간의 모습도 뇌리를 스쳤다.

아버지는 나의 불안을 눈치채었는지, 내가 풀이 죽은 이유를 물어보았다. 나는 차마 내 고민을 이야기하지 못하고 엉뚱한 대답을 했다. 오래 전부터 세운 방학 계획이 틀어졌노라고. 나의 설명은 설득력이 없었다. 나는 방학 때마다 으레 부모님을 따라 바캉스를 보냈다. 게다가 무슨 특별한 방학 계획 같은 건 올 여름 내내 한 번도 입에 올려 본 적이 없었으면서, 새삼스레 무슨 계획을 세워 놓았다는 것인지……

나는 슬쩍 시선을 돌렸다. 언젠가는 나도 고아가 될 것이다. 아버지가 세상을 떠나고 나면, 나는 아버지가 차츰 늙어 가던 그 세월들을 조금씩 잊어 가게 될 것이다. 나는 아버지의 어떤 모습을 추억하게 될 것인지 알고 있었다. 그건 우리 아버지가 가장 자랑스럽게 보였던 때의 모습이었다. 전쟁중이었다. 우리는 전쟁을 피해서 당분간 생피에르드고벨에서 살기 위해 아버지를 따라 니스를 떠났다. 그곳에서 우리는 새로 사귄 이웃인 마리오 씨 가족이 추수하는 것을 도와 주었다. (그때만 해도 기계가 없었기에 일일이 손으로 밀단을 묶어야 했다.) 아버지는 밀단이 쌓여 가는 걸 보면서 흐뭇한 미소를 지었다. 더위가 아직 심하지 않고, 여름 햇살이 눈부신 6월의 어느 날이었다. 그때의 아버지는 걷는 게 아니라 뛰어다니고 있었다. 그런데 갑자기 아버지의 안경이 떨어졌다. 우리 모두는 밀밭 한가운데서 예의 안경을 찾아야 했다. 아버지는 한 달 전까지만 해도 몸이 편찮아서 신경이 조금 날카로워져 있었다. 그랬기 때문에 건강을 되찾은 아버지와 보내는 그 순간들이 나는 무척 즐겁고 행복했다. 그래서 훗날 아버지가 우리 곁을 떠나고 나면, 바로 지금 이 순간의 아버지 모습으로 기억하여야겠다고 생각했었다.

나는 아버지가 크게 화를 내었던 때를 기억한다. 형의 심한 장난으로 몹시 화가 났던 아버지는 몽둥이며 의자며 닥치는 대로 손에 닿는 물건으로 형을 때렸다. 다행히도 형의 등뼈는 튼튼했다. 내가 뜨거운 눈물을 줄줄 흘리고 있는 동안, 형은 조용했다. 지금에 이르러서는 아버지가 그 정도로 자신의 감정을 절제하지 못하였다는 것이 부끄럽게 여겨진다. 동시에 그 폭력이 아버지가 가진 힘의 표현이었다는 생각도 든다. 형은 아마 그때의 매질을 잊어버렸을 것이고, 또 모두 용서한 게 틀림없다. 훗날 늙은 아버지를 매일같이 침대에서 일으켜 주방까지 부축해 간 사람이 바로 형이었기 때문이다. 나는 나의 운명을 생각해 본다. 나는 결코 강하지 못했다. 나이가 들어서 약해진 게 아니라 처음부터 약했다. 앞으로의 나는 마치 능숙한 무용가가 느린 왈츠를 끝마무리할 때처럼 떨리는 다리로 그렇게 천천히, 그렇게 조금씩 앞으로 나아갈 것이다.

나는 연상의 친구에게 꾸밈없이 솔직하게 글을 썼다. 전날 저녁 식사 때 먹은 요리에 대해서도 이야기했고, 우리 집 고양이가 저지른 장난에 대해서도 썼다. 물가가 올라서 어머니가 걱정한다는 이야기며, 어떤 사람이 이웃에 사는 소녀에게 사랑을 고백했다는 이야기도 썼다. 그가 답장을 쓰는 일은 아주 드물었다. 얼마 후에 나는 축제일을 맞이해서 양로원 전체가 들떠 있는 것을 보았다. 할머니들은 구식이지만 한껏 몸치장을 했다. 그리고 분명 처녀 적에 그랬을 것처럼 서로 팔짱을 끼고 걸어다녔다. 간혹 미친 듯이 웃음을 터뜨릴 때도 있었다. 그러면서 양로원의 남자들이 그 웃음소리에 이끌려 자신들을 주시하고 있다는 걸 확인하곤 했다. 내가 보기에 연상의 친구는 눈길을 끌려는 그녀들의 태도에 무관심한 것 같았다. 할머니들은 화장도 했다. 화장 때문에 더 화사하게 보이는 할머니들도 있었지만, 어떤 얼굴들은 더 추해 보이기도 했다.

나는 우리 어머니가 더 연세가 든 후에, 그 할머니들처럼 단장하고 우아한 춤에 몸을 맡기는 모습을 상상할 수가 없었다. 어머니가 항상 얌전한 모습을 보여 주었기 때문만이 아니라 한 번도 화장을 한 적이 없었기 때문이다. 나는 그날의 화려한 축제에 대해서 몇 줄을 적어보냈다. 내 친구의 답장은 아주 간단 명료했다. "그래, 할머니들이 예쁘게들 단장하였더구나." 내가 그 짧은 글에서 받은 느낌은, 마치 허무한 코미디가 끝나고 제자리로 돌아오게 되어서 안심이라는 식의 악의 없는 빈정거림이었다. 우리 아버지와 닮았다고 생각했던 할아버지는 엉큼하다 싶은 미소를 띠면서 할머니들을 유혹해 보려고 했다. 엉큼한…… 진부하게 느껴지는 이 표현은 그의 태도에 딱 어울렸다.

양로원 노인들의 가장 큰 관심사는 쇠공놀이에 있었다. 그 놀이에서 많은 즐거움을 찾는 것 같았다. 노인들은 중심이 되는 작은 공으로부터의 거리를 신중하게 재고, 목표물을 향해 공을 던지기 전에 아주 진지하게 생각했다. 파트너가 실수라도 하게 되면 몹시 질책을 했다. 그들은 기운 없는 노인들이 공을 주워담는 것을 도와 주기도 했다. 일단 게임이 끝나고 나면 모두들 쇠공을 아주 정성스럽게 닦았다. 그들은 아침부터 그 놀이를 준비했다. 내 친구의 경우는 어떤고 하니, 직접 쇠공을 굴리는 일은 물론 없었고, 다만 구경하고 있는 게임에 흥미를 가졌다. 하지만 상황이 어떻게 되어가는지 더 잘 보겠다고 벤치에서 일어나는 법은 결코 없었다.

양로원 마당에서 행해지는 그런 공놀이를 본다면, 나는 마땅히 기뻐하여야 했을 것이다. 노인들의 단조로운 생활이 쇠공놀이와 함께 활기를 찾게 되기 때문이다. 그렇건만 나는 그 모습을 보면 왠지 늘 불편한 느낌을 받았다. 양로원 바로 옆에 있는 큰 광장은 쇠공놀이터라고 해도 과언이 아닐 정도로 목수들·운전기사들 등 많은 사람들이 그곳에서 쇠공놀이를 즐기고 있었다. 점수를 낼 때의 동작들이 어찌나 민첩한지! 노동자들의 휴식은 특히 보기에 좋았다. 땀, 푸짐한 점심 식사, 노래하는 저녁. 힘든 노동으로 기운을 빼보지도 못한 채 그저 휴식만을 취한다는 건 얼마나 슬픈 일인가! 노인들의 쇠공놀이가 그러했던 것이다. 그렇게 생각하자 다른 생각들이 꼬리를 물었다. 먼지나는 길을 걸어 보지 못한 채 그냥 하게 되는 샤워란! 새벽부터 계속된 노동 끝에 무엇이든 먹을 수 있을 것처럼 허기져 보지도 못한 채 그냥 먹게 되는 밥이란!

양로원 안에 불안감이 퍼져 갔다. 공 두 개가 사라졌기 때문이다. 오래지 않아 잃어버렸던 공들이 벽장 속에서 발견되었다. 공을 훔쳐 갔던 사람의 신원은 드러나지 않았다. 절도의 동기도 확실하게 밝혀지지 않았다. 양로원에 있는 노인들은 각자 공 한 쌍씩을 갖고 있었다. 누가 무엇 때문에 공을 훔쳐서 감추었을까? 누군가가 공의 주인에게 앙심을 품었던 것일까? 아니면 좀더 그럴 듯한 이유로, 자기 공을 잃어버릴까 두려워 감춰두었다가 그 장소를 잊어버린 것이었을까? 나이가 많이 들면 온갖 종류의 것들을 다 모아두는 법이다. 먹다 남은 비스킷 조각, 휴지까지. 그러니 쇠공이라고 깊숙한 곳에 보관해 두어선 안 될 법도 없지 않은가!

이 소동이 내 친구의 관심을 끌었던 것 같다. 그가 이런 쪽지를 써보냈다. "그들이 공을 잃어버렸구나!" 그 표현은 나를 신뢰하고 있음을 증명해 주었다. 노인은 옷차림에도 많은 신경을 쓰고 있는 것처럼 보였다. 나를 의식해서 멋을 부리는 것일까? 만일 그렇다면 그는 내가 자기에게 보이는 관심 속에 애정이 섞여 있다는 사실도 알아차릴 만했다.

오후 4시경이면 양로원에서는 날씨가 허락하는 한 늘 정원에서 간식을 제공했다. (그들은 5시 30분에 저녁 식사를 하였다. 그 시간에 과연 배가 고플까?) 그들은 떨리는 손으로 코코아 잔을 들고 있었다. 모두들 코코아에 비스킷이나 빵조각을 찍어먹는 걸 좋아했다. 과자나 빵은 코코아 속에 조금만 오래 담그고 있으면 녹아서 찻잔 속으로 떨어진다. 그러면 노인들은 찻잔을 입술에 바짝 붙인 채 코코아 속에 들어간 과자를 스푼으로 건져 입 속에 넣었다. 그리고 먹다 남긴 과자나 빵조각은 항상 비닐 봉지에 싸 두었다.

우리 어머니는 비교적 젊은데도 불구하고 비닐 봉지나 포장지로 남은 음식들을 싸두었다. 나는 한 번도 어머니가 무얼 버리는 것을 못 봤다. 무엇이든 모아 놓았다. 그것이 어머니가 두려워하는 미래를 대비하는 방식이었는지도 모른다. 그런 걸 보면 모아두기를 좋아하는 건 나이의 문제가 아닌 것 같다. 그보다 성격의 문제일 것이다. 가난한 사람들에 대해서 한없이 너그러웠던 어머니는, 자신의 필요를 채우는 것에 대해서 만큼은 언제나 인색하였다. 어머니는 테이블 위에 있는 빵 부스러기들을 모아서 입 안에 털어넣었고, 포도주 병의 밑바닥에 술이 조금 고여 있을 땐 물을 부어 흔든 다음 자신의 포도주 잔에 따랐다.

내 연상의 친구는 웬일인지 간식 시간의 행복을 거부했다. 그 사실을 확인하고 놀란 내가 어느 날 이유를 묻자, 그는 '기품의 문제'라고 대답했다. 코코아 한 잔에 영혼을 팔지 않겠다는 것이 었다! 나는 그 이유를 인정했다. 그는 마지막 생의 환경, 즉 밤새 들리는 앓는 소리, 오줌 냄새, 식당의 시큼한 냄새, 절뚝거리며 걷는 동료들의 모습 등을 의무적으로 견뎌내야 했다. 거기에는 선택의 여지가 없었기 때문이다. 그랬기에 자신이 누릴 수 있는 자유의 마지막 보루만은 간직하길 원했다. 그것은 코코아에 적셔 먹는 비스킷 몇 조각의 쾌락에 굴복하지 않는 것이었다. 하지만 그도 정작은 먹고 싶었던 게 아니었을까? 나는 어머니가 만들어 준 케이크 한 조각을 은박지에 싸서 그의 눈에만 띌 듯한 곳에 숨겨 놓았다. 그는 그것을 못 본 체했다. 혹시 나의 태도를 동정이라고 잘못 해석했던 건 아니었을까?

그의 모습을 관찰하고 싶을 때면, 그가 눈치채지 않도록 조심하면서 벽 쪽으로 다가갔다. 나는 그가 마치 날 기다리고 있었던 것처럼 내 쪽으로 고개를 돌리는 걸 보았다. 내 모습이 보이면, 그의 얼굴이 환하게 밝아지곤 했다. 하지만 내가 그토록 소중히 여겼던 우리의 은밀한 만남은 그의 한 마디 말로 끝이 나고 말았다. 그는 쪽지에 이렇게 썼다. "이제 끝이로구나." 이게 무슨 일인가! 그의 건강 상태가 악화되었단 말인가? 나는 "안 돼요, 그럴 리 없어요"라는 말로 그가 받은 건강 진단의 결과를 부인하고 싶었다. 하지만 그 말은 나의 불안감에도 불구하고 코믹한 분위기를 풍겼다. 그런데 나는 그의 짧은 문장이 지닌 의미를 잘못 이해하였던 것 같다. 애매한 느낌을 주는 두번째 쪽지를 받았던 것이다. "이제 나를 좀 편하게 해다오." 그것은 더 이상 어떻게 해볼 수 없는 단호한 명령이었다.

나는 뒤를 돌아다보았다. 그동안 나는 조심스럽게 행동했었다. 한 번도 그의 과거와 불행에 대해서 질문을 던져 본 적이 없었다. 그러나 친구는 내가 자신의 삶을 침범해 들어올까 봐 두려워했다. 그는 혼자서 죽음에 다가가고 싶어했다. 전적으로 혼자서. 마치 감옥 안에 있음에도 불구하고, 누더기를 걸친 채 조롱과 모욕과 욕설을 듣고 있음에도 불구하고 당당한 태도로 완전한 군주의 위엄을 간직하고 있는 폐위된 왕처럼. 나는 그의 마음을 되돌릴 수 없었다. 그리고 마지막날까지 자신의 임무를 다하려는 것을 막을 수도 없었다. 그는 내게 작별을 고했지만, 나는 여전히 그의 충실한 친구로 남고 싶었다.

나는 많지는 않아도 어느 정도 저축해 놓은 것이 있는 덕에, 여생을 어지간히 괜찮은 양로원에서 보낼 수 있을 것이다. 각자의 독립된 생활이 보장되고, 노인들이 힘들이지 않고 몸을 일으킬 수 있도록 욕조 양쪽에 팔걸이를 설치해 놓고, 가끔씩 저녁 파티와 사교 모임을 마련해 주는 그런 양로원 말이다. 아마 브리지 게임도 즐길 수 있을 것이다. (화를 잘 내거나 규칙을 잘 지키지 않는 늙은이들을 이상적인 게임 파트너로 볼 수는 없겠지만.) 그리고 탱고의 스텝도 몇 번 밟아 볼 수 있을 것이다. (내 파트너의 허리를 완전히 뒤로 꺾어 보겠다고, 그녀에게 너무 무리한 요구를 하려 들지도 모르겠다. 그런 그녀를 다시 일으킬 힘이 내게 남아 있을까?)

하지만 나는 얼마 남아 있지 않은 서민 양로원들 중 한 곳에서 내 남은 생을 마치려고 한다. (대부분은 극장이나 기타 다른 기능으로 용도가 변경되었거나 폐쇄되었다.) 무엇 때문에 불편하고 관리나 유지도 잘 되지 않는 그런 양로원을 굳이 택하고 싶은 걸까? 나는 살아오면서 내내 추위 속에서 겨울을 지냈었다. 하지만 아무 이유도 없이 마지막 남은 생마저 그렇게 지낼 생각은 전혀 없다! 나는 20세기의 스토아 철학자 같은 역을 맡을 정도로 서투른

배우는 아니니까. 지금 시대에 그런 역할에 관심을 가질 사람은 아무도 없을 것이다. 그런데도 내가 그런 양로원을 택하려는 것은 사라져 가는 한 세계와의 끈을 놓치고 싶지 않아서이다. 그것은 다른 세계들보다 결코 더 나은 세계는 아니지만, 분명히 내가 속해 있던 나의 세계인 까닭이다. 나는 내게 그토록 많은 즐거움을 주었던 서민 사회에 대한 애착을 끊어내고 싶지 않다. 나는 유리창을 통해 빛이 들어오고, 싸구려 양탄자에다 여러 번 보수한 흔적이 있는 서민들의 양로원에 살면서 그곳의 높은 천장과 넓은 계단, 그리고 손질이 잘 되지 않은 넓은 꽃밭들이 주는 편안함을 말없이 사랑할 것이다. 좀더 진지하게 표현한다면, 나는 그런 양로원들을 침묵의 섬들이라고 부르고 싶다. 또한 식물적인 삶들이 존재하는 곳이기에 식물들의 섬이라고도 부르고 싶다.

　양로원이라는 단어는 조금 두렵게 느껴진다. 내가 살아온 세계 안에서의 양로원은 대개 궁핍, 가족에게 버림받은 노인, 안심할 수 없는 청결 문제 등과 연결되어 있기 때문이다. 아마 방심한 모습을 보여 주는 그곳 동료들은 자신들의 모습을 통해 내가 늙은이라는 사실을 새삼 확인하게 해줄 것이그, 많은 점에서 내가 견디기 힘든 행동들을 할 것이다. 하지만 그렇다고 그들에 대해 증오심을 품게 되지는 않을 것이다. 설령 더 이상 참을 수 없게 되었을 때라도 나는 그들이 뱉는 침, 더러워진 의복, 헐떡이는 숨소리에도 불구하고 다른 사람들보다 그들에게서 더 정을 느낄 것이다. 다른 사람들이라니? 관자놀이와 입술이 때문은 싸구려 양탄자처럼 얼룩덜룩하게 늙어 가는 모습을 숨기려고 자꾸자꾸 꾸미는 사람들……

내가 굳은 의지를 보여 줄 수 있을지 어떨지는 나도 잘 모른다. 아무튼 나는 이 고백의 마지막 몇 페이지를 다시 읽어보면서, 내 안에는 죽음에 대한 본능이 없었다는 것과 폴리아니 양로원의 그 노인 친구를 보러 간 것도 썩는 냄새에 이끌려서 갔던 게 아니었음을 깨달았다. 그림이나 학위를 수집하는 사람들도 있고, 자신이 유혹하는 데 성공했던 여성들을 수집하는 사람들이 있듯이, 나는 나의 관측소에서 관찰했던 수많은 노인들을 가슴에 담고 있었다. 혹시 이 말이 가볍게 들렸다면 용서를. 나는 수많은 노인들을 통해서 인간의 비참함과 동시에 위대함을 목격했다. 나는 나보다 훨씬 큰 것, 내 힘을 능가하는 것들을 좋아한다. 그런 것들은 나를 겸손하게 만든다. 그리고 내가 가볍게 행동하지 않게 해준다. 왜냐하면 감탄(칸트식의 존경심과 비슷한 형태라고 할 수 있다)은 나를 완전히 매혹당한 관객의 상태로 붙들어 놓기 때문이다. 영웅적인 행동들, 모방할 수 없는 예술 작품, 이런 것들은 나의 평범함을 받아들이게 해주는 한편 좀더 고상한 것을 바라볼 수 있도록 해주었다. 하지만 고집과 의연함으로 나를 제일 주눅들게 했던 영웅은 바로 폴리아니 양로원의 그 노인이었다. 나는 내가 그의 위대함을 증언할 수 있는 유일한 사람이라는 사실이 너무나 안타깝고 애석하다!

과묵 노인이라 일컫고 싶은 그는 아마 노환으로 세상을 떠났으리라고 여겨지는데, 내가 알기로는 65세부터 침묵의 세계 속으로 빠져들었던 듯하다. 그는 다른 사람들이 종교나 정치 혹은 애정 이야기로 열을 올릴 때에도 혼자 침묵을 지켰다. 그는 입을 열지 않았다. 그래서 다른 사람들과 의사 소통을 해야 할 때는 몸짓을 사용했고, 우리는 그 몸짓을 해석하여야만 했다. 그는 사려 깊은 사람이었으므로 우리가 그 뜻을 분명하게 이해할 수 있는 코드를 사용했을 것이다. 하지만 그는 모든 사람들이 일반적으로 똑같이 사용하는 손짓이나 몸짓은 거부했다. 만일 그런 몸짓 언어를 사용했더라면, 우리는 그와 더욱 가까워졌을 것이다. 그리고 그 언어는 애정이 담긴 의식 같은 것이 되어 버렸을 터이다. 그래서일까, 그는 불확실하고 모호한 몸짓으로 표현했다. 마치 타인의 시선이 밝혀내지 못하게 하려는 것처럼. 혹은 한 번이라도 더 읽게 하고, 무슨 글인지 해석하기 위해 한 번 더 관심을 갖고 들여다보게 하려는 애교스러운 생각에서 일부러 난필을 쓰는 것처럼…… 모두들 그의 의사를 해석하기 위허 끙끙거려야 했고, 간혹 해석에 서로 갈등을 빚기도 했다. 그가 일반적인 말과 대화의 단조로운 틀 속으로 들어오지 않았기 때문에 그의 자리는 늘 공석으로 남아 있었다. 공석이 있다는 것은 그가 속한 그룹의 완전함과 결합을 위험에 처하게 만들었다. 그는 고집스러운 침묵을 통해 무언의 말, 부재하는 장소, 존재하지 않는 존재가 되었다.

양로원의 대가족은 그의 침묵이 미치는 영향을 되도록 줄이고 싶었을 것이다. "저 노인네가 노망이 들어가나 봐…… 이제 무슨 일이 일어나고 있는지 모른다니까…… 그러고 보니 저자가 말을 많이 하는 걸 한 번도 본 적이 없구먼…… 누구에게나 한때라는 게 있는 법인데……." 그를 본래 말이 없는 사람으로 만들어 주위를 안심시키려는 노인들의 말은 그러나 믿을 수가 없었다. 왜냐하면 그가 이야기를 독차지한 적도 있었고, 예전에는 농담도 곧잘 했다는 것을 모두들 기억하고 있었기 때문이다. 그들은 문득문득 그의 얼굴에서 분노나 경멸 비슷한 어떤 것, 장난기어린 시선을 느낀 적이 있었다. 관측소 같은 자신의 자리에 앉아서, 쓸데없는 말로 관심을 낭비하지 않으면서 누구보다도 그들을 더 세심히 바라보고 들었다는 것도 알 수 있었다. 그랬기에 그는 대개의 경우 껄끄러운 증인처럼 존재했다. 그래서 노인들은 스캔들을 일으키거나 경찰의 심문을 받지 않고 그를 없앨 수 있는 방법을 찾고 싶었을지도 모른다. 만일 그런 일이 일어났다면 내 눈에 띄지 않을 리가 만무하고, 나는 그 즉시 경찰서로 뛰어가서 신고를 했을 것이다. 당시에 나는 그런 독특한 상황을 즐기고 있었다. 일반적으로 사람들은 부모의 죽음을 바란다. 부모를 수발하는 일이 너무나 손이 많이 가는 일이기 때문에, 또한 부모의 상당한 재산을 넘겨받을 것이기 때문에. 하지만 이 경우엔 전혀 다른 이유였다.

말하자면 그는 우리 모두의 거울이었기 때문이다. 그는 말이 전혀 없었지만 무언의 말로 주변의 사람들을 수다쟁이요, 쓸데없이 말 많은 자들로 지명하고 있었다. 나는 그의 태도에서 교훈을 얻었다. 그래서 내 말이 진정한 멋을 갖도록 하기 위해 되도록 말수를 줄이는 침묵 요법을 써보기로 했다. 날마다 아침 기도 시간이면 불필요한 말들을 많이 했던 것에 대해서 참회했다. "하느님, 오늘도 쓸데없이 많은 말로 당신이 창조하신 순수한 아침을 흐리게 만든 걸 용서하소서. 이제부터는 성당의 외진 구석에 있는 작은 기도실에 더 자주 들어가서 침묵하겠나이다."

과실이 미덕으로 변할 수도 있는 법이다. 여기 상당한 나이에 이른 사람이 있다. 그는 인내를 요구하는 모든 계획들을 포기한다. 더 이상 창조 욕구도 흥미도 없다. 그렇다고 절망에 빠져 있는 건 아니다. 실은 녹초가 되도록 전념해야 할 과제로부터 해방된 셈이나 마찬가지이기 때문이다. 대신 자신이 다가가는 세상과 눈에 보이는 상황을 세밀히 관찰할 뿐이다. 그러다 감탄하게 된다. 다른 사람들도 세상에 다가서고, 또한 세상을 바라보지만 그처럼 놀라거나 감탄하지는 못한다. 하지만 그는 가만히 바라본 세상에 대해 놀란다. 그리고 세상 안에서 일을 하는 사람이 아니라, 세상을 바라보는 사람으로 존재할 수 있다는 사실에 경탄한다. 그는 어느 순간부터 입을 다물고 만다. 왜냐하면 순수하게 존재하는 것, 그 자체의 신비에 몰입되어 버렸기 때문이다. 순수하게 존재한다는 것은 이런저런 것들을 '기다리는' 것이 아니다. 이런저런 것들에 대해 '인식하는' 것도 아니다. 그것은 이런저런 것들이 '있다'는 사실을 그저 기쁘게 인정하는 것이다. 세상에는 이런저런 것들이 있고, 그것들은 우리를 통해 우리 가운데 모습을 나타낸다.

나는 이 땅의 당당한 군주처럼 살다 갔던 많지 않은 몇 사람을 내 주위에서 기억한다. 그들은 비루하고 불필요한 가지들을 모두 잘라내면서 커가는 나무들이었다. 세월이 지나면서 그 나무들은 숲의 높이를 훌쩍 넘어설 만큼 높이 자랐다. 그래서 존재의 본질에 이를 수 있게 되었다. 모든 것을 넘어선 높은 시야를 가지게 된 것이다. 높이, 그리고 멀리 볼 수 있는 그들은 우리의 가련한 야망과 비열한 싸움들을 경멸했다. 그들은 높이, 그리고 멀리 바라보았다. 불쾌한 기분을 전환시킬 요량으로 하늘을 우러른 게 아니었다. 이제는 시선을 높일 때라고 생각했기 때문이다. 하늘을 우러러 자신의 실체를 보게 해주는 내적인 대화를 하기 위해서였다.

때때로 그들의 태도와 거동 속에는 뻣뻣함이 없지 않았다. 마치 퇴역 군인이나 전직 판사들인 것처럼. 그래서 나는 한때 젊은 이의 유연성과 그로 인한 우아함이 그들만은 어떻게든 요리조리 피해다니는가 보다고 생각했었다. 지금은…… 자신의 원칙에 충실했으며, 노예 근성이나 아첨 따위는 그림자도 얼씬 못하게 쫓아 버리며 살았던 자들이라고 생각한다. 그런 사람들은 누워서가 아니라 서 있는 자세로 죽음을 맞게 되길 바랐다. 늘 그렇듯이 꼿꼿한 자세로, 오만한 시선으로 높은 곳을 바라본 채 죽음을 맞을 수 있기를……. 하지만 그것은 소망에 지나지 않았다. 그들도 질병이 왕성한 에너지를 빼앗아 갈 수 있다는 사실을 모르지 않았기 때문이다.

그들 중에서도 가장 당당하고 뛰어난 자들은 결코 과장된 태도를 보이지 않는다. 그들은 결코 젊은이들에게 충고를 남발하지 않는다. 우리 각자는 자신이 되고 싶은 존재의 이미지에 따라서 자신의 삶을 조금씩 이루어 간다는 사실을 알고 있기 때문이다. 나는 우리 같은 아이들이 장난치는 걸 보면서 그들이 웃고 있는 모습을 뜻하지 않게 목격한 적이 몇 번 있었다. 내가 그들에 대해서 만큼은 노년기에 이르렀다고 하지 않고, '성숙한 나이에 이르렀다'고 말하는 이유가 바로 여기에 있다.

나는 인간의 비참에 대한 이야기를 시작했었다. 그러다 예기치 않게도 인간의 평온함을 향해 가고 있는 중이다. 마지막날의 비참한 모습은, 눈에 잘 띄지 않으면서도 참기 힘든 작은 신호들을 통해서 나타난다. 우선 베개가 그렇다. 베개는 우리의 소중한 머리를 받쳐 주는 것이다. 그러나 머리 받침 이상의 의미를 갖는다. 말하자면 성스러운 것을 담아 놓는 성합이라고 할까. 그것은 몸의 나머지 부분으로부터 분리되어 독립성을 지닌 겸손하고 성스러운 얼굴을 올려 놓는 제단이기도 하다. 우리의 몸은 이미 패배한 줄 알면서도 멈추지 않고 계속되는 전투에서 머리의 뒤를 따라오며 마지막 정리를 한다. 이불 밑으로 자꾸 묻혀지려고 하는 머리를 지탱하여 밖으로 나와 있게 해야 하는 것이다. 손은 이불 위에 놓여 있다. 아직은 두 손이 모아져 있지 않다. 두 손은 몸통과 다리가 완전히 움직임을 멈춘 후에도 한동안은 여전히 움직이는 자유를 누린다. 다른 인간들 사이에서 살았다는 증거이자, 약혼을 하고 결혼을 한 적이 있음을 증명하는 반지를 손가락에 낀 채. 두 손은 더 이상 말로 표현할 수 없는 것들을 우리에게 전해 주고 싶어한다. 그것은 구원의 요청일 수도 있고, 뭔가 의미 있는 것의 전달일 수도 있다. 우정의 표시일 수도 있고, 아름다운 시절에 대한 그리움의 표시일 수도 있다……. 결국 그 손들마저 힘없이 떨어져 버린다. 점점…… 무거워져 간다…….

수많은 마지막

수많은 마지막이 내게 경고를 해온다. 그리고 죽음은 다른 마지막이 더 이상 뒤따르지 않는 가장 결정적인 마지막이다…….
마지막들은 너무도 다양해서 공통점 같은 걸 발견하지 못할 수도 있다. 어떤 마지막들은 아주 멋있게 보인다. 왜냐하면 졸업식처럼 내 삶의 행복했던 한때를 하나로 묶어 마무리해 주는 것이기 때문이다. 그것이 승리를 의미하는 것이기 때문일 수도 있다. 그래서 우리 사회는 그런 것들을 성대한 예식과 연결시켜서 기념하는 습관이 있다. 나를 감동시켰던 마지막들도 있다. 마지막이란 것은 유일한 것이며, 동시에 결코 반복되지 않을 다른 것의 '처음'이기도 했기 때문이다. 결코 슬펐다는 말로 표현할 수 없는(비장하다는 표현이 어울릴 것이다), 또 다른 느낌을 주는 마지막들이 있었다. 그런 마지막들을 맞이할 때는, 그뒤를 이어서 또 다른 것이 날 귀찮게 굴며 밀려오는 일이 없길 간절히 바랐다.

그것으로 모든 것이 완전히 끝일 수 있기를 바랐던 것이다. 그래서 내 삶의 흐름을 단단히 옥죄였던 순간들이 몇 번 있었다. 하지만 내 삶은 어찌나 힘이 넘쳤던지, 그때마다 옥죄이던 끈을 풀어 버리고 다시 새롭게 흘러갔다. 다만 내 존재의 일부만은 여전히 정지 상태로 남겨 놓은 채……. 나는 뱃전을 잡고서, 내 삶의 가장 푸르렀던 세월이 조금씩 시야에서 사라져 가는 것을 바라다보았다.

내 기억 속에 가장 먼저 떠오르는 '마지막'은 아주 어린 유년 시절로 거슬러 올라간다. 그것은 내게 두려운 추억으로 간직되어 있다. 우리 부모님이 집을 팔고 멀리로 이사를 가지 않으면 안 될 처지에 놓였을 때이다. 가구들은 벌써 옮겨 놓은 후였다. 어머니는 떠나갈 집을 깨끗이 해놓고 가야 한다면서, 당신이 더 이상 있지도 않을 곳을 빗자루로 쓸고, 걸레로 윤을 내고, 정리 정돈을 하였다. 그동안 우리는 현관문 앞에 가만히 서서 기다렸다. 생각에 잠겨서…… 머뭇거리면서…… 다시는 볼 수 없을 것들을 찬찬히 응시하면서…… 아버지는 초조해하였다. 이윽고 어머니의 의식이 끝나자, 나는 도망치듯이 마당으로 뛰어나갔다. 어머니가 문을 잠갔다. 딸가닥! 그 작은 소리가 고통스럽게 내 안에 울려 퍼졌다. 장례식 같았던 그날의 행사는 그것으로 끝나지 않았다. 우리 가족은 이제 더 이상 우리의 것이 아닌 마당을 담장을 따라 한 바퀴 돌았다. 오랜 세월 동안 우리가 뛰놀고 일했던 곳, 너무나 속속들이 알고 있던 그 땅을.

이제 다시 이곳으로 돌아오는 일은 없겠지. 다시 돌아온다고 해도 모든 것이 낯설기만 할 거야……. 우리가 없는 동안에도 그곳에 있는 모든 것들이 우리의 충실한 친구로 남아 있어 줄 거라는 착각조차 나를 위로해 주지 못했다. 그때 나는 비참한 삶이나 이런저런 다른 이유로 고국에서 쫓겨나다시피 했던 사람들에게 감히 나를 비교해 보았었다. 고국을 떠나는 순간, 틀림없이 그들도 고국을 향해 마지막 시선을 던졌을 것이다. 조국의 모습을 조금이라도 더 눈에 담아 가기 위해서, 조국의 냄새를 조금이라도 더 묻혀 가기 위해서.

나는 한 사건의 독특성을 인식할 때마다 각 사건의 단일성에 황홀함을 느꼈다. 동시에 그것이 다시 되풀이되지 않으리라는 생각과, 그것이 사라지면서 나의 일부도 함께 사라진다는 생각 때문에 우울했다. 어느 해이던가, 부활절 휴가를 맞아 고향에 다녀오기 위해서 파리를 떠난 적이 있었다. 4월말에 다시 돌아왔을 때, 내 눈앞에 펼쳐진 것은 봄의 화려한 색깔을 입고 있는 파리였다. 저마다 조금씩 다른 녹색의 잎들로 눈부시게 치장한 이 새로운 도시는, 그 영욕의 역사와 교통 지옥과 먼지들을 깨끗이 씻어낸 모습이었다. 나는 감동했다. 분명 내가 떠난 것은 수많은 세월에 찌들고, 군중의 물결에 지칠 대로 지친 회색빛의 도시였는데…… 이제 그 도시는 과거 모든 경험의 흔적을 깨끗이 지운 천진무구한 모습을 하고 있었다. 늘 다니던 길들을 걸으면서, 혹은 기숙사 창문에 기대서서 나는 내게 주어진 뜻밖의 선물에 감사를 드렸다. 온 세상 모든 도시들의 어떤 봄도 결코 이 봄을 대신할 수 없으리라는 것을 알고 있었기 때문이다.

나는 지나치게 예민한 아이였던 것 같다. 당시 작가들은 소설의 마지막 페이지에 '끝' 이라는 단어를 적어 놓는 순진함을 갖고 있었다. 나는 '끝'이라는 활자와 함께 주인공들이 내게 작별의 인사를 고하며 사라지는 것을 받아들일 수가 없었다. 그런 내게 누군가가 권하기를, 다시 한 번 그 책을 읽어보라고 하였다. 두번째 읽을 때는 그것과는 다른 즐거움을 얻을 수 있을 거라면서. 그러나 내게 있어서 소설은 단순히 즐거움을 주는 것이어서는 안 되었다. 그건 내가 송두리째 빨려들게 만드는 어떤 것이어야 했다. (하지만 지금은 그것이 꾸민 이야기이며, 소설 속의 인물들도 실은 언어를 통해서만 존재한다는 것을 알고 있다. 그래서 두 번 다시 속지 않는다.) 그래서 아이였을 때는 작가를 사기꾼, '비겁한 자'로 취급하기도 했었다. 나이를 먹어 가면서 좀더 조심스럽게 소설을 읽게 되었다. 그럼에도 불구하고 소설이 내게 다른 세계로 들어가는 걸 허락해 놓고, 한편으로는 영원히 추방시킨다는 느낌을 여전히 가지고 있었다.

화려한 '마지막'들도 있었다. 나는 그런 순간을 마음껏 즐기고 받아들였다. 그런 순간들을 피했다면, 그것만큼 어리석은 짓이 있었을까! 시골에서는, 특히 판매용이 아니라 단지 가족들이 마시기 위한 포도주를 담그는 우리 고향에서는, 여름은 포도 수확과 함께 막을 내린다. 그때쯤이면 하늘의 열기도 어느 정도 가라앉았다. 해가 오래도록 지지 않아서 한없이 늘어지기만 하던 저녁 시간도 다소 짧아졌다. 하지만 포도 압축기에서 나는 포도 냄새와 흙 냄새를 즐길 수 있는 시간은 아직 충분했다. 어슴푸레한 저녁 빛 속에서 젊은이들은 축제처럼 노동을 즐겼다. 쫓고 쫓기며 포도즙을 서로의 옷에 묻히는 장난을 치면서 일을 하는 것이다. 무더웠던 온 여름이 이렇게 며칠간의 즐거움 속으로 녹아들며 사라져 갔다. 그리고 포도를 짜서 만든 즙액은 커다란 통에 담겨 저장 창고로 보내졌다.

한 학년, 혹은 학교 생활을 마감하는 종업식이나 졸업식이 있기 전 마지막 며칠간의 수업도 이와 같지 않았던가? 우리는 종업식 며칠 전에 이미 한 해 동안 사용했던 교과서들을 모두 반납한 터였다. 선생님은 책을 읽어 주거나 이야기를 해주었다. 교과 과정을 가르쳐야 한다는 부담에서 벗어난 선생님의 얼굴은 한결 홀가분한 표정이었다. 우리는 지난 한 해를 되돌아보았다. 지독히 추운 날에 학교를 가기 위해 집을 나설 때만 해도 영원히 끝날 것 같아 보이지 않던 한 해였다. 그랬건만 그 1년이 훌쩍 지나가 버렸고, 이제는 벌써 잊혀지고 묻혀져 버린 추억 속의 세월들에 합류하게 되었다. 우리는 앞으로 다시 못 보게 될 책상이며 의자들을 안됐다는 시선으로 바라보았다. 마치 다시는 학교에 오지 않을 것 같은 착각에 빠져서.

졸업식은 한 시기를 마무리하는 역할을 했다. 마무리한다는 말을, 새로운 한 시기를 시작하는 것이라고 진취적으로 표현할 수도 있겠지만. 졸업식에는 전교생이 모였다. 물론 말썽꾼들도 끼여 있었다. 평소에도 자신들의 존재를 드러내고 싶어 안달했던 이 녀석들은 그 정도가 더 심했다. 졸업을 앞둔 마당이라 처벌 따위를 두려워할 필요가 없었기 때문이다. 졸업생이라는 이름으로 묶인 우리는 그전처럼 분리된 각 반의 학생들이 아니었다. 선택한 외국어나 문과·이과에 따라서 분리된 것이 아닌 그냥 한 학교의 학생들인 것이다. 연단 위에는 교장선생님과 지방 유지들(그

학교의 졸업생일 경우가 바람직하다)이 앉아 있었다. 근엄한 표정으로 학생들 쪽을 바라보고 있는 그들의 모습을 상상해 본다. 사회를 보는 선생님이 한 학생을 '호명'하자 예의 학생이 일어선다. 그 순간 그는 다른 학생들과 달리 잠시 '이름'을 가진 존재가 된다. 그리고는 호명된 또 다른 학생에게 그 자리를 양보하고, 다시 '익명'의 학생으로 돌아간다. 호명당한 학생은 줄지어 앉아 있는 학생들 사이를 감격해하면서 걸어 나간다. 그는 연단의 계단을 올라가서 모든 사람 앞에 모습을 드러낸다.

어느 학교에서는 밴드부가 가벼운 음악들을 연주하기도 했다. 밴드의 쿵쿵거리는 소리가 사방으로 흩어졌다. 학교는 열심히 공부할 때의 정적과, 교실에 들어서고 나설 때 또는 쉬는 시간의 쿵쾅거리는 소란함이 교차하는 곳이다. 또한 엄격한 규율의 무거움과 엉뚱한 장난이나 우스꽝스러운 장면들이 교차하는 곳이다. 초대 손님들의 으스대는 연설 다음에, 교과서에 나올 법한 고리타분한 격언을 섞은 교장선생님의 연설이 이어졌다. 우렁찬 박수 소리의 대부분은 따분한 연설에 대한 야유에서 나온 것이다. 주임선생님은 조용히 하라며 계속해서 소리를 지르셨다. 하지만 누가 그 말을 듣겠는가? 아니, 들리기나 할까?

연단에 올라가서 상을 받는 우등생들은 서점에서 살 수 있는 것이 아닌 특별한 책을 상으로 받는 특권자들이었다. 그 책들은 아주 귀한 것이어서 아무리 부자라도 살 수가 없었다. 사업으로 크게 성공해 많은 돈을 번 친구가 있다고 상상해 본다. 그가 형편없는 학교 성적에서 받았던 상처를 '보상' 받기 위해서, 도무지 구할 수 없는 이 책을 구해 보려고 갖은 애를 다 써본다. 그는 돛

이 세 개나 달린 화려한 요트보다도, 여러 명의 우아한 정부들보다도 이 책에 더 애착을 보인다. 하지만 책을 구할 수 없다는 걸 알고서 자살을 결심한다. 왜냐하면 아무리 많은 돈을 주고도 살 수가 없는 것이기 때문이다……. 그 책을 떠올려본다. 최고우등생을 위한 책은 금박을 입힌 단면에 붉은 표지를 입혔고, 준우등생의 책은 녹색 표지였다. 그 책들 속에는 새학년이 시작되는 10월부터 여름 방학이 시작되기 전인 6월까지의 정신없이 바빴던 삶들과, 가을부터 봄까지의 노력과 인내가 그대로 농축되어 있었다. 또한 인디언 서머의 붉은 포도송이들과 눈 위의 발자국, 봄비가 내린 후의 진흙 구덩이, 화려한 봄꽃들의 축제 등도 고스란히 담겨 있었다. 그러니 눈물겹도록 귀한 그 책을 함부로 읽을 수 있으랴!

아무리 조심한다고 해도 책장을 자꾸 넘기다 보면 책 냄새가 다 날아가 버릴 위험이 있었다. 그러니 거의 열어 보지 않는 거실의 책장 속에 보관하는 게 제일 나을 것이다. 책장 속에는 우리 또래가 펼쳐 보아서는 안 되는 조르주 상드의 작품들도 있었다. 아이든 어른이든 접근하고 싶은 생각이 싹 가시게 만드는 책들은 나를 슬프게 한다. 그런가 하면 마치 성궤처럼 꼭 닫혀 있는 책은 나를 감동시킨다. 그것은 암흑 속에 존재하는 순결한 사랑의 우물이며, 세상의 지나치게 강렬한 빛을 피하게 해주는 어둠의 입구이다.

어린아이가 프랑스어를 라틴어로 번역할 수 있다는 이유로 라틴어 과목상을 타게 된다는 건 얼마나 이상한 일인가! 우리가 했던 것은 아무 동기도 없이 행해지는 반복 훈련에 불과했을 뿐이다. 그런데 아무런 심리적 만족감도 줄 수 없는 그런 작업을 해냈다고 상을 주다니. 그날 세상은 상을 수여함으로써 어린이 혹은 청소년이라는 우리의 신분을 인정해 주었다. 나는 내가 영원히 어린이 혹은 청소년으로 머물러 있지 않을 거라는 사실을 알고 행복을 느꼈다.

우수상을 받는 학생은 누구보다도 만족스러워했다. 착하고, 재능 있고, 명석하고, 능력 있고, 활기차고, 치밀하고, 열성이 있다고 해서 인간이라는 조건을 넘어설 수 있는 건 아니다. 진정 우수한 인간, 즉 조화로운 인격을 지닌 아름답고 선한 존재(kalos; 美, kagathos; 善)는 앞서 말한 그런 인간을 의미하는 것이 아니다. 우수한 존재란 호메로스의 작품 속에 나오는 영웅들처럼, 언젠가는 죽게 될 인간으로서의 운명을 마감하는 순간에 불멸의 존재로 남는 자이다. 반대로 사람들은 명예상에 대해서는 지나치게 관대했다. 내가 보기에 명예롭다는 미덕은 극히 드문 것이요, 모든 이들이 탐낼 만한 것이었다. 그렇건만 학급의 거의 반 이상에 가까운 학생들에게 줄 만큼 흔하게 여기는 건 잘 이해가 되지 않았다.

그러고 보니 지금까지 졸업식에 대해 너무 장황하게 늘어놓았다. 그건 아마 내가 지금껏 살아오면서 학교를 벗어나 본 적이 없었기 때문일 것이다. 그리고 그것이 심벌즈 소리와 수많은 사람들의 칭송 속에서 즐겁게 이루어지는 '행복한 마지막'의 이미지를 주기 때문일 것이다. 학교 안에서 보낸 한 시기가 드디어 끝났다. 이제 그 승리의 아침 이후에 텅 빈 학교 운동장에 들어가려고 하는 학생이 어디 있으랴? 후회 없이 차곡차곡 잘 쌓아올

려진 인생이라면(내 운명은 그런 인생을 살게끔 되어 있지 않았다),
아마 이런 마무리 예식들을 통해 크게 고무되어 왔을 것이다. 인
생이라는 여행길에 오른 우리는 하루의 코스를 끝낼 때마다, 그
날의 일정을 무사히 마친 것을 자축하면서 마땅히 누릴 자격이
있는 휴식과 신선한 음료를 음미한다. 그리고 아름다운 낙원 샹
젤리제를 향하여, 다음날의 코스를 기쁜 마음으로 시작할 것이
다. 이런 삶은 분명 훌륭하고 귀한 삶이다. 그런데 만일 내게도
이런 삶을 살 수 있는 환경이 주어졌다면, 그렇게 살아가길 바랐
을까…?

있는 힘을 다해서 잠에 저항하려고 했던 어린 시절이 있었다.
나는 눈을 뜨고 깨어 있는 세상을 내버려두그 잠의 세계로 가는
것을 받아들일 수 없었다. 나는 깨어 있는 세계에 익숙했다. 그곳
에서는 눈을 뜨고 어디든 다닐 수가 있었다. 아주 무서운 사람들
까지 포함해서 어른들과 지내는 방법도 알게 되었다. 계단을 내
려올 때, 한 발을 내디딘 다음 적당한 리듬에 맞춰 다른 한 발을
내디디는 것도 배웠다. 그래서 한 번도 굴러떨어진 적이 없었다.
이 세계에서는 신호등의 명령만 잘 따르면, 아무리 많은 차들이
빵빵거리며 달려도 무서워할 게 하나도 없었다. 하지만 밤의 세
계는 달랐다. 밤 속에 가라앉아 있으면, 나는 길잡이가 되는 모
든 지표들을 잃어버렸다. 따라서 얼마든지 무서운 사건들이 일어
날 수 있었다. 나는 권총을 집어들었다. 하지만 권총은 고장이 났
거나, 아니면 어떻게 된 건지 도무지 모르겠지만 어느 새 공격자
의 손에 넘어가 있었다. 내가 밝은 낮의 세계로 다시 돌아가려는

헛된 시도를 자주 하면 할수록 어둠은 더욱더 나를 두렵게 했다.

잠을 아무리 완강히 거부해도, 그러나 피로는 점점 더 몰려왔다. 나는 분을 세고 초를 세었다. 시계의 초침 소리가 또렷하게 들려 왔다. 그러다 차츰차츰 암흑 속에 가라앉아 갔다. 마지막 순간들, 나는 그것을 다섯 살 여섯 살 때 이미 경험했다고 확신한다.

해가 뜨면 나는 다시 내 방으로, 내 가족들 품으로 돌아올 수 있을까? 그걸 확신시켜 줄 수 있는 건 아무것도 없었다. 악몽이 어찌나 나를 난폭하게 집어삼켰던지, 그것이 까닭없이 날 풀어 줄 리는 절대로 없다고 생각했던 것이다. 내 운명은 더 이상 내 손에 있지 않았다. 그것은 나를 삼킨 악마든지, 한 인간을 책임지고 있다는 사실을 까맣게 잊고 있다 갑자기 기억해 낸 나의 수호천사든지, 둘 중의 하나에 달려 있었다. 사람들은 죽음을 평온한 휴식에 비유해서 "죽음은 영원한 잠이다"라고 말하는 습관이 있다. 내가 그 나이에 이 속담을 알고 있었다면 아마도 이렇게 바꿨을 것이다. "잠은 영원한 죽음과 혼동될 수도 있다." 잠의 세계에 발을 들여 놓는 순간, 나의 의지와 사랑하는 것들을 빼앗긴 나는 이 세상에서 사라지고 없는 것들 사이를 영원히 헤매고 다닐 것이다. 그러다 마침내 살아 있는 것들이 결코 다다르지 못할 곳에 이르게 될 것이다.

그래서 나는 늘 침대 위에 장난감들과 책 몇 권, 그리고 군것질거리를 쌓아두었다. 우리 부모님은 평소에는 엄격하였지만, 아이의 이런 투정만은 받아 주었다. 내가 침대 선박을 타고 항해를 하기 위해서는 이런 것들이 꼭 필요하다고 강력하게 주장했기 때문이다. 한편으로는 부모님을 걱정시킬까 봐, 또 한편으로는 부끄러움 때문에 진실을 감추었던 것이다. 어차피 우리 집에서 사라질 바에야 불길한 방랑 생활중에 도움이 될 물건들이라도 갖추어 놓자는 심산이었다. 부모님은 책을 향한 나의 유별난 사랑을 기뻐하였다. 잠을 잘 때도 책들을 떼어 놓고 싶어하지 않았기 때문이다. 다만 위생 문제를 이유로 버터과자 상자만은 치워 놓았다. 나는 과자 상자가 없어졌다는 걸 알고 흐느꼈다. 하는 수 없다고 생각한 부모님은 그것을 베개 옆에 놓아 주었다.

그후 나는 어떤 문명권에서는 고인이 편안하게 저승 여행을 하는 데 필요한 물건들을 관 속이나 무덤 옆에 놓아둔다는 것을 알게 되었다.

조금 더 자라서는, 빛과 낮의 세계가 나를 영원히 거부하지 않을까 하는 두려움 때문에 아주 늦은 시간에야 잠이 들곤 했다. 청소년 때는 창조주와 나의 건강한 신체기관을 신뢰하였다. 내일 아침이면 밤 동안 잠시 떠나 있던 것들 곁으로 돌아와 다시 눈을 뜨리라…… 아침은 내 긴 밤의 여행이 끝나는 순간이었다. 그러고 보면 나는 대부분의 사람들이 '처음'이라고 생각하는 것을 '마지막'으로 이해했던 것 같다. 아침이면 나의 가족들과 친구들은 새로운 삶을 시작할 수 있는 하루의 탄생을 감사했건만.

하지만 잠을 깨우는 아침의 자명종 소리는 나를 절망케 했다. 단지 침대에서 게으름을 피우고 싶었던 거라면 그렇게까지 절망감에 사로잡히진 않았을 것이다. 아침마다 나는 꿈의 세계로부터 무자비하게 뽑혀져 나온 듯한 느낌이 들었다. 그리고 그것은 영원한 추방처럼 느껴졌다. 내게 안겨 왔던 매력적인 그 여인과 제대로 작별을 나눌 시간도 없었는데…… 이 얼마나 무례한 일인가! 다시 만난다면 그녀는 나를 용서할까? 더군다나 우리는 다시 만날 약속조차 하지 못했다. 그러니 밤의 세계라는 그 무한한 공간 속에서 어떻게 그녀를 다시 만날 수 있길 바란단 말인가?

나는 초등학교를 졸업하자, 이제 공부에서는 완전히 손을 뗐다고 믿었다. 담임선생님은 기초적인 것은 모두 가르쳐 주었다. 덧셈, 나눗셈, 구구단, 아프리카와 아시아를 흐르는 큰 강들의 이름, 다섯번째 대륙인 오세아니아주, 그리고 프랑스어의 전 미래 시제 등등…….

선생님께 작별 인사를 하던 날, 나는 이만하면 교육을 받을 만큼 받은 사람이 되었다고 생각했다. 이제 곧 졸업장을 받게 되겠지. 내가 학업을 마쳤다는 사실을 증명해 주는 증빙 서류를. 그 졸업장을 지참하면 공공기관에 한 자리쯤 얻을 수 있을 거야……. 그런 생각을 하고 있던 터라, 10월초에 부모님이 날 중학교에 데리고 갔을 때 깜짝 놀랐다. 학교 운동장은 마치 끝이 없을 것처럼 넓어 보였다. 나는 내가 가야 할 교실을 찾느라 애를 먹었다. 그리고 어리석게도 10시에 다른 학생들이 와서 날 몰아낼 때까지, 다른 교실로 이동하지 않고 한 자리에 앉아 있었다.

고등학교에 입학하자, 일요일 저녁마다 부모님 곁을 떠나야 했다. 우선 큰 사거리로 나가 시외 버스를 탔다. 거기서는 서둘러 차를 타야 했기 때문에 잠시 이별의 슬픔을 잊을 수 있었다. 기사 아저씨가 내 짐을 차에 들어올려 주었다. 나이가 꽤 들어 보이는 시외 버스는 과중한 짐을 싣고 그럭저럭 출발했다. 그리고 중간중간에 멈춰서 다른 학교 아이들을 태웠다. 대학생이 되자 상황이 또 달라졌다. 일요일 점심 식사를 마치면, 그때부터 어머니와 나의 목소리는 마치 장례식 전날처럼 낮아졌다. 어머니는 이것저것 일을 찾아 하려고 하였지만, 마음은 이미 다른 곳에 가 있었다. 이웃 아저씨가 우릴 역까지 데려다 주었다. 어머니와 나는 기차를 기다리면서, 거의 텅 빈 플랫폼 위를 말없이 이리저리 거닐었다. 마치 버려진 곳 같은 그 역을 바라브면서 어머니의 슬픔을 생각하면 틀림없이 이보다 더 우울할지도 모를, 역에서의 또 다른 이별이 저절로 상상될 정도였다. 당시 어머니의 얼굴은 내가 징집되어서 군대로 떠나는 순간이라 해도 그보다 더 슬플 수 없을 것 같았다. 어머니는 마치 내가 극도로 궁핍한 생활을 하러 가는 사람인 것처럼 요것조것 먹을 것과 일용품들로 한 보따리를 싸주었다. 그리고 온갖 위험에 맞서게 될 사람을 앞에 두고 있는 것처럼 주의할 점들을 수없이 늘어놓았다.

다른 이들 같았으면 조바심이 날 법도 했다. 그러나 나는 어머니의 그런 흥분된 태도가 무엇을 의미하는지 알아차릴 만큼은 철이 들어 있었다. 어머니는 언젠가는 나를 잃게 되리라는 걸 받아들이고 있었다. 인생이 늘 그렇듯이 내가 곧 어머니를 떠나게 될 것이며, 더 이상 어머니의 어린 자식이 아니라는 걸 알고 있었다. 물론 전혀 낯선 이방인이 되는 것은 아니지만, 하여간 어느 정도 자율권을 지니고 다른 많은 것들에 관심을 가지는 어른이 될 것임을 알고 있었던 것이다. 또한 나는 나대로 어느 날엔가 어머니가 세상을 떠날 것이고, 그러면 고아 같은 기분이 들 것임을 알고 있었다.

이리하여 나는 일요일 저녁마다 단장의 서러움을 경험하여야 했다. 아무리 진심으로 서로를 사랑한다 해도 마찬가지였다. 그런다고 해서 절대로 헤어지지 않는다는 법은 없다. 원치 않으면서도 서로의 마음을 아프게 만드는 일이 생기기 마련이다. 그것이 인생이다.

나는 늑장을 부리고 있었다. 시간의 흐름을 거슬러 올라가 유년 시절로 돌아가는 길을 다시 찾고 싶어서…… 내가 방황하면서 내 삶의 고삐를 잡아당기고 있는 동안 친구들은 벌써 저만치에서 달려가고 있었다. 나의 지적 발달이 얼마나 늦었는지를 말해야 할 것 같다. 그건 아주 쉽게 증명할 수 있다. 친구들이 이미 루소의 《고백록》을 끝냈을 때까지도 나는 라블레의 우화집을 붙들고 있었으니 말이다. 더 시간이 흐른 후, 소설문학의 의미에 관한 문제가 나왔을 때였다. 발자크나 졸라 같은 작가들의 작품을 논하는 게 딱 알맞았을 시기였다. 매우 조숙한 아이들은 아직 조금 부족하기는 하지만, 벌써 앙티로망의 선구자인 로브 그리예에게 조명을 비추고 있었다. 그렇건만 나는 운문 동물설화집인 《여우 이야기》를 중심으로 의견을 발표했다. 선생님은 나의 이러한 행동을 짓궂은 장난으로 보고는 무례한 아이라고 생각하였다. 그 익살스러운 우화시의 독자를 만난 걸 오히려 기뻐하였어야 할 것 같은데…….

그 일이 상처가 됐을까? 나는 엄지손가락을 빠는 버릇이 다시 생겼다. 어린아이들처럼 파리를 잡으려고 하기도 했다. 그밖에도 별로 큰 흥미도 없으면서 갖가지 장난을 저질렀다. 이런 퇴행은 정신적인 부분에서 더 잘 이해되어질 수 있다. 나는 플라톤의 자극을 받아 '전기(前期)' 소크라테스 사상에 관해서 공부했다. 겉으로 보기에는 그 분야가 내세울 만한 유일한 영광의 명목은 소크라테스 '이전'에 생각했다는 것뿐인 것 같았지만. 그리고 프랑스의 역사보다 '고대' 이집트의 역사에 더 관심이 많았다. 하지만 이처럼 시대를 거슬러 올라가려는 내 욕구를 부끄러워했던 것 같다. 그래서 변명거리를 찾았다. 한 현상은 그 이전에 있었던 현상에 의해 설명된다, 따라서 원인의 원인의 원인을 찾아야 한다는 게 내가 생각해 낸 핑계였다. 나는 별 의미가 없는 줄 알면서도 한동안 이런 헛된 탐색을 계속했다. 그러다 언제부터인가 내 삶과 학업의 흐름을 다시 잡기로 했다. 나는 구구단과 2군 그룹의 동사 변화와 화학주기표를 다시 복습했다. 놀랄 만한 진보가 있었다. 그리고 몇 주 후에는 삼각법과 사회과학에 접근하였다.

하지만 나는 여전히 학교 친구들보다 뒤처져 있었다. 친구들은 각자 자기 방식대로 사춘기에 접근하고 있었다. 어떤 아이들은 벌써 담배를 피우기도 했다. 다른 아이들은 연애를 하고, 사랑을 이야기하고, 정치를 논하기도 했다. 오디베르는 몰래 아버지의 차를 몰아 보았다고 자랑했다. 잠귀 밝은 아버지가 눈치채지 못하도록 아주 부드럽게 출발하는 법을 습득했노라고 하였다. 스트린베르는 자기 넥타이를 직접 고르고, 목요일 저녁이면 아버지 친구들 틈에 끼어서 브리지 게임도 한다고 했다. 나는 담배를 피우지 않았다. 사랑에 관한 이야기는 작가들에게 맡겼다. 그리고 어느 소녀와 교제를 하게 되었을 때도 그녀의 손을 잡는 것을 오랫동안 망설였고, 그녀가 보여 주는 극히 미미한 암시에도 금세 얼굴이 빨개지곤 했었다. 우리 아버지에겐 자동차가 없었기에 자동차를 빌릴 수도 없었다.

이런 핸디캡들에도 불구하고 나는 대학입학자격시험에 합격했다. 틀림없이 성인의 언저리로 다가서게 해줄 그 시험에 아슬아슬하게 가까스로 합격했던 것이다. 실은 합격하지 못할 것이라고 생각했었다. 어른들이 결코 나를 성인들 틈에 끼워 주지 않을 것 같았기 때문이다. 아닌게아니라 심사위원 교수들은 나를 '관대하게' 봐줘서 합격시킨 거라고 언급하였다. 시험 성적이 보잘것없음을 증명해 준 이 말은 내 기쁨을 반감시켰다. 그것은 앞으로 내가 완전하고 당당한 대학생이 될 수 없을 거라는 걸 예언하는 말처럼 들렸다. 만일 내게 조금이라도 유머 감각이 있었거나 부모님의 형편이 좀더 나았더라면, 재수를 해서 다시 시험을 치러 보려고 했을 것이다. 이런 식의 합격으로 대학에 입학한다면, 앞으로 중요한 과제를 제출할 때마다 내가 순전히 교수들의 관대한 호의에 힘입어 대학에 들어온 것이 분명하게 드러날 것이기 때문이었다. 예수 그리스도와 성모 마리아, 그리고 나의 수호성인인 베드로가 그 죄에도 불구하고 나를 '관대하게' 보아 주시는 것은 언제라도 감사하게 느껴지는 일이었다. 그러나 이같은 문제에 있어서 '관대한' 처분을 받는 것은 사양하고 싶었다. 관대한 처분으로 들어갈 수 있는 거라면, 중등교사자격시험이나 교수자격시험에 누구나 합격할 수 있을 것 아닌가? 나는 관대한 처분이 조금도 마음에 들지 않았다. 나를 합격시키고 싶지 않았다면, 그냥 '불합격'이라고 한 마디만 했으면 되었을 텐데…….

나는 내 앞날이 훤히 내다보이는 것 같았다. 훗날 손 한 번 잡아 보지 못한 아가씨가 나를 불쌍히 여겨서 '관대한' 마음으로 결혼하자고 하지는 않을까? 내가 방도 구하지 못해서 헤매고 다닐까 봐, 어느 집주인이 '관대한' 마음에서 실제보다 비싼 가격으로 방 하나를 세놓는 일은 없을까? 국방부 장관이 숨어서 지내는 비겁한 놈이라는 소리를 듣지 않게 해주려고, 특별히 '관대한' 은총을 내려서 나를 최전방으로 보내지는 않을까?

그때도 나는 부모님의 당연한 보호를 받을 수 있는 아이로 머물고 싶어했던 것 같다.

내게는 완전히 다른 삶을 계획하게 만들 수 있는, 무언가를 향한 열정적인 사랑 같은 것이 필요했다. 몇몇 친구들이 놀라운 사랑의 경험으로, 평범한 시간을 넘어 영원으로 도약했다며 자랑스럽게 떠들고 다녔던 것이다. 이 얼마나 놀라운 차이인가! 새로운 탄생! 부모님과 옛친구들, 하루하루의 일상들이 모두 잊혀졌다. 주변에서 사랑으로 인해 스물다섯 살, 서른 살, 혹은 마흔 살에 진정한 삶이 시작되었다고 하는 소리만 귀에 들어왔을 뿐이다. 물론 그 대상은 여인일 수도 있었고, 학문이나 예술 혹은 종교일 수도 있었다.

그러나 나는 이게 열정일까 하는 생각이 드는 순간, 사랑에 빠진 거라고 믿기를 주저했다. 왜냐하면 그런 모험이 두려웠고, 전혀 모르는 영토에서 길을 헤매고 싶지 않았기 때문이다. 그리고 사실은 아직 그렇게 서둘러서 영원 속에 안주하고 싶지 않았기 때문이다. 나는 좀더 그럴 듯한 이유를 끌어댔다. 내 인격 속에는 아직 그런 택함을 받을 만한 점이 발견되지 않는 것이 이유였다. 그런 택함은 아벨라르나 엘로이즈 · 오셀로 · 아우렐리아누스와 같이 역사 속에 나오는 위대한 인물들에게나 일어나는 것이라고 슬쩍 밀어냈다. "하느님께서 나를 택하셨다. 내가 가는 길로 그분이 찾아오셨다. 그분이 날 복종시키시고, 그분을 따르도록 만드셨다"라고 말하며 떠드는 사람들에게. 혹은 이보다 덜 초자연적이긴 하지만 오만하긴 마찬가지인 이런 방식도 있다. "놀라운 솟구치는 시의 감정이 날 찾아왔다. 그리하여 낡은 문법을 깨뜨리고, 다른 사람들은 도저히 알아들을 수 없는 전혀 새로운 언어를 만들어 내게 했다." 소위 사랑에 빠졌다고 하는 자들의 자만심이 나는 신경에 거슬렸다. 하지만 그런 내 감정을 드러내지는 않았다. 왜냐하면 그런 사람들은 아주 민감한 상태여서, 조금만 건드려도 주저 않고 분노를 터뜨릴 수 있었기 때문이다.

나는 몇 번 열정을 향해 조심스러운 발걸음을 내딛긴 했었다. 그러나 항상 마지막 순간에는, 사랑에 들떠 말쑥한 차림을 하고 다니는 자칭 미남미녀들의 무리 속에 섞이기를 거부하고 도망쳤다. 나의 변명은 이런 것이었다. 내게는 그럴 만한 우아한 면이 없지. 열정에 휘말리는 행운 같은 건 절대로 찾아오지 않을 거야. 내 생애에 어떤 사건이 일어난다고 해도, 내 존재를 근본적으로 수정하지는 못할 테니까. 설령 바다 한가운데서 조난을 당하거나, 생각지 못했던 큰 유산을 상속받거나, 높은 자리에 올라가거나, 심지어 감옥에 갇히는 일이 일어난다고 해도 마찬가지야. 내게 한 번 주어진 후로, 영원히 나를 정의하고 있는 나의 본질적인 요소들은 하나도 변화시키지 못할걸…….

지금은…… 지금은 내가 과연 아무리 시간이 흘러도 변하지 않을 것임을 보증하는 인장을 지니고 태어났는지 그때만큼 자신할 수 없다.

그렇다고 죽음이라는 걸 생각해 본 적은 없었다. 그건 또 다른 문제였다. 말하자면 내가 누릴 자격이 있는 행복을 끝내는 것만은 받아들일 수가 없었다. 그거야말로 야만적인 행위 아닌가? 운명의 여신이 잔인하게 심술을 낸 게 아니라면, 삶이라는 행복을 깨야 할 이유가 없었던 것이다. 옳든 그르든간에 일단 내게 주어진 삶을 도대체 무슨 명목으로 빼앗아 갈 것인가? 한 번 주어진 건 주어진 것이다.

게다가 나는 미래로부터 어떤 좋은 것도 기대하지 않았다. 미래가 내 삶의 일부를 과감하게 바꾸어 놓을 책임이 있다면 좋을 텐데…… 제법 시간이 흐르고 나서 한 가지 지혜를 터득했다. 인생처럼 불확실한 것을 향해 도대체 어떻게 책임을 물을 수 있겠는가 하는…… 나는 내 추억의 이야기들을 모아 놓은 한 권의 책이다. 나는 긴긴 겨울 동안 그 추억의 책갈피들을 뒤적거려 본다. 그리고 속임수를 쓴다. 내가 전혀 겪어 보지 못한 황홀한 순간들을 그 책 속에 끼워넣는 것이다.

세월이 흘렀다. 그렇지만 성인들의 삶 속에 들어가고 싶은 호기심 같은 건 아직 없었다. 나는 우리가 시간을 멈추게 할 수 있다고 믿었다. 그래서 영원히 주저하고 망설이면서 유년의 삶에 머물 수 있다고 믿었다. 그렇지만 지금의 나는 너무 늙지 않았는가? 세월의 흐름을 어떻게 피한단 말인가? 나가 지금 이 나이에 늦된 사춘기 소년 같은 태도를 취한다거나(청년의 매력이란 시들고 나면 얼마나 끔찍한 것인가?), 더 심하게 아직도 우리 고향에 남아 있는 늙은 총각 같은 태도를 취한다면 얼마나 한심스러운 일일까? 노총각들은 옷차림에 더 이상 신경 쓰지 않는다. 심술궂은 사람들은 그들의 얼굴을 쳐다보는 것이 아니라, 셔츠에 묻은 얼룩이나 제일 더러워지기 쉬운 목깃을 눈여겨보는 법이다. 그래서 노총각들은 남들에게 흠을 잡히지 않기 위해 집 안을 정돈하는 일에 매달리고, 열렬한 세척제 옹호자가 된다. 그들은 커피잔이 설거지통 속에 들어 있는 것을 참지 못한다. 저녁 식사 후엔 식후의 가벼운 술과 시가와 당구를 즐기는 것이 한창 유행일 때도, 저녁 시간을 어떻게 보내면 좋을지 도통 모른다. 저녁 초대라도 받으면…… 혹시 자기가 불쌍해서 할 수 없이 부른 건 아닌지 의심하거나, 아니면 아직 천생배필을 찾지 못한 노처녀를 소개시키려는 게 아닐까 지레짐작하며 흥분한다.

나는 요즈음 이제는 멀어져 간 나의 사춘기 시절로 슬그머니 돌아가 본다. 면도할 때, 처음 면도하던 때 그랬던 것처럼 크림솔을 사용해 본다. (요즘엔 사용하는 사람이 거의 없다.) 그리고 거울 속의 나를 들여다본다. 어릿광대 짓을 해본다. 센 강이나 불바르를 노래하는 〈우리 사랑의 거리〉라든지 〈무도회〉 같은 연가들도 불러 본다. 토요일 저녁이면 정성껏 목욕을 한다. 그리고 내 얼굴 빛깔과 가장 잘 어울리는 푸른색 셔츠를 입는다. 넥타이를 고르느라 잠시 망설이기도 한다. 그리고는 탱고의 스텝을 조금 밟아 본다. 그 옛날엔 춤을 추러 가기 전에, 내 파트너가 어떤 자세를 취할까 생각하면서 늘 이렇게 해보곤 했었다. 그땐 누구에게든, 한 아가씨의 마음에 빨리 들어야 한다는 생각뿐이었다. 12시쯤이면 대부분의 아가씨들이 집으로 돌아갈 시간이거나, 아니면 이미 한 남자를 고른 후였기 때문이다.

물론 지금의 나는 집에 그대로 남아 있다. 새삼스런 모험을 위해서 40대 남자들의 웃음거리가 될 생각은 없으니까. 나는 옷을 벗는다. 쓰라린 기분 같은 건 없다. 넥타이와 와이셔츠도 벗어 조심스레 걸어둔다. 사라져 버린 세월 속에서 해봤던 의식을 이렇게 한 번 재현해 보는 것으로 충분하다. 다만 예전에는 파트너였던 아가씨들의 체취와 향수 냄새가 내 몸과 옷에 배어 있었을 뿐이다.

이제 나는 신중하게 행동한다. 그리고 한창때의 나이를 살고 있는 척한다. 읽지 않은 작품이나 보지 않은 영화에 대해서 내 의견을 말하는 것도 어렵지 않게 되었다. 세상으로 눈을 돌린다. 그리곤 아직 받아들일 준비도 되어 있지 않은 상태에서, 내 앞에 던져진 전혀 새로운 음악에 끌려간다. 역사는 이렇게 끊임없이 만들어지는 것일까? 허겁지겁 좇아간다……. 하지만 나는 곧 나만의 세계로 돌아온다. 잠시 세상 사람들로부터 떨어져 있고 싶다. 사람들의 무리에 뒤섞여 있으면, 나는 전쟁이 일어났던 그해에 그랬던 것처럼 상상조차 못했던 어둠 속으로 끌려갈 것이다. 내가 되돌아오고 싶어해도 그들은 나를 떼밀고 짓밟을 것이다. 하지만 나는 내게 주어진 기회, 사람들로부터 잠시 비켜서 있을 수 있는 기회를 행복하게 음미한다. 수많은 난민들이 안전한 땅을 만나지 못해 방황하고 있는 사이, 나는 세월의 흐름이 비켜 간 섬 하나를 내 안에서 찾았기 때문이다.

40대 나이에 이르자, 나는 앞으로 나아가 보기로 결심했다. '모험을 해보기로' 한 것이다. 그 모험은 내 삶의 한 부분인 지적 영역에서 먼저 시도되었다. 그것은 스스로 해낸 생각들만이 내 생각이라고 말하기로 한 것이다. 이 결심이 무엇을 의미하는지 이해할 수 있기를! 이미 다른 사람들이 말한 것을 마치 내 생각인 양하지 않기로 한 것이다. 많은 사람들이 뻔뻔스럽게도 "내 생각에는……"이라고 확신에 차서 이야기한다. 하지만 그 생각들이란 것은 나처럼, 그리고 우리들 대부분처럼 이미 누군가가 했고, 표현했던 여러 생각들 속에서 떠오른 것들일 뿐이다. 그렇게 말하는 것이 반드시 틀렸다고 할 수는 없지만, 그래도 자기가 그 생각을 해낸 장본인인 것처럼 주장해서는 안 될 것 같았다.

민망하게도 나는 그 시도에서 실패했다. 나의 독창적인 생각이라며 내놓은 것이, 여기저기서 조금씩 능숙하게 뜯어맞춘 것임을 금방 알아볼 수 있었기 때문이다. 나는 스스로 위로했다. 지난 한 세기 동안을 보아도, 스스로 생각해 내는 일을 한 사람은 몇 사람에 불과했다는 사실을 들어서…… 어쨌든 나의 시도는 금방 끝나 버리고 말았다. 무언가를 시작하지도 않았는데, 끝내는 일만 남은 것 같았다. 개회식도 하기 전에 폐회식을 하는 격으로. 나는 태어나기도 전에 사라질 것이다. 나는 탄생 전의 삶 속으로 틀어박힐 것이다. 절대로 그 삶을 버릴 용기가 없었을 테니까.

아직까지도 나는 여행할 때 앞으로 내 앞에 경이로운 풍경들이 펼쳐질 것이며, 우연한 만남을 갖게 되고, 좀더 자극적인 다른 삶과 만나게 될 거라는 사실을 금방 잊어버리고 만다. 태양이나 대양을 보며 감동에 젖어 소리치지도 않는다. 나는 상실이라든지 영원한 이탈 같은 것에 멜랑콜리를 느낀다. 열차의 객실 안에 있으면 내가 꿈꾸는 것을 다른 여행객들이 방해한다. 복도로 나와 혼자 선다. 갑자기 의미를 가지며 다가오는 일상적인 풍경, 눈길을 끄는 집들, 평범한 사람들, 때때로 나타나는 강물 끝자락, 도시들…… 이 모든 것들이 줄지어 나타났다가 줄지어 사라진다. 모든 것들이 내가 없어도 존재하고, 일상의 풍경들은 내가 없어도 어색하지 않다.

인간, 그 영원한 여행자여! 즐겁게 들리는 이 공식은 그러나 나를 어쩐지 불안하게 만든다. 이 세상 안에 너가 확실하게 예약해 둔 장소가 없다는 사실 아닌가! 유목민들만이 안전한 한 장소에 정착할 필요를 느끼지 못할 것이다. 그들은 당당하게 유랑하는 쪽을 택한 자들이기 때문이다.

나의 행로는 불규칙적일 것이다. 나는 마치 터미널에 이른 것처럼 내 행로를 단호하게 멈춘 적이 여러 번 있었다. 나는 미래를 아주 조금이라도 엿보게 해주는 것을 하나도 보지 못했고, 보고 싶지도 않았다. 소망이 없어서일까? 상상력이 없어서일까? 아니면 기질이 게을러서? 그보다는 내가 늘 현재에 만족했기 때문이며, 헛것을 잡느라 알맹이를 잃고 싶지 않았기 때문이다.

그리하여 나는 각 정거장에 이를 때마다 한참씩 지체를 했었다. 그리고 선두 그룹에 합류하기를 포기했다.

나는 고독을 떨쳐 버리기 위해 나처럼 뒤처지는 사람들을 찾았다. 얼떨떨해하는 사람, 당황해서 어쩔 줄 도르는 사람들 사이에 끼이게 되자 남의 눈에 잘 띄지 않을 수 있었다. 그들은 사랑의 상처나 삶의 상처 때문에 앞서가기를 포기했던 사람들이었다. 아마 그런 사건들만 없었다면, 그들은 경쾌하게 계속해서 앞으로 나아갔을 것이다. 내게는 그런 사건들이 하나도 없었다. 하지만 새로 합류한 동료들 가운데 있는 것이 마음에 들었다. 내게 어울리는 이 환경에서 추방당하고 싶지 않았다. 만일 거기서 누가 나를 쫓아냈다면, 나는 죽음과도 같은 무(無)를 향해 달려갔을 것이다. 그리고 존재하기를 중단했을 것이다.

나는 내 세계를 속이지 않았다. 그런데도 그곳 사람들은 뒤처지기를 두려워하지 않는 나를 수상쩍게 여겼다. 곁에 와서 킁킁대며 냄새를 맡기도 했다. 그리고 마구 짖어대면서 주변에 있는 다른 경비견들까지 모두 불러모았다. 내게서 구해 갈 것이 없다는 걸 뻔히 알면서도 바짓가랑이를 물고늘어졌다. 내가 자신들과 같은 부류가 아니라는 사실을 받아들이고 싶지 않아서였다. 그들은 사고가 생겨 그 세계에 불참한 사람들은 참을 수 있었다. 건망증 때문에 자기의 생일까지 잊어버리고, 자동차 열쇠도 잃어버린 사람들도 참을 수 있었다. 사랑하는 여인을 암이나 자동차 사고로 잃어 위로할 수도 없을 정도로 비통에 잠긴 사람들도 참아냈으며, 20세기에 살고 있다는 사실에 문득문득 새삼스럽게 놀라는 정신 나간 사람들도 참아냈다. 그들은 자신들이 공공연하게 비웃으며 경멸하는 모든 사람들을 참아낼 수 있었다.

그런 그들이 도저히 참아내지 못하는 사람들이 있었으니, 바로 나처럼 자진해서 그들 곁을 떠난 자들이다. 왜냐하면 그들은 누군가가 자신들에게 관심을 갖지 않는다는 걸 믿을 수가 없기 때문이다. 어쩌면 그들은 내가 때로 호메로스처럼, 때로 서정시인 뤼트뵈프처럼 살아가는 걸 부러워했던 것은 아닐까? 나의 동떨어진 태도가 그들에게는 순전히 형식적인 것으로 보였던 듯하다.

그들의 가슴과 머리에는 덧없는 이 세상의 풍속이 딱 달라붙어 있어서, 그들로 하여금 늘 피상적이고 상투적인 말과 생각들을 내뱉고 토해 내게 만들었다. 그들은 내가 그 허무한 풍속을 피해 달아났다는 사실에 분해서 어쩔 줄 몰라했다.

그러나 그들은 차라리 질투심을 숨기는 편을 택하기로 했다. 그래서 나를 불구자로 여기기로 했다. 더없이 영광스러운 우리 시대를 구성하고 있는 이 모든 아름다운 것들에 대해 무감각한 자요, 인간성이라곤 눈곱만큼도 없는, 그래서 비인간적인 인간으로 취급하기로 했다. 애꿎은 희생자를 고문하는 악랄한 고문관에다, 좀더 최근의 표현을 빌리자면 나치 친의대 같은 종족으로 여기기로 한 것이다. 어느 누구도 자기들만큼 인간적인 동료들을 떠날 수 있는 사람은 없기 때문이다. 그러나 애석한지고! 제자리를 이탈하는 죄는 중형 중에서도 중형을 받아야 마땅하거늘, 그 죄를 위해 마련된 처벌이 없다니…….

나는 그들에게 복종하기를 거부했다고 해서 비싼 대가를 치르지는 않았다. 학위라든가 급여, 배려, 노후연금, 공휴일, 국가적인 경사, 해수욕장, 고속 도로, 고속 열차, 그리고 산…… 이 모든 것들을 포함해서 사회적 권리와 이점들을 모두 누렸기 때문이다. 나의 등번호를 떼어 가지도 않았고, 청소차가 와서 나를 쓸어 가지도 않은 걸 보면 아무래도 감독들이 방심했던 게 틀림없다.

고백하건대, 나는 심술을 부린 덕에 오히려 이익을 본 것이 더 많았다. 그래서 정거장에 이르면 마음놓고 한숨을 돌린다. 그리고 방금 지나온 장소와 사람들과 사물들을 다시 되돌아보고, 반추한다. 그러면 지나간 풍경들이 다시 내 앞에 줄을 서고, 나는 거기서 내가 놓치고 지나쳤던 자질구레한 부분들을 발견한다. 나는 언제 어디서 예기치 않게 옛친구를 만난다 해도 자신 있게 말할 수 있다. 그 옛날 영어 수업 시간에 누가 어떤 자리에 앉았었는지, 11사단에서 춘계 군사 훈련을 받았을 때 어느 산 어느 계곡에서 야영을 했었는지에 대해서.

그렇지만 하루 종일 낡은 필름만 돌리고 있는 건 무의미하지 않는가? 일단 영화가 끝나면 자리를 툴툴 털고 일어나, 다시 사람들 사이를 돌아다니는 것이 바람직하지 않는가? 물론이다.

노년과 죽음으로 향하는 시간의 흐름 속으로 급속히 빨려 들어간다는 두려움 때문에, 이처럼 유년 시절을 돌이켜보며 즐거워하는 것이 과연 옳은 일일까? 나는 내 성격 중에 아직도 고쳐지지 않은 한심한 면들이 있다는 걸 생각할 때마다 그 점을 의심해 보게 된다. 말하자면 이렇다. 어느 아름다운 봄날, 차고에서 나의 푸조를 꺼내 타고 봄의 들판을 달린다. 몇 킬로미터를 달리고 나서는 갑자기 당황해진다. 다음 사거리에 이르기 전에 때맞춰 브레이크를 밟을 수 있을까? 이 차가 폭주를 하게 되면 어떻게 속도를 줄여야 하지? 조심성 없는 보행자가 뛰어들면 어떻게 피할 것이며, 예고 없이 달려드는 자동차는 또 어떻게 피해야 하나? ……내 뜻과는 달리, 나는 젊은 날에 겪었던 것들을 또다시 되살리고 있는 것이다. 어렸을 때였다. 늘 내 뒤에서 자전거를 잡아 주던 어머니가 어느 날 자전거에서 손을 떼었다. 그때부터 혼자 힘으로 가야 했던 나는 쓰러지지 않기 위해 계속해서 페달을 밟았다. 한참을 정신없이 달리다가 그만 브레이크 잡는 법을 잊어버렸다. 나는 다른 자전거들 사이를 위태위태하게 지그재그로 달렸다. 그러다가 한 아이와 부딪쳤는데, 다행히 그 아이도 나도 별로 상처를 입지 않았다……. 이런 두려움을 느껴 봤던 사람들이 있었을 거라고 생각한다. 또 그런 경험들이 있기를 바란다. 나는 그때처럼 지금도 여전히 부주의하다. 늙는 걸 거부했던 것이다. 이러다간 큰코다칠 일이다……. 마지막 심판의 날, 주름 지고 쪼글쪼글해진 아이의 모습으로 하느님 앞에 설 거란 말인가? 사랑이 많으신 그분이 날 귀엽고 측은하게 보아 주시도록 늙은 얼굴에 귀여운 어린애의 옷을 입고서? 하지만 불행히도 나는 어린 예수를 하나도 닮지 않았잖은가!

나는 수많은 '마지막'들을 겪었고, 기쁘게 누렸고, 또 고통스럽게 받아들였다. 이 모든 '마지막'들은 내 삶의 최종적인 마지막 순간에 내게 도움이 될 수 있을까? 그것들은 '돌이킬 수 없는 것'들을 우리가 절대로 되돌릴 수 없다는 진리를 내게 알려 줄 것이고, 그래서 나를 우울하게 만들 것이다. 자연의 섭리에 따라 자신의 욕망을 꺾어야 한다는 것을 받아들이려 하지 않는 의심 많은 아이를, 나라면 알아듣게 타이를 수 있을까? 나도 여전히 시간을 싫어한다. 영원을 소망하기 때문이다.

나는 그럼에도 불구하고 늦가을의 부드러움 속에서 만족한다. 휴양 도시들은 갑자기 봇짐을 싸들고 도망치지 않는다. 대신 천천히, 차츰차츰 손님들과 작별을 한다. 휴양 도시에서 온천 요법을 하는 사람들의 수가 점점 줄어든다. 의사들과 간호사들은 더 각별한 애정으로 우리의 건강을 돌봐 준다. 이 도시는 약간 이르게 불을 끈다. 밤이 오면 나는 화려하고 드넓은 꽃밭을 보란 듯이 지니고 있는 가장 아름다운 공원에서 오랜 시간을 머문다. 공원을 한 바퀴 돌고 있던 경비원이 감기에 걸릴 위험이 있으니 조심하라고 일러 준다. 시인 라마르틴의 어조를 흉내내며 '첫서리'가 내릴지도 모른다고 귀띔하면서. 내가 묵고 있는 민박집은 내일이면 문을 닫는다. 다른 곳에서 머물고 싶은 생각은 없기에 나도 내일이면 이 도시를 떠나려 한다.

　그런데 어디로 간다? 이곳에서 보내는 나의 마지막 순간들을 어떻게 하면 낭비하지 않을 수 있을까? 마지막으로 공원의 향기를 들이마실까? 낮에 경쾌한 음악을 연주하던 정자에 기대서 볼까? 집으로 돌아가 침대에 몸을 길게 뻗고 누워 볼까? 밤을 향해 창문을 열고 하늘을 바라볼까? 지나간 시절의 영광을 보여 주는 화려한 호텔들이 즐비한 언덕을 올라가 볼까? 하지만 나의 걸음은 호숫가로 향한다. 무심한 호수의 물이 찰랑거린다. 이틀 전, 여기서 사람들이 춤을 추었는데. 저녁 식사에 만족한 손님들이 웃으면서 식당을 나섰지. 오락실들에선 불빛이 번쩍거렸고……

　이제부터 나는 의미 없이 번쩍거리기만 하는 싸구려 삶을 거부할 것이다. 이제 내 자신에게로 돌아올 시간이다. 생각하고, 명상에 잠길 시간이다. 그리고…… 이 생의 건너편에서 어떤 일이 일어나고 있는지, 그것에 관심을 기울여 볼 시간이다.

불쌍한 사람들

누군가를 불쌍히 여기고, 그에게 진정한 사랑을 베푸는 이는 상대방보다 우월한 상황에 있기를 포기한 사람이다. 그는 고통스러워하고, 신음하며, 패배한 사람들 편에 기꺼이 내려선다. 계산 때문에 그러는 것이 아니다. 계산 때문이라면, 결코 그런 식으로 자신의 힘을 빼지 않을 것이다. 즉각적으로 순수하게 베푸는 사랑을 대가 지불을 바라거나 타협하는 행위로 축소시켜서 그 의미를 변질시켜선 안 될 것이다. 하마터면 암살로 목숨을 잃을 뻔했던 위고 장군은, 자기 부하들의 공격을 받아 신음하는 암살자를 가리키며 이렇게 외쳤다. "어쨌건 저 사람에게 마실 것부터 주어라." 장군은 자신을 죽이려던 암살의 음모는 잊은 채, 타는 목마름과 심한 상처로 고통에 빠진 한 불쌍한 사람을 보았던 것이다. 그는 이미 얻은 승리를 하찮게 여기던서 승리보다 자신을 더 높이는 오만함을 가지고 있지 않았다. 대개 강한 자들은 무슨 고통이든 강인하게 견뎌내는 스토아 철학자들의 흉내를 내려고 하는 법인데, 그는 그렇게 하지 않았다. 영광의 자리에 있으면서도 자신의 마지막 순간을 의식했다. 그리고 인간은 너나할 것없이 누구나 불쌍한 존재들이라는 것과, 한없이 비참한 상태에 빠져 있는 자를 돕는 일보다 더 중요한 것은 없다는 걸 알고 있었다.

사랑을 베풀길 거부한 이는, 자신의 자리가 혜택을 누릴 수 있는 편안한 위치라고 판단하여 그 자리에서 내려서고 싶지 않은 사람이다. 내려선다는 건 생각조차 못할 일이다. 아니, 그에게는 지나가는 길목에 쓰러져 있는 사람들의 신음 소리가 들리긴 하는 걸까? 어쩌면 그는 쓰러진 자들이 마땅히 당할 일을 당한 거라고 생각하고 있는 건 아닐까? 혹은 그들이 보기보다 그렇게 불쌍한 사람들은 아니라고 믿고 있는 건 아닐까? 사랑이 그들을 사로잡아 멀어 버린 눈과 귀를 트이게 해주지 않는 한, 그들은 아무것도 제대로 보지도 듣지도 못할 것이다. 자기가 하는 말조차 들리지 않을 때도 있으니까. 한 영토를 강제로 점령한 자들은 정령당한 국민 혹은 주민들에게 특히 가혹하게 대한다. '점령당했다'는 이유만으로 그들을 경멸하기 때문이다. 자기들이 정복해 놓고선. 또 하나 좀더 단순한 이유로는, 그 천한 자들의 언어가 거슬리기 때문이다. 그들이 이 한심한 백성들을 불쌍히 여겨 동정하고픈 유혹에서 벗어날 수 있는 한 가지 방법이 있는데, 지식 혹은 법을 앞세우는 것이다. 마음으로는 자비를 베풀고 싶지만, 법대로 하자니 어쩔 수 없다는 것이다. 그러면서 성스러운 법을 적용하는 데 감히 예외를 주장하거나 요구하는 자를 엄격한 '법'

으로 위협한다.

　법의 판결을 집행하는 사형집행인이나 법을 적용하는 관리들의 거리낌없는 당당한 양심이여! 사회의 원활한 기능을 위해 반드시 필요한 그들의 양심은 감탄할 만하지 않은가! 이들의 무자비한 태도는 두 가지 길을 걷는다. 이들은 완벽한 법률 교과서요, 듣지도 느끼지도 보지도 못하는 무감각한 형벌선고자의 길을 걷는다. 아니면 잔인하게 두들겨패기 전에 정말 패야 할까, 얼마나 패는 게 좋을까를 심사숙고하는 척 꾸미는 삶을 산다. 속으로는 무조건 많이 두들겨 주겠다고 생각하고 있으면서. 이들은 심지어 너무나 진지하게 고심해야 하는 통에 자신 역시 '고통' 받고 있는 사람이라면서, 사람들이 불쌍히 여겨 주길 바란다. "내가 얼마나 힘든 일을 하고 있는지 모를 겁니다. 이런 자리엔 절대 앉지 말아야 하는 건데……." 그러나 이 말을 내뱉자마자, 그 역시 자기가 구걸한 동정을 코웃음치는 사람들로부터 거부당하고 있음을 알게 될 것이다.

　자신을 불쌍히 여기는 타인의 사랑을 받아들인 자는 단지 자신의 고통을 잠깐 동안 줄이기 위해, 월말을 무사히 넘길 수 있게 해주는 정부보조금이나 심리적 안정제를 받은 게 아니다. 인간으로서의 그의 삶을 누군가가 알아 주었다는 건, 방탕아가 용서를 받듯이 용서를 받았다는 의미이기도 하다. 그는 돼지우리에서 잤고, 걸인처럼 방황했으며, 모든 소망이 끊어졌던 자였다. 그런 그에게 누군가가 마치 그가 외아들인 것처럼 이전의 특권을 다시 되돌려 준 것이다. 상처들이 싸매어졌으며, 몸에는 향기로운 기름이 발라졌다. 아름다운 옷이 입혀졌고, 그를 위해 잔치가 베풀어졌다! 이보다 좀더 소박한 예가 있다. 유형지를 향해 가는 도형수 도스토예프스키가 그를 불쌍히 여긴 어린 소녀로부터 1코페이카를 받았다. 그는 어린 소녀가 내민 작은 동전 한 닢에서 속죄의 표시를 보았다. 언젠가는 세상의 몰인정함, 비인간성의 지배가 끝날 것임을 내다본 것이다.

하지만 아무리 비참한 상황에 있더라도 자신에게 베풀어지는 사랑을 거부하는 사람들도 있다. 물론 자신을 향해 내밀어진 손길에서 어떤 음모를 본 것이라면 거부하는 게 당연하리라. 하지만 상대방의 사랑 자체를 거부할 수도 있다. 왜냐하면 상대방을 비인간성 속에 그대로 머물게 함으로써 우월한 위치에 있는 그를 용서하고 싶지 않아서이다. 상대가 자신에게 사랑을 베풀 기회를 허락한다면, 그가 예전에 자신에게 저질렀던 잘못을 없던 걸로 만드는 게 되어 버리기 때문이다. 그것을 거부하는 데는 두 가지 설명이 있을 수 있다. 우선 비참한 상태에 있는 자신이 여전히 생생하게 느끼고 있는 과거의 고통을 극복할 수 없고, 그리하여 상대를 용서할 만한 아량이 없기 때문이다. 또 한 가지의 설명은 이렇다. 유태인의 대학살처럼 세상에는 결코 '돌이킬 수 없는 일'들이 있을 수 있다는 것이다. 그런 경우 감히 우리가 이미 죽고 없는 사람들을 대신해서 용서를 운운할 권리가 없기 때문이다. 흘러가 버리는 시간이 우리에게 망각과 평화의 씨를 뿌리고 그것을 퍼뜨린다고 생각하면, 우리는 '돌이킬 수 없는 것'에 숨겨진 수수께끼 앞에 서게 된다.

진정한 사랑을 베풀고 받는 관계가 이루어지려면, 우월한 위치에 있는 사람이 자신의 위치를 포기해야 한다. 하지만 잠깐 포기하고 마는 것에 그칠 뿐이라면, 그건 그리 부담될 게 없는 쉬운 일이 아닐까? 잠시 동안 아주 작은 것을 포기한 후 재산과 미모·지식에 있어서 여전히 우월한 자로 남아 있다면, 과연 그가 무엇을 버렸다고 할 수 있을까? 여기서 우리는 하나의 모순 앞에 서게 된다. 우월한 위치에 있는 자만이 자신의 것을 포기할 수 있는 뭔가를 가지고 있는 셈인데, 그가 여전히 우월한 위치에 남아 있다면 실은 우리를 우롱한 것에 지나지 않았다는 게 아닐까? 포기하고도 고갈되지 않는 풍성함을 가졌다면, 그는 주면서도 계속해서 부유한 자로 남을 것이다. 다시 말해 그는 아낌없이 줄수록 점점 더 풍성하게 될 것이다. 이런 주장은 정신적인 재산의 문제일 경우에는 충분히 받아들여질 수 있다. 그러나 물질적인 것일 경우엔 조금 다르다. 대부분의 사람들이 재산을 축내지 않는 정신적 충고와 격려에 특히 너그러워지는 까닭이 바로 여기에 있다. 어찌되었든 강자가 용서하지 않을 수도 있었는데 용서하고, 먼저 행동하지 않을 수도 있었는데 먼저 손을 내밀면서 신사답게 행동했다는 점만큼은 높이 인정해야 할 것이다.

높고 힘 있는 사람들이 가진 것을 포기하면서 사랑할 수 없기 때문에, 예기치 못했던 일이지만 우리는 보잘것없고 가난한 사람들에게로 향하게 된다. 이들은 구하는 자들에게 주되, 자신들도 턱없이 부족한 상태에서 나누어 주기 때문에 자랑하지 않는다. 게다가 자랑이란 본래 그들에게 익숙한 태도가 아니기도 하다. 부유하지만 품위가 없는 상스러운 사람들은 결코 이해할 수 없는 이들의 태도를 비웃을 것이다. "뭐라고? 그가 뭘 준다고? 그는 가진 게 없는 사람이야. 더럽고, 집 한 칸 없어서 아무데서나 자

는 사람이란 말이야. 그런 그가 아량을 베푼다고?" 그래서 우리
는 가난한 사람들에게 있어서 나누어 주는 일이 얼마나 자연스럽
고 당연한 일인지 확인시켜 줄 필요가 있다. 우선 사랑하는 능력,
그것도 '예외 없이 모든 사람'을 사랑하는 능력을 꼽을 수 있다.
그들은 변함없는 아량을 보여 주지만 누군가에게 특혜를 베풀진
않는다. 특혜라는 것 속에는 십중팔구 자랑과 계산이 도사리고
있는 법이다. 다음엔 상처받지 않는 능력을 꼽아야 한다. 그 누
구도 그들에게 상처를 줄 수 없으며, 어떤 공격도 그들을 해치지
못한다. 단순하고 가난한 사람들의 이런 모습이 우리의 시선을
붙잡는다. '눈에는 눈, 귀에는 귀'처럼 똑같이 복수하는 법을 깨
고, 주는 것과 손에 쥐고 있는 것을 굳이 구분하지 않고, 자기를
괴롭히는 사람들을 여전히 긍정적으로 해석하는 사람들을 본다
는 건 참으로 기쁜 일이다. 여기서 우리는 감당하기 어려운 모순
을 만나게 된다. 많은 것을 소유한 사람들에게(학위, 신분, 사회
적 권리, 미래에 맞이할 멋진 노후 생활 등등) 무언가를 줄 수 있는
자는 오직 가난한 사람들뿐이며, 가난한 자들만이 그 동기를 의
심받지 않을 수 있다는 것이다. 동시에 가난한 자들의 모습이
'객관화'될 경우, 예를 들면 하층민 계급이라는 하나의 사회적
계층에 동일시될 때는 그 빛을 잃게 된다. 왜냐하면 가난하다고
해서 반드시 남에게 베푸는 구원자가 될 수 있는 건 아니기 때문
이다. 그보다는 아무런 조건 없이 기꺼이 은총과 사랑의 길로 들
어서는 사람들이 있다고 해야 할 것이다.

그러나 과연 모든 사람들을 불쌍히 여겨 그들을 똑같이 사랑
한다는 것이 가능할까? 또 그렇게 해야만 하는 걸까? 희생자에

계만이 아니라 가해자에게도 베풀 수 있는 사랑이라면, 이미 두 부류 사람들의 차이를 순식간에 지워 버린 것이다. 가해자에 대한 사랑은 그의 악한 행위를 막고, 그가 잘못을 속죄할 수 있는 유일한 길인 처벌을 받게 하는 것으로 나타난다면 훨씬 이해할 만할 것이다. 그러나 이처럼 실천적인 면을 정확하게 따지는 사랑은 누구나 할 수 있는 일반적인 사랑이거나, 아니면 나르시시즘의 교묘한 한 형태(나와 비슷한 사람, 혹은 내 이미지를 갖고 있는 사람들을 향한 사랑)에 지나지 않는다. 그렇다면 가해자를 희생자와 구분하지 않는 사랑의 그 한없는 책임감의 무게를 어떻게 감당할 수 있단 말인가? 아니, 그보다 인간은 어떻게 해야 책임감과 부담감의 관계 속에서 상대방을 받아들이는 행위를 멈출 수 있을 것인가? 지혜로운 자는 사랑을 베풀어야 한다는 책임감이나 부담감 때문에 마음의 상처를 받지 않는다. 그의 그런 당당함은 배워서가 아니라 단순함에 의해 저절로 얻게 된 것이 틀림없다. 사랑을 베푸는 사람에게 그런 당당함이 없다면 상대방의 공격적인 반응에 반격하고 싶어지거나, 아니면 자신의 상처를 싸매는 일로 시간을 보내게 될 것이다. "아무도 내게 상처를 줄 수 없어. 나는 절대로 상처받지 않아"라고 스스로 주문을 걸면서.

상처받지 않는다고 부인하는 것은, 상대방을 받아들이지 않는 태도의 위선적인 한 형태일 수 있다. 만일 살아오는 동안 이 세상이 좋은 곳임을 끊임없이 확인시켜 주는 계속적인 경험들을 통해 얻어진 결론이 아니라면. 그래서 이렇게 말할 수 있는 사람이 아니라면. "사람이 정말로 불행해질 수 있는 걸까? 나무 옆을 지나치면서, 그것을 보고 행복을 느끼지 않는다는 건 이해가 안 돼.

누군가에게 말을 걸면서도 그를 사랑하게 되지 않는다는 것도 이해할 수 없군……. 아이들을 좀 보라고. 창조주께서 만드신 새벽빛과 자라나는 풀꽃들을 한 번 보란 말이야. 당신을 바라보고 있는 그 눈길들을 바라보라니까. 어떻게 이 모든 것들을 보면서 행복을 느끼지 않을 수 있지? 어떻게 불행할 수 있다는 거야!" 우리는 독특함 속에서 일반적인 것을 인식할 수 있게 하고, 작은 것에서 그 존재의 전체를 인식하게 해주는 한 현상 앞에 있다. 왜냐하면 우리는 풀꽃들과 아이들과 새벽빛을 사랑할 수도 있고, 그렇지 않을 수도 있기 때문이다. 모욕하는 사람들의 행위를 용서하고, 모욕당한 사람들을 위로하는 사랑은 훨씬 고귀한 감정, 말하자면 형이상학적인 엑스터시로 발전하게 된다.

나는 산다는 것 자체에 기쁨을 누리는 행복은 한 번도 누려 보지 못했다. 그러나 좀더 작고 평범한 경험에서 출발한 사랑의 윤리를 세워 볼 수는 있을 것 같다. "나는 언젠가는 죽을 존재라는 걸 알고 있다. 나의 죽음이란 것이 얼마나 고귀한 것인지를 생각하면 가슴이 떨릴 정도이다. (왜냐하면 죽음이란 나이와 상관없이 고귀한 것이니까.) 그래서 이렇게 말하고 싶다. '난 죽지 않을 것이다. 내가 약하다는 걸 알고 있지만, 동시에 나는 내 영혼의 힘을 믿는다. 난 내가 상처받을 거란 걸 알고 있지만, 동시에 나 자신을 보호할 수도 있음을 분명하게 말할 수 있다.'" 우리는 이렇게 말할 수 있는 겸손함 혹은 소박함을 나약함과 혼동해서는 안 된다. 나약함은 전혀 다르게 행동한다. 나약함은 우릴 훌쩍거리게 만든다. 시련을 당하게 될까 봐, 미리 우리의 처지를 한탄하며 불평하게 만든다. 일찌감치 항복해 버리게 한다. 그래서 불쌍한 벌레를 짓밟지 않겠다는 상대방의 동정을 사서 자신이 구원받기만을 바라게 한다. 용감한 책략에서 나온 나약함이 아닌 한은. 또한 강박적인 사고에서 나온 것이 아닌 한은. 강박적인 사고를 지녔을 경우엔 이렇게 말한다. "이 사건은 확실히 내 힘에 부치는 일이긴 하다. 하지만 나는 이런 시련에 처한 상황을 절대로 수치스럽게 생각지 않을 것이다. 설령 이 시련에서 패배한다고 해도 결코 수치스럽게 여기지 않을 것이다. 또 누가 알랴, 이 일로 해서 진다는 두려움에서 벗어나게 될지. 아무튼 이 시련에서 벗어나고 나면, 난 아마 더욱 강한 자가 되어 있을 것이다." 비천하다는 것과 겸손하다는 것은 전혀 다른 것이다. 겸손한 자는 작은 자들의 발을 씻겨 줌으로써, 재물이나 권력이 내뿜는 광채에 속아 넘어가지 않음으로써, 오로지 불쌍히 여기는 사랑의 법에 따름으로써 그 위대함을 드러낸다. 이런 태도는 비천하게 살아온 자를 놀라게 할 것이다. 비천한 자가 아첨이나 지나친 봉사에 전념하는 까닭은 순전히 좀더 나은 위치에 이르기 위함이다. 비천함 속에는 또 다른 것이 하나 있으니, 바로 근시안적인 생각이다. 그래서 그는 넓고 크게 볼 줄 모르고, 좁은 마음에서 벗어날 수 없다.

연민, 사랑, 이러한 것들은 우리가 나이를 먹어 갈수록 점점 더 독특한 위치를 갖게 될 것이다. 그래서 주는 것과 받는 것, 두 가지 모두가 쉽지 않은 일이 될 것이며, 그렇기 때문에 오히려 감탄을 불러일으킬 수 있다. 나는 어느 한 양로원에서 만난 노인을 잊지 못한다. 그는 자신이 당한 불행에도 불구하고 다른 노인들을 도왔으며, 한밤중에도 일어나 그들을 위로하면서 고독으로부터 건져 주었다. 그는 (그럴 권리가 있었으므로) 방 안에만 틀어박혀 지낼 수도 있었고, 자신의 운명에 대해 한탄할 수도 있었다. (같은 도시에 살고 있는 자식들이 한 번도 그를 찾아오지 않았으므로.) 아니면 다른 노인들을 돕는 훌륭한 인격자로서의 의무를 다하고 있다는 사실을 스스로 높이 평가할 수도 있었을 것이다. 그것도 아니라면 아예 그런 일을 하지 않을 수도 있었다. 그러나 그는 다른 노인들의 신음 소리를 들었다. 그 소리는 때로 멀리서 들려 오기도 했는데, 그 작은 신음 소리가 그에게까지 이르렀다면 그건 그의 상냥하고 친절한 마음이 청력을 그만큼 예민하게 다듬어 주었기 때문일 것이다.

주는 것만큼이나 받는 것도 어려운 법이다. 부끄러움이나 불평을 초월하는 것, 늙고 쇠약한 자신의 모습을 있는 그대로 드러내는 것, 무력한 아이나 불구자로 취급받는 것, 다른 사람의 호감을 끌 수 없는 것, 감사한 마음으로 자신의 환경에 좌절하지 않는 것. 이 모든 일이 어떻게 쉬울 수가 있겠는가? 더군다나 우리 것이긴 하지만, 결코 우리 자신과 동일시하고 싶지 않은 늙고 병든 자신의 육체에 연민을 느끼기란 정말 쉬운 일이 아니다.

주고받는 것은 주는 역할과 받는 역할을 뒤바꿀 수 있음을 전제로 한다. 좋지 못한 상황에서 아무 능력도 지니지 못한 사람일지라도 때로 자신의 고통에도 불구하고 미소를 지을 수 있다. 그의 미소는 그에게 선을 베푸는 사람이 가장 귀하게 여기는 선물이 될 수도 있다. 선을 베푸는 사람의 입장에서는, 두 사람 사이의 관계를 능력이나 지위의 문제로 생각지 않을 것이다. 그는 자신이 도와 주고 있는 사람을 통해 오히려 자신의 한계, 자기 행동의 범위를 재어 보게 된다. 그는 사고로 죽든지, 아니면 더 오랜 시간 후에 나이가 들어 죽든지, 아무튼 자신이 언젠가는 죽을 존재임을 깨닫는다. 반대로 도움을 받고 있는 장애인도 예전에는 스스로 움직이고 활동하는 주체자요, 자유로운 자였음을 인식한다. 말하자면 이들의 관계는 한 주권자와 주권자로서의 관계로 나타나게 될 것이다. 혹은 최소한 '주권자와 노예의 관계'로 보여지는 일만큼은 절대로 없어야 할 것이다.

주고받는 것은 때때로 아주 어려운 상황에서 일어나기도 한다. 조르즈 상프렁은 부헨발트 수용소에서 죽어가던 모리스 할바슈의 마지막 모습을 이렇게 이야기했다. 그때 모리스 할바슈는 이질로 인해 악취를 풍기면서 고통스럽게 천천히 죽어가고 있었다. "부패해 가는 자신의 육체에 대한 수치심과 고통이 그의 얼굴에 역력히 드러나고 있었다. 하지만 그의 시선에서는 위엄 있는 불꽃과 영원히 사라지지 않을 듯한 광채를 볼 수 있었다. 그것은 자신이 죽을 때가 되었음을 인정하고, 그 현실을 직시하는 자만이 가질 수 있는 시선이었다. 자유롭게, 그리고 당당하게 직시할 수 있는 시선을 그는 우리에게 보여 주었다." 내가 〈가난한 사람들〉에서 언급했듯이, 그런 위대함은 분명 아무나 지닐 수 있는 게 아니다.

내가 알고 있는 어느 양로원의 직원들은 늘 많은 임무에 시달리면서도, 항상 노인들에게 상냥한 태도와 친절한 마음씨를 보여 준다. 이번 일요일, 한 여직원이 우울한 얼굴을 하고 있다. 잔뜩 기대해 온 며칠간의 휴가를 원장이 허락하지 않았던 것이다. 그것을 보고 있던 두 명의 노인이 그녀를 위로해 주고 싶어한다.

그녀더러 들으라는 듯 걱정스러운 목소리로 말을 주고받는다. "아를레트가 슬픈가 봐요. 원장이 휴가를 허락하지 않았으니 속상할 만도 하지요." "왜 아니겠어요. 원장이 아를레트의 말을 제대로 들어 보려고도 하지 않는군요."

그것은 야유의 말이 아니라 애정에서 나온 염려의 말이다. 두 노인은 그녀의 손을 잡고 이런저런 말로 위로한다. 아무것도 가진 것 없는 두 할머니의 따뜻한 마음 덕분에 아를레트는 다시 일할 마음의 준비가 되었다. 뜰에서 간식을 즐기는 노인들에게로 다가가기 전에 벌써 미소를 되찾는다. 무력한 두 할머니가 휴가를 갈 수 없게 되어서 잠시 슬퍼했던 한 젊은 여성을 이렇게 위로할 수 있었던 것이다……

사랑하기

　모든 사람을 사랑하는 것은 우리가 선한 존재여서도 아니고, 우리의 의무를 다하기 위해서도 아닐 것이다. 또한 우리가 사람들과 사귀고, 그들의 체취를 느끼기 위해 군중 집단에 속하려는 본능에 이끌려서도 아닐 것이다. 모든 사람을 향한 사랑은 지속적이며 변하지 않는 사랑이다. 그런 사랑은 심사숙고 뒤에 이어진 맹세에서 비롯한 건 아닐 것이다. 그렇다고 생명체 안에 숙명처럼 새겨진 것도 아닐 것이다. 그 사랑은 각자의 자유로운 선택에 의해 사랑하겠다는 의지와 자발적으로 솟아나는 사랑의 감정이 합쳐졌을 때 이루어지는 것이다. 그래서 그런 사랑을 하는 사람은 기쁨을 느끼게 된다. 그러므로 모든 사람을 사랑한다고 할 때, 우리는 얼굴 없는 군중을 사랑하는 것이 아니다. 행복한 하루란 우리가 친절하고 상냥한 인사와 우정의 표시들을 기쁘게 주고받을 수 있는 날일 것이다. 그러면서도 때로는 그들에게서 잠시 떨어져 나와, 우리가 그 꽁꽁 뭉쳐 있는 집단의 일원이 아닌 것처럼 즐거운 기분으로 그들을 바라보는 구경꾼이 될 수 있는 날일 것이다.

사람들이란! 이렇게 감탄사처럼 내뱉는 말 속에는 간혹 경멸의 뜻이 숨어 있을 때도 있다. '사람들'이라고 하면, 복잡하고 거치적거리며 불확실한 군중의 무리를 떠올리게 된다. 좀더 다정한 어조로 말할 때는, 우선 말없는 수많은 군중을 떠올린 후 그들에게 발언권을 주고 모습을 부여하게 된다. 그러면 그 군중들은 우리 마음에 드는 많은 말들을 하기 시작한다. 여기서 더 관심을 기울이면 그들은 막연한 군중에서 벗어나 바닷가에 사는 사람, 농촌에 사는 사람, 도시에 사는 사람, 남부에 사는 사람, 서부에 사는 사람, 도시 변두리에 사는 사람들로 다가온다. 이들의 이미지가 그냥 평범하고 선량한 사람들의 무리로 남아 있을 때, 우리는 그들의 용기를 사랑할 수 있다. 딱히 내세울 만한 것들이 없는 평범한 이들이 일상적인 삶의 어려움에 직면하고, 거기에서 기쁨을 찾으며 살아가는 용기를 지닌 사람들로 비쳐지는 것이다. 더 나아가면 도시 변두리 지역에 사는 사람들은 다시 어느 동네의, 어느 아파트의, 어떤 라인의 사람으로 조금씩 더 구체적인 모습을 갖게 되고, 대양을 누비며 다니는 사람들도 남서풍과 만나는 사람, 북풍과 사투하는 사람들로 한층 구체적이 된다.

모든 사람들에 대한 사랑이 반드시 선한 생각과 연결되어 있을까? 대개는 자신들이 모든 사람들을 좋아한다고 믿는다. 그러나 그건 단지 그들과 가까이 있는 순간에 그런 생각이 들 뿐이다. 예를 들면 사람들로 가득 찬 카페에서, 아무 생각 없이 사람들 사이에 휩쓸리며, 그들 가운데 있을 때 느끼는 유쾌함을 즐기는 것이다. 하지만 그것 때문에 사람들에게 헌신할 마음을 갖게 되진 않을 것이다. 반대로 모든 사람들의 바람을 고려하면서 살아가는 자들이 있다. 하지만 이들에게는 열정이 부족하다. 그리고 그런 열정은 우리가 그들에게 감히 요구할 수 있는 게 아니다.

모든 사람들에게 실망하고, 또 실망한 탓에 더 이상 그들이 없었으면 하고 바랄 때도 있다. 그럴 경우 우리는 다른 행복, 좀더 개인적인 행복을 찾으려 한다. 이제 다시는 사람들에게 상관 말아야지. 내 생각만 해야지……. 그러나 그것은 마치 배불리 먹은 사람이 앞으론 아무것도 안 먹겠다고 금식을 맹세했다가, 시간이 지나 소화가 다 되고 나면 다시 식욕을 느끼는 것과 같은 이치이다. 식욕을 다시 느낀다는 건 우리가 사람들과 떨어져 있는 동안 뭔가 부족한 상태에 있었다는 것, 사람들과 다시 만나게 됨을 기뻐한다는 것을 의미한다.

나는 사람들이 각자의 고유성을 잃었다가, 다시 찾았다가, 다시 버리는 것을 바라보는 것이 즐겁다. 말하자면 이렇다. 익명의 행인들인 그들은 거리와 전철역의 통로들을 바쁘게 걸어다닌다. 학교로, 사무실로 들어간다. 혹은 카페로 들어선다. 그들은 카페 문 앞에 멈춰 잠시 생각하다가, 테라스 쪽을 택한 후 자리에 앉는다. 자, 그러자 그동안 잠시 사라졌던 그들의 얼굴이 다시 나타난다. 얼마 후 또다시 군중들 속으로 들어가면, 그들은 다시 움직이는 그림자가 되며, 도로와 역과 경기장 객석을 꽉 메우는 역할만 하게 될 뿐이다. 이렇듯 사람들이 거대한 군중들 틈에서 잠시 자기들만의 얼굴을 갖고 나타났다는 것과 계속해서 순간순간 나타날 것임을 알고 있기에, 나는 그들 각자가 독특한 운명을 지닌 사람들임을 의심할 수 없다. 그래서 이 세상을 살 만한 세상으로 만들어 준 데 대해 그들에게 감사하게 된다.

모든 사람을 사랑하는 것, 그건 그들을 원하는 것이고, 그들을 사랑스러운 자들로 만드는 것이다. 만일 그들에 대해 이런 사랑을 느낄 수 없다면, 여전히 당신에게는 깍쟁이 같은 시선과 우아한 옷차림, 혹은 커다란 엉덩이, 정맥이 울퉁불퉁 드러난 다리, 커다란 귀, 시든 얼굴만 보이게 될 것이다! 그리고 당신은 누가 코를 골고, 누가 떠들어대고, 누가 투덜거린다는 것만 알고 있을 뿐이다.

당신은 보잘것없는 그들이 보잘것없는 일에 의미를 두며 산다고 한심하게 여긴다. 별것도 아닌 일로 슬퍼하고, 전혀 우습지 않은 이야기에도 목젖이 드러나도록 웃는다면서…… 더군다나 그들은 살아가는 데 너무 집착하기 때문에 기괴스럽고, 추잡해 보이기까지 한다. 그런데 당신보다 먼저 그런 생각을 한 사람이 있었으니……. 그는 이렇게 말했다. "인간의 삶이란 그리 매력적인 게 아니다. 손은 금방 더러워져서 자주 씻어야 하질 않나, 코는 감기에 걸릴 때마다 흥! 하고 풀어야 하질 않나…… 게다가 자꾸만 빠져 가는 머리카락은 또 어떻고!"

우리가 사람들을 진정으로 사랑하게 되면, 그들을 신뢰하게 된다. 아주 암울한 시대를 살아갈 때는 그들을 의심하게 되기도 하지만. 그러나 그런 상황에서는 비겁하고 음흉한 사람들이 많아지는 반면, 그만큼 의협심이나 숭고한 희생 정신도 늘어나기 마련이다. 그리스의 비극에서도 볼 수 있듯이, 우리는 인간이야말로 '경이 중의 경이'인 존재임을 인정하지 않을 수 없다. 인간은 천천히 모습을 갖추어 가게 되어 있다. 그리고 원한다고 해서 언제나 완벽한 모습에 이르게 되는 건 아니다.

사람들을 믿을 수 없다는 당신의 의심에 증지부를 찍으려면, 그리고 그들이 당신과 닮은 사람들이라는 사실을 확실히 하려면, 당장 거리로 나가 그들 사이를 걸어 보라. 당신이 만나는 사람들은 당신과 똑같은 자들이다. 단지 당신보다 옷을 좀더 잘 차려입었거나, 아니면 좀더 후줄근하게 입었거나, 혹은 키가 좀더 크거나 작거나 하는 차이만이 있을 뿐이다. 그들이 당신과 다른 부류, 다른 계층이라는 생각으로 그들 곁을 떠나려 해서는 안 된다. 어떤 부류는 이렇고, 어떤 계층은 저렇고 하는 식으로 사람들을 구분하는 사회적 표시들을 세워서도 안 된다. 그렇게 할 경우 정말 빈민굴, 게토들이 생겨날 수 있기 때문이다.

그들을 한 번 눈여겨보라. "마주 보고 있는 얼굴에서 특별히 증오심을 느끼게 할 만한 흔적도, 그렇다고 특별한 사랑을 불러일으킬 만한 흔적도 찾지 못할 것이다. 그리고 그들이 코를 긁는 모습이나 술을 마시는 모습에서, '죽어도 나하고는 안 맞을 것 같아'라고 선언하게 만들 만한 점도 없다"는 걸 알게 될 것이다.

오늘 밤은 특별히 날씨가 포근하다. 사람들이 한가로이 산책을 한다. 거리 모퉁이에 있는 카페에 들어가 앉기도 하고, 공원 벤치에 앉기도 한다. 오늘 밤만큼은 서둘러 집으로 돌아가지 않아도 될 것처럼 보인다. 자기가 살고 있는 도시에게, 또는 잠시 지나갈 뿐인 행인들에게 뭔가 하고 싶은 말이 있는 듯하다. 그래서 눈이 마주치면 서로 미소를 짓는다. 다정하게 서로 말을 걸수도 있을 것 같고, 마음을 털어놓을 수도 있을 것 같다. 여기저기서 별들이 하나둘 나타나는 것을 보니, 벌써 밤이 깊어진 것 같다. 사람들은 깊어 가는 밤을 향해 눈을 크게 뜬다. 정감어린 풍경화를 보는 것처럼 평온한 얼굴이다. 부드러운 표정……. 그러고 보니 어느 철학자가 한 유명한 말이 생각난다. "부드러운 인상을 타고난 사람들은 근본적으로 악하거나 비열할 수가 없다."

사람들을 사랑할 때는 절대로 상스러운 행동을 하지 않고, 결코 비열한 침묵에 동의하지 않게 된다. 때문에 어떤 사람들이 자신과 다르다는 이유로 배척당하는 것을 가만히 보고만 있지 않는다. 또한 가난에 찌든 삶을 살고 있다는 이유로, 그 가난이 사회를 위협한다는 이유로 가난한 사람들을 멸시하는 것을 가만히 참고 넘어가지 않는다.

함께 늙어가기

늘 같은 일을 되풀이하며 살아가는 방식 때문에 사람들의 웃음거리가 되는 노부부들이 있다. 그들은 늘 똑같은 몸짓을 하고, 똑같은 말들을 반복한다. 혹시 어려움에 처하게 될지도 모르는 미래를 두려워하는 것일까? 그들의 삶을 매일 새롭게 만들어 갈 힘을 잃은 것일까? 자신들의 영역을 너무나 축소시켜 버렸기 때문에, 지금의 울타리를 벗어나 새로운 지평선을 열어 가는 것이 너무나 어색한 것일까?

이런 의문들 속에서 재미있는 점을 한 가지 간파하게 된다. 우리들은 각자의 나이에 따라, 그리고 각자의 고유한 환경에 따라, 자신이 가장 편안하게 여겨지는 한 공간과 시기 안에 머물러 있는 것처럼 보인다는 것이다. 그래서 우리처럼 나이 든 사람들 중에는, 나는 그들에게 정말 감탄하게 되는데, 놀랄 만큼 젊은 생각을 보여 주는 사람들이 있다. 그들은 노년의 나이에도 불구하

205

고 생활 일과표를 바꾸고, 신세대의 언어를 흡수하고, 부부 관계를 끊임없이 새롭게 만들어 간다. 그들은 한창의 젊은 나이에 머물러 있는 것이다.

나는 과거 자신들의 모습이었고, 또 지금의 모습이라고 믿는 이미지를 자기 방식대로 여전히 충실하게 따라서 사는, 변화를 겁내는 조심성 많은 사람들에게 경의를 표하고 싶었다. 날아가기보다 걷기를 택한 그들이 미국이나 인도네시아 혹은 달나라를 포기했다고 해서, 그들을 보잘것없는 사람들이라고 판단해서는 안 된다. 그들의 위대함은 다른 데 있다. 그것은 고통을 야기하는 질투와 욕망을 기꺼이 내던지고, 자신이 선택한 그 혹은 그녀와의 결혼을 잊지 않고 기념하며 사는 소박한 사람들에게서만 볼 수 있는 위대함이다.

날이 갈수록 주인의 뜻에 점점 더 불복하는 자신의 육체와 더욱 시끄러워지고 낯설어진 거리, 다 자라서 성인이 되어 멀리 떠난 자녀들, 필요성도 의미도 찾을 수 없는 새로운 것들…… 세상은 이런 변화들로 그들을 놀라게 하길 좋아하지만, 그들은 이 놀라운 것들로부터 자신을 지켜내려고 애쓴다. 그들의 몸짓은 뒤섞여 있으나, 자세히 보면 그 몸짓 속에서 각자의 역할에 전념하고 있고, 그 부산한 몸짓들을 통해 중요한 것들을 지켜 가고 있다. 그처럼 자주 들리는 진부한 말들, 망령난 자들의 횡설수설하는 같은 말들에 무슨 의미가 있느냐고? 그 말들은 되풀이되어 낡아빠진 말들이 아니라, 매일 발음된다는 점에서 가치를 갖는 말들이다. "쓰레기 갖고 내려가는 것 잊지 마시우, 영감." "할멈, 신선한 빵으로 사오구려." "앞집 여자가 벌써 커튼을 내렸는걸."

이런 말들은 무의미해 보일 따름이다. 왜냐하면 그는 절대로 쓰레기 갖다 버리는 걸 잊지 않을 것이고, 그녀는 절대로 굳은 빵을 살 리가 없으며, 앞집에 사는 여자는 그 시간이면 으레 커튼을 내린다는 걸 두 사람 모두 이미 알고 있기 때문이다.

이 말들은 단지 정보 교환의 역할을 하는 게 아니다. 그 말들은 곧 이런 의미이다. "다리 아픈 날 위해 쓰레기를 버리러 가주니 고마워요. 내려가는 동안도 줄곧 내 생각을 해줄 거라는 것도 알아요." "당신은 내가 어떤 빵을 좋아하는지 알고 있으니까, 당연히 갓 구운 바게트를 선택할 거야. 빵집 여자가 갓 구운 빵이라는 걸 보여 주려고, 빵을 반으로 뚝 잘라서 줄 거라는 것도 내가 알지." "이웃 사촌인 앞집 여자는 자기도 모르게 우리와 한 약속을 오늘도 어기지 않았군요." 이는 언젠가 둘 중 한 명이 먼저 세상을 떠나고 나면, 더 이상 이런 사랑의 호소를 할 수 없다는 걸 알기에 하는 말들인 것이다.

그런 날이 오면 그녀는 밤마다 남편의 옷을 개키고 정리할 것이다, 예전처럼. 식탁 위에는 여전히 두 개의 찻잔이 올려져 있을 것이다, 예전처럼. 그리고 시장에 갈 때는 함께 나갈 남편이 옷을 다 갈아입었는지 보려고 무의식적으로 뒤를 돌아볼 것이다, 예전처럼…… 이처럼 늘 똑같이 되풀이되는 행동들을 통하여, 실은 그녀는 이렇게 중얼거리고 있는 것이다. "내게 있어서 당신은 아직 죽지 않았어요."

혼자 남게 된 그 혹은 그녀는 더 이상 큰 소리로 "해가 짧아졌구먼" "날이 길어지기 시작하네요"라고 말하지 않을 것이다. 그 말이 소리가 되어 나오지 않게 된 이후부터 해는 더 이상 길어지지도 짧아지지도 않는다. 그 순간부터 해는 매일매일 똑같은 크기로 잘려졌으며, 그날이 그날처럼 똑같은 날들이 되어 버렸고, 더 이상 아무 일도 일어나지 않는다. 더 이상 계절도 없다. 오늘 저녁은 해가 늦게 질 것 같다는 예감도 없다. 크리스마스 전까지는 밤이 점점 길어질 것이며, 새해가 와서 또 다른 봄을 맞이하게 될 즈음에야 비로소 해가 길어지기 시작할 거라는 확신 같은 것도 더 이상 없다.

반복은 때때로 한결같이 되풀이되는 집안일을 통해서도 나타난다. 노부부들에게 있어서 집안일이라는 것이 갖는 유일한 장점이 있다면, 그들의 시간을 얼마든지 메워 줄 수 있다는 게 아닐까. 결코 부족하지 않는 그 엄청난 시간을. 서로 싸우고, 물어뜯고, 울부짖으면서 삶에 활기를 찾는다고 생각하는 노부부들도 있다. 마치 그 나이에 들어서면 사랑을 표현하는 것이 남부끄러운 일이라도 되는 듯이. 마치 둘이서 매일 코를 맞대고 있으면 서로의 단점만 눈에 띄는 게 당연하다는 듯이. 서로에게 상냥하게 애정을 표현하다 보면, 그동안 잃었던 시간을 되찾을 수 있을지도 모르는데……. 물고 뜯고 하는 그들의 삶을 우울한 눈길로 바라보는 사람들은, 그들이 여생에 함께 살아가는 시간을 낭비해서는 안 될 거라는 생각을 하게 된다. 그런 삶은 막대한 손실이라는 결론을 내리면서.

노부부들의 관계는 기계적인 반복에 따르고 있는 것처럼 보인다. 양쪽 모두 똑같은 몸짓과 똑같은 말들만을 시작할 수 있을 뿐이다. 그들에게는 다른 몸짓 다른 말들을 만들어 낼 필요가 있을법도 한데, 그들에게 없는 것이 바로 그런 능력이고 보니…… 알

208

고 보면 그들이 다툰 까닭 안에는 상대방에게 상처를 주려는 의도도 없었다고 할 순 없지만, 그보다는 두 노인에게 주어진 마지막 몇 년 동안 전혀 새로운 것을 창조해 낼 수가 없었기 때문이다.

그들이 말한다. "벌써 바다의 계절이구먼." 이 말과 함께 그들은 손주와 아들 며느리, 혹은 딸네 가족들을 바다로 떠나보낸다. 젊은 가족들은 바다로 쭉 뻗은 도로를 질주한다. 태양의 열기와 바다 냄새 앞에서 아이들의 흥분과 어른들의 탄성이 뒤섞인다. 그리고 그 시간에 노부부는 마주 보고 말한다. "이 불볕 더위에 어딜 돌아다니겠나…… 이럴 땐 집에 있는 게 제일 낫지." 매서운 추위 때문에 아무도 집 밖으로 나가지 않는 날, 노부부는 창밖을 내다보며 큰 소리로 말한다. "계절에 딱 맞는 날씨구먼. 아무렴, 추워야 겨울이지"라고……. 추운 게 당연하다는 듯이 말은 그렇게 하면서도, 모처럼 겨울답게 추운 날씨가 찾아왔다는 사실에 새삼 놀란다.

세상에는 비참한 일들이 무수히 많겠지만, 그 중에서도 가장 고통스러운 것이라면 더 이상 누군가에게 말을 할 수 없는 것이리라.

"두 분은 함께 무슨 일을 하셨습니까?"라는 다소 난처한 질문을 받으면, 야심 많은 사람들은 자기가 이룬 사회적 성공이 얼마나 눈부셨는지, 자기가 만든 작품이 얼마나 완벽했는지, 자신이 삶의 원칙에 얼마나 충실했는지 등등을 이야기할 것이다. 반면 더 현명하고 소박하고 마음이 가난한 사람들은 이렇게 대답하는 것으로 만족할 것이다. "더위가 조금 가셨다 싶으면, 둘이 의자를 밖으로 내놓고 앉아서 선선한 저녁을 즐겼지요." "날씨가 좋을 때는 자전거를 타고 주변의 시골길을 달리는 습관이 있었어요." 그들은 자신들이 옳았다고 믿는다. "난 내게 다가오는 행복을 놓치지 않았어요. 아침과 밤의 빛깔들을 충분히 즐겼으니까요. 하지만 내 아내(혹은 내 남편)가 없었더라면, 그 많은 아침과 밤이 저마다 다른 빛깔과 냄새를 가지고 있다는 걸 과연 알았을까 싶군요."

우리는 각자 삶의 어느 한 시기, 특히 풍요로웠던 시기에 대한 몇 가지 이미지들을 간직하고 있다. 우리는 그 몇 가지 이미지만으로도 거대한 과거의 한 부분에 충분히 다가설 수 있다. 그렇지 않다면 그 얼마나 슬픈 일이랴……. 그래서 노부부의 귀에는 지난 겨울 식탁에 둘러앉았던 손자손녀들의 웃음소리가 아직도 남아 있다. 지난 여름 8월에는 바닷바람이 불어서 그럭저럭 더위를 참을 만하게 해주었다. 만물을 침식시키는 데 능한 시간의 흐름에도 불구하고, 다행히도 그들은 생생한 추억들 덕분에 아직도 감동할 수 있고, 견디기 힘든 깊은 공허감을 느끼는 지금의 삶을 그 추억들로 가득 채울 수 있다.

그들은 이제 결코 집을 떠나지 않는다. 대신 열린 덧문(왜냐하면 8월은 더운 달이니까) 사이로 프랑스의 여름들을 상상한다. 명사들이 모이기로 유명하다는 고급 휴양 도시 생트로페의 여름, 물가가 너무 비싸지 않으면서도 매력적인 작은 도시 망통의 여름……. 그들은 가보지 않아서 잘 모르는 어느 바닷가에 함께 앉아서 하얗게 부서지는 파도의 포효를 상상한다. 그리고 시간에 따라 이동하는 태양의 그림자를 함께 바라본다. 꿈을 꾸는 그들에게 방금 라디오가 들려 준 소식은…… 피서객들의 차량으로 전국의 고속 도로가 극심한 정체 현상을 보이고 있습니다!

작년 크리스마스 때 난방이 전혀 안 되는 교회에서 몹시 떨었던 그들은 이번 크리스마스는 집에서 보내기로 마음먹었다. 그들은 여느 날과 비슷한 시간에 크리스마스 만찬을 시작한다. 하지만 평소의 리듬을 약간 깨뜨리기 위해서 식사 시간을 좀더 오래 끈다. 이 날은 다른 날들과 다른 특별한 날이라고 생각하면서. 그들은 온 가족이 함께 보냈던 크리스마스들을 추억한다. 아주 특별했던 41년의 크리스마스도 떠올린다. 전쟁중이었던 그 해의 크리스마스 식탁에 올려진 것이라곤 달랑 순대 한 덩어리와 포도주 한 잔이 전부였다. 그 포도주를 가능한 조금씩 천천히 마셨던 기억이 새삼스럽다. 노인은 지금 꿩고기와 제법 큼직한 연어 한 토막이 먹음직스럽게 담긴 풍성한 접시를 보며 흐뭇해한다. 포도주 한 잔을 마시고, 또 한 잔을 마신다. 그리고 다시 또 한 잔. "여보, 그러다가 살찌겠수!"라는 아내의 잔소리를 듣는 즐거움을 위해서. 또 한편으로는 이처럼 추운 크리스마스에 복수라도 할 양으로. 그는 취기가 도는 체한다. 그리고 마지막 한 잔을 꿀꺽 마시면서 소리친다. "제아무리 히틀러라도 별수없구만. 요 기막힌 포도주를 마실 수 없으니!"

늙은 남편 옆에서 늙은 아내는 또 다른 크리스마스를 생각한다. 그때는 위층에 사는 이웃집 부부가 독일 정부에 협력하라고 은근히 부추기던 때였다. 그 집은(어떻게 그럴 수 있었는지 모르겠지만) 독일에 협력한 덕분에 식량과 좋은 포도주를 공급받을 수 있었다. 그 추웠던 날 밤, 그녀는 무거운 마음으로 침대에 누

211

워서 위층에서 한껏 노래 부르며 떠드는 소리를 들어야 했다. 실은 독일군에 가담해 전쟁에 나갔던 위층 집의 외아들이 러시아 국경 근처에서 전사한 터였다. 그들 부부의 그 큰 슬픔을 알고 있었기에, 아파트 주민들 모두가 약속이라도 한 듯 그 밤의 소란스러움을 눈감아 주고 있었다.

그녀는 크리스마스인 오늘, 자신의 행복을 만끽하고 있다. 자식들은 모두 크리스마스 휴가를 떠나서 이 자리에 없다. 휴가가 끝나고 집으로 돌아가는 길에 부모님을 뵈러 들르겠노라고 약속했었다. 남편이 조금씩 아이가 되어가고 있는 만큼, 그리고 아들이나 사위라면 꺼려할 그녀의 부탁을 남편이 기꺼이 들어 주고 있는 만큼, 그녀도 이제 자식들의 부재를 담담히 받아들일 수 있게 되었다.

크리스마스 다음날, 사람들은 모두 느지막이 일어날 것이다. 일요일보다도 더 한적한 도시는 산책할 기분이 나지 않는다. 그래도 어쨌든 노부부는 외출을 할 것이다. 새로운 장난감을 들고 의기양양해 있는 아이들을 거리에서 만나게 될 것이다. 그들은 영화관 앞에서 줄도 설 것이다. 결국 들어가지는 못할 테지만. 그러나 줄서서 기다리는 사람들 틈에 끼여 있는 동안, 그들의 외로움을 잠시 누그러뜨릴 수 있을 것이다.

하고 싶은 것도, 갖고 싶은 것도 많았던 시절이 있었다. 젊은 부부는 그 시절이 끝날 때 맞이하게 될 노후를 준비해야겠다고 생각했다. 경제적인 차원만이 아니라 지혜롭고 인자하고 친절한 노인으로서의 삶까지. 그들은 설레임 속에서 곧 태어날 아기를 기다리듯이, 혹은 부푼 꿈을 가지고 집 장만할 날을 기다리듯이,

그렇게 세심한 배려와 애정을 갖고 노년을 준비할 것이다. 수십 년 동안 그렇게 준비할 것이다. 그리고 고생스러운 수많은 일들을 겪어 가면서 다가올 노년을 꿈꾸고 계획할 것이며, 그 계획서를 계속해서 검토하고 수정할 것이다.

노년은 그들을 맞이하기 위해 그곳에서 기다리고 있을 것이다. 힘과 능력이 그들을 떠나 버린 것처럼 생각되는 그 순간에, 삶의 의욕을 다시 부어 주기 위해 거기서 기다리고 있을 것이다. 노년은 그들에게 결코 낯설지 않을 것이며, 적대적이지도 않을 것이다. 그들은 결국 노년에 익숙해질 것이그, 노년은 마침내 그들의 일부가 될 것이다. 그들은 새로운 시기로 접어드는 것에 놀라지 않을 것이다. 왜냐하면 이미 오랜 세월 동안 그것을 계획하고, 꿈꾸어 왔기 때문이다. 게다가 노년의 숨겨졌던 부분이 상상했던 것보다 더 어둡고, 그 입구가 생각했던 것보다 더 내밀하다는 사실에 놀라면서 몇 가지를 발견하게 될 것이다.

노부부는 많은 고통과 어려움에 함께 직면했고, 서로를 위로하고 도와 주었다. 노년의 나이에 들어오자, 서로의 부족한 점과 단점들을 더 잘 용서해 줄 수 있게 되었다. 날이 저물거나 냉기가 팔다리에 전해져 올 때면 서로를 더 격려해 줄 수 있게 되었다. 그들은 자신들도 한때 팔팔한 때가 있었다는 사실을 잊고 있다. 숲 속에서 길을 잃은 아이들이 서로에게 용기를 북돋워 주듯이, 그들은 옛날에 부르던 노래들을 서로 들려 주기도 한다. 또한 그들은 운명을 향해 함께 욕을 퍼붓기도 한다. 때로는 욕설도 도움이 된다. 그렇게 함으로써 그들은 늙어 가고 있다는 현실을 똑바로 들여다보며, 당당하게 맞설 힘을 갖게 된다. 모든 재난을 예고하는 늙음이라는 괴물은 안중에도 없다는 걸 증명하기 위해, 노부부는 조용하고 밋밋하고 담담한 말들을 서로 주고받는다. 그리고 일상의 소소한 걱정거리들을 앞세워 그 괴물을 무시한다. 지금 당장 빵집에 다녀오지 않으면 내일 아침에 먹을 빵이 없다는 둥, 지금 바지를 걸어두지 않으면 주름이 접히게 될 거라는 둥……

아내를 일찌감치 저세상으로 보내고 혼자 남은 노인을 상상해본다. 밤은 점점 더 길어지고, 잠은 더 이상 그를 찾지 않는다. 그는 창가에 앉아 있다. 생각을 잠시 딴 데로 돌려 줄 만한 사건이 일어나 주길 바라면서 밤새도록……. 어느덧 새벽이 찾아온다. 여기저기서 불빛이 다시 나타나기 시작하면, 그는 죽음과도 같은 불면의 고통에 종지부를 찍는다. 그와 나이가 비슷해 보이는 한 노인이 살얼음이 언 겨울의 고독한 거리에서 방황하는 것을 때때로 보곤 한다. 그는 그 노인이 목적도 없이 거리를 쏘다니는 이유가 궁금할 것이다. 어느 날 저녁, 그 방랑자 노인이 쓰러지듯 풀썩 길 위에 주저앉는 것을 보았다. 재빨리 아파트 계단을 내려가서 그를 부축하였어야 했다. 그러나 그렇게 하지 않았다. 그는 한동안 그 일로 부끄러워한다. 그 노인이 어느 날 다시 나타나고, 그는 죄책감에서 조금 벗어날 수 있게 된다.

또 다른 밤, 도시는 어느 술집의 바처럼 혹은 무도회장의 마룻바닥처럼 빛나 보였다. 밤늦게 내리기 시작한 눈이 어느 새 거리를 덮었다. 도로들은 눈이 부실 정도로 강렬한 빛을 쏘아대고 있었다. 그는 어린아이처럼 박수를 쳤다. 불면증에 시달리고 있는 자신을 위해, 도시가 그 밤에 자신과 함께 밤을 지새워 준다는 사실에 감격했다. 아침이 오자 눈은 사라졌다. 그는 거리의 안개를 몰아내기 위해 다시 한 번 눈을 크게 뜬다.

선택할 수 있는 거라면, 그는 이런 밤의 죽음을 선택할 것이다. 죽음을 맞이하기 위해, 이미 죽은 자들이 길을 잃고 헤매는 이 짙은 안개 속으로 살금살금 걸어 들어갈 것이다. 그가 창가에 기대어 그런 꿈을 꾸고 있을 때, 아내가 그를 찾아온다. 그는 아내의 얼굴이 조금도 변하지 않은 것을 보고 놀란다. 그가 사랑했으나 이제는 사라진 사람들, 그들은 결코 늙지 않는가 보다고 그는 생각한다. 아니, 늙기는커녕 오히려 더 젊어진 것 같았고, 생전의 모습보다 더 명랑하고 즐겁게 보였다. 그것은 그에게 힘이 되었다. 그는 과거라는 기나긴 삶의 시간에서 소중했던 한 부분을 떼어냈다. 영원히 젊음으로 남아 있어야 할 청년 시절, 그 시절이 무엇 때문에 흘러가는 시간에 떠밀려간단 말인가? 영원의 한 부분, 그것이 무엇 때문에 난파선의 잔해물처럼 이리저리 흔들리며 떠다녀야 하는가?

우리 어머니는 아버지의 장례 행렬을 따라가는 동안(당시에 모두가 그랬듯이 우리도 걸어갔다), 요리된 음식을 파는 가게에 눈을 돌리더니 작은 소리로 말하였다. "저 가게에서 네 아버지가 좋아하던 로스비프를 사다 드리곤 했단다." 옆에 있던 사람들은 그런 상황에서 그처럼 일상적인 이미지를 떠올리는 어머니의 말에 놀라는 눈치들이었다. 그러나 나는 어머니의 기분과 그 이미지의 의미를 이해할 수 있을 것 같았다. 그것은 아버지에 대한 애정, 아버지의 고통에 대한 연민, 세상을 떠나기 얼마 전에 무척이나 괴로워하였던 기나긴 하루하루들을 생각나게 해주는 이미지였던 것이다. 어머니는 본래 가게에서 만들어진 반찬을 사거나, 요리를 주문하는 법이 없는 분이었다. 부유한 사람들이나 요리하기를 귀찮아하는 게으른 아낙네들이 그곳에서 다 만들어진 요리를 사가는 거라고 생각하였던 것 같다. 요리하기를 좋아하였던 어머니는 시장에서 더 싼 가격에 재료를 구입할 수 있는데, 무엇 때문에 그런 곳에서 비싼 돈을 들이겠느냐고 말하곤 하였다. 그러던 어머니께서 언제부터인가 그곳에 자주 들렀다. 로스비프를 좋아하였던 아버지께서 세상을 떠나기 얼마 전의 일이었다. 스스로 정해 놓았던 규칙을 깨뜨림으로써 아버지에 대한 당신의 사랑을 표현하였던 것이다.

아버지를 잃은 후로는, 이제 그런 곳에서 돈을 낭비할 필요가 없다고 하면서 그 가게에 발길을 끊었다. 그리고 그 가게 앞을 피해서, 반드시 건너편 인도로 다녔다. 그 앞을 지나면 아버지께서 세상을 떠나기 전의 고통스러웠던 시간들이 너무나 생생하게 기억나기 때문이었다. 그러나 어머니의 이런 묘안도, 아버지에 대한 그리움으로부터 당신을 구해 주지는 못했던 것 같다. 반대편 인도에 멀찌감치 서서, 그 가게를 물끄러미 바라다보고 있는 어머니를 몇 번이나 목격했기 때문이다.

우리의 삶, 그 중의 한 시절, 그 중에서도 극히 작은 일부가 우리의 기억 속에 하나 혹은 몇 개의 이미지로 남아 있다. 소용돌이치며 흩어지는 거대한 과거 속에서 겨우 건져낸 하나의 이미지는, 아주 작은 것일지라도 도망쳐 버린 시간을 아쉬워하는 우리에게 충분한 위로가 된다. 자질구레한 일 하나가 몇 날 몇 달을 떠올리게 만드는 힘을 갖고 있다. 우리 마음속에 간직되고, 수십 번씩 반추되고, 검토되고 확인된 몇 개의 이미지를 통해 우리는 사랑하는 사람들과 함께 했던 시간에 다가갈 수 있다. 우리가 의미 없어 보이는 몸짓, 별로 중요하지도 않는 행동들을 하는 것도 우연이 아니다. 느지막이 얻게 된 지혜를 통해서, 우리는 행복이란 게 별다른 것이 아니라 그런 몸짓 그런 행위들을 되풀이할 수 있는 것임을 알게 된다.

노인들이 즐겨 말하는 "옛날에, 그 시절에……"라는 과거는 거대한 영역이다. 그 거대한 영역을 가소롭게도 얄팍한 봉투 안에 꾸겨넣을 권리는 아무에게도 없다. 그들은 결코 스스로를 위대한 사람들 틈에 끼워넣으려 하지 않았다. 하지만 나는 그들에게서 위대함을 발견한다.

그리고…… 늘어만 가는 나이를 부담스러워하기도 하는 그들이지만, 그들의 얼굴에 지지 않는 저녁 노을의 고운 빛이 어려 있음을 나는 본다.

김주경
이화여대 불어교육학과 졸업
연세대 불어불문과 대학원 졸업
이화여대 · 경기대 강사 역임
역서로는 《경제적 공포》《세계의 비참》
《느리게 산다는 것의 의미》(1, 2) 《흙과 재》 외 다수

현대신서
87

여분의 행복

초판발행: 2001년 12월 25일

지은이: 피에르 쌍소
옮긴이: 김주경
펴낸이: 辛成大
펴낸곳: 東文選
제10-64호, 78. 12. 16 등록
110-300 서울 종로구 관훈동 74번지
전화: 737-2795
팩스: 723-4518

편집설계: 韓仁淑

ISBN 89-8038-190-5 04860
ISBN 89-8038-050-X (현대신서)

【東文選 現代新書】

▨ 모드의 체계	R. 바르트 / 이화여대기호학연구소	18,000원
▨ 텍스트의 즐거움	R. 바르트 / 김희영	15,000원
▨ 라신에 관하여	R. 바르트 / 남수인	10,000원
▨ 說 苑 (上・下)	林東錫 譯註	각권 30,000원
▨ 晏子春秋	林東錫 譯註	30,000원
▨ 西京雜記	林東錫 譯註	20,000원
▨ 搜神記 (上・下)	林東錫 譯註	각권 30,000원
■ 경제적 공포〔메디시스賞 수상작〕	V. 포레스테 / 김주경	7,000원
■ 古陶文字徵	高 明・葛英會	20,000원
■ 古文字類編	高 明	절판
■ 金文編	容 庚	36,000원
■ 고독하지 않은 홀로되기	P. 들레름・M. 들레름 / 박정오	8,000원
■ 그리하여 어느날 사랑이여	이외수 편	6,500원
■ 딸에게 들려 주는 작은 지혜	N. 레흐레이트너 / 양영란	6,500원
■ 딸에게 들려 주는 작은 철학	R. 시몬 셰퍼 / 안상원	7,000원
■ 노력을 대신하는 것은 없다	R. 쉬이 / 유혜련	5,000원
■ 미래를 원한다	J. D. 로스네 / 문 선・김덕희	8,500원
■ 사랑의 존재	한용운	3,000원
■ 산이 높으면 마땅히 우러러볼 일이다	유 향 / 임동석	5,000원
■ 서기 1000년과 서기 2000년 그 두려움의 흔적들	J. 뒤비 / 양영란	8,000원
■ 서비스는 유행을 타지 않는다	B. 바게트 / 정소영	5,000원
■ 선종이야기	홍 희 편저	8,000원
■ 섬으로 흐르는 역사	김영희	10,000원
■ 세계사상	창간호~3호: 각권 10,000원 / 4호:	14,000원
■ 십이속상도안집	편집부	8,000원
■ 어린이 수묵화의 첫걸음(전6권)	趙 陽	42,000원
■ 오늘 다 못다한 말은	이외수 편	7,000원
■ 오블라디 오블라다, 인생은 브래지어 위를 흐른다 무라카미 하루키 / 김난주		7,000원
■ 인생은 앞유리를 통해서 보라	B. 바게트 / 박해순	5,000원
■ 잠수복과 나비	J. D. 보비 / 양영란	6,000원
■ 천연기념물이 된 바보	최병식	7,800원
■ 原本 武藝圖譜通志	正祖 命撰	60,000원
■ 隸字編	洪鈞陶	40,000원
■ 테오의 여행 (전5권)	C. 클레망 / 양영란	각권 6,000원
■ 한글 설원 (상・중・하)	임동석 옮김	각권 7,000원
■ 한글 안자춘추	임동석 옮김	8,000원
■ 한글 수신기 (상・하)	임동석 옮김	각권 8,000원

【조병화 작품집】

■ 공존의 이유	제11시집	5,000원
■ 그리운 사람이 있다는 것은	제45시집	5,000원
■ 길	애송시모음집	10,000원

■ 개구리의 명상	제40시집	3,000원
■ 꿈	고희기념자선시집	10,000원
■ 따뜻한 슬픔	제49시집	5,000원
■ 버리고 싶은 유산	제 1시집	3,000원
■ 사랑의 노숙	애송시집	4,000원
■ 사랑의 여백	애송시화집	5,000원
■ 사랑이 가기 전에	제 5시집	4,000원
■ 시와 그림	애장본시화집	30,000원
■ 아내의 방	제44시집	4,000원
■ 잠 잃은 밤에	제39시집	3,400원
■ 패각의 침실	제 3시집	3,000원
■ 하루만의 위안	제 2시집	3,000원

【이외수 작품집】

■ 겨울나기	창작소설	7,000원
■ 그대에게 던지는 사랑의 그물	에세이	7,000원
■ 꿈꾸는 식물	장편소설	7,000원
■ 내 잠 속에 비 내리는데	에세이	7,000원
■ 들 개	장편소설	7,000원
■ 말더듬이의 겨울수첩	에스프리모음집	7,000원
■ 벽오금학도	장편소설	7,000원
■ 장수하늘소	창작소설	7,000원
■ 칼	장편소설	7,000원
■ 풀꽃 술잔 나비	서정시집	4,000원
■ 황금비늘 (1 · 2)	장편소설	각권 7,000원

東文選 現代新書 50

느리게 산다는 것의 의미

피에르 쌍소
김주경 옮김

"삶의 길을 가는 동안 나 자신을 잃어버리지
않을 수 있는 능력과 세상을 받아들일 수 있는 능력을 확고히 심어주는 책"

우리에게 다가오는 사건을 기쁘게 받아들일 수 있는 능력을 갖기 위해서 필요한 지혜가 있다. 그것은 갑자기 달려드는 시간에게 허를 찔리지 않고, 허둥지둥 시간에게 쫓겨다니지도 않겠다는 분명한 의지로 알 수 있는 지혜이다. 우리는 그 지혜를 '느림'이라고 불렀다.

느림은 우리에게 시간에다 모든 기회를 부여하라고 속삭인다. 그리고 한가롭게 거닐고, 글을 쓰고, 타인의 말에 귀를 기울이고 휴식을 취함으로써 우리의 영혼이 숨쉴 수 있게 하라고 말한다. 여기서 문제되는 느림 또는 고요함은 세계에 접근하는 방식의 문제이다. 그것은 빠른 속도로 박자를 맞추지 못하는 무능력을 의미하는 것이 아니라 서두르지 않는 의지, 시간이 뒤죽박죽되도록 허용치 않는 의지, 그리고 사건들을 대하는 능력을 배양하는 것과 우리가 어느 길에 서 있는지 잊지 않는 것을 의미한다. 물론 과업은 시간성을 어긋나게 하거나 우리의 생에서 가장 본질적이고 중요한 것을 잊게 하지 않는다면, 어느 정도 들볶이거나 바쁘기도 하면서 우리에게 더 유익하게 다가올 수도 있는 것이다. '느림'과 '빠름'은 가치 비교의 문제가 아니라 선택의 문제라는 것이다.

이책은 99년 프랑스 논픽션 부문 베스트셀러 1위에 올랐다. 최근 한국 독서계에서도 인기를 끌고 있는 이 책은 읽기 쉽다는 것. 책은 마치 천천히 도심을 거니는 게으름뱅이의 일기처럼 쉽고 편안하게 씌어져 있다. 누구나 한번쯤은 생각해 봤을 법한 '우리는 왜 이렇게 살고 있는 것일까'란 보편적인 주제를 다룬다.

청소년을 위한 이야기 경제학

앙드레 푸르상

이은민 옮김

- 인생에서 돈을 벌 것인지 쓸 것인지 둘 중에 하나를 선택해야만 한다. 이 두 가지를 다 할 시간이 우리에게는 없기 때문이다.
- 아무 일도 하지 않는 것은 대단한 능력이다. 그러나 그 능력을 너무 남용해서는 안 된다.
- 경제학의 첫번째 교훈 : 하늘은 스스로 돕는 자를 돕는다.

이 책은 경제에 관한 난해한 개론을 자녀들에게 불어넣으려고 쓴 책이 아니다. 경제학의 기본 법칙들과 그 철학을 명확하고 이해하기 쉽게, 그리고 무엇보다도 우선 저미있게 설명하고 있다. 모르긴 해도 경제학자들과 이들의 학문은 일반적으로 사람들이 생각하는 것보다 훨씬 재미있을지도 도른다.

경제학을 이해하려면 우선 몇 가지 노력과 최소한의 관심이 필요하다. 왜냐하면 경제학은 의학처럼 습득되는 것이니까. 비록 항상 수월한 학문은 아니지만, 그렇다고 해서 몇몇 고지식한 사람들이 만들려고 하는 것처럼 이 학문이 쐐기 같은 것도 아니다. 그렇기 때문에 이 책은 개론서도, 학문적인 지침서도, 지겨운 사상서도 아니며, 기교가 압권을 이루는 그런 책은 더더욱 아니다.

저자는 아주 무미건조하면서도 지극히 인간적인 이 학문에 관계된 중요한 문제들을 대화체의 흥미로운 이야기로 설명하고 있다. 그의 이야기는 재미있을 뿐 아니라 유용하면서, 흥미롭게 전개되지만 경박하지 않다. 다시 말해 어렵게 생각되어지지 않으면서도 진지한 이야기가 되고 있다.

東文選 現代新書 24

순진함의 유혹

파스칼 브뤼크네르
김웅권 옮김

동서 냉전구조가 사라진 오늘날 거대한 소비사회의 개인이 안고 있는 문제를 개인과 개인주의 태동과정을 역사적으로 조명하며 탐구해 나간 역작. 저자는 자기 행위의 결과로부터 벗어나고자 하는 현대의 개인들이 앓고 있는 병, 즉 자신은 어떠한 불편도 감수하려 하지 않으면서 자유의 혜택만을 누리고자 하는 기도를 '순진함'이라 일컫고, 이 병은 '유년기적 행동 경향'과 '희생화 경향'이라는 두 가지 방향으로 피어난다고 설명한다.

오늘날 적어도 물질적 차원에서 보면, 모든 것을 '즉시 여기에서'만 족시켜 줄 수 있는 신용소비사회에서 적나라하게 드러나는 유아적 태도. 어떤 명분을 위해서도 자기 자신을 희생시킬 수 없는 모래알 같은 개인. 개인으로서 해방과 자유를 쟁취하고 경제적 정의를 보장받았을 때, 상승을 거부하며 저급한 오락과 소비로 눈을 돌려 버린 대중. "나는 희생자이다. 그러므로 나는 더 권리가 있으며, 내 행동에 대한 책임은 없다"라는 논리 아래 법치국가와 복지국가에서는 약자인 희생자의 편에 서야만 살아남을 수 있다는 심리구조가 확산되어, 모두가 자신을 희생당하고 박해받은 자로 내세우는 사회, 억압받는 자의 한 패러다임으로 해석되어 유태인과 비교되기도 하는 여권주의 운동. 이미 그 의미가 국제적 차원을 획득한 유고슬라비아 사태의 희생화 경향. 이데올로기 전쟁의 종말과 더불어 국가와 민족들을 모두 서로에게 잠재적인 적으로 만든 공산주의의 실패. 외설스러울 정도로 노출된 비극적 장면들과 일상의 가벼운 장면들을 한꺼번에 쏟아내어 대중으로 하여금 사건들을 순식간에 망각 속에 묻어 버리게 하고, 비극 자체에 무감각하게 만드는 대중매체…… 등등.

하나의 주제를 놓고 사유를 확장하고 심화시키는 작업이 가져온 결정물의 아름다움이 담겨 있는 《순진함의 유혹》은 독자들에게 책 읽는 즐거움을 한껏 선사하고, 새로운 시야를 열어 주고 있다.

東文選 現代新書 44,45

쾌락의 횡포

장 클로드 기유보

김웅권 옮김

  섹스는 생과 사의 중심에 놓인 최대의 화두 가운데 하나라고 할 수 있다. 성에 관한 엄청난 소란이 오늘날 민주적인 근대성이 침투한 곳이라면 아주 작은 구석까지 식민지처럼 지배하고 있는 것이다. 이제 성은 일상 생활을 '따라다니는 소음'이 되어 버렸다. 우리 시대는 문자 그대로 '그것' 밖에 이야기하지 않는다.

  문화가 발전하고 교육의 학습 과정이 길어지면 길어질수록 결혼 연령은 늦추어지고 자연 발생적 생식 능력과 성욕은 억제하도록 요구받게 되었지 않은가! 역사의 전진은 발정기로부터 해방된 인간을 금기와 상징 체계로부터의 해방으로, 다시 말해 '성의 해방'으로 이동시키며 오히려 반문화적 현상을 드러내고 있다. 저자는 이것이 서양에서 오늘날 일어나고 있는 현상이라고 말한다. 서양에서 60년대말에 폭발한 학생 혁명과 더불어 본격적으로 시작된 '성의 혁명'은 30년의 세월을 지나 이제 한계점에 도달해 위기를 맞고 있다. 성의 해방을 추구해 온 30년 여정이 결국은 자체 모순에 의해 인간을 섹스의 노예로 전락시키며 새로운 모색을 강요하고 있는 것이다. 인간은 '섹스의 횡포'에 굴복하고 말 것인가?

  과거도 미래도 거부하는 현재 중심주의적 섹스의 향연이 낳은 딜레마, 무자비한 거대 자본주의 시장이 성의 상품화를 통해 가속화시키는 그 딜레마를 어떻게 극복할 것인가? 저자는 역사 속에 나타난 다양한 큰 문화들을 고찰하고, 관련된 모든 학문들을 끌어들이면서 폭넓게 성 문제를 조명하고 있다.

東文選 現代新書 53

나의 철학 유언

장 기통

권유현 옮김

장 기통은 1901년에 태어나 20세기를 꽉 채워 살았다. 그는 현대 프랑스의 가톨릭을 대표하는 철학자이며 작가로서, 1백 권에 가까운 저서를 가진 정력적인 저술가일 뿐만 아니라 화가이기도 하다. 또한 그는 정치적으로는 미테랑 대통령의 고문을 지냈고, 종교적으로는 1963년에 열린 제2차 바티칸공의회에 비성직자로서는 유일하게 참가하여 발언하기도 한 프랑스 최고 지성인 중의 한 사람이다.

《나의 철학 유언》은 생의 마지막 순간에 허구의 대화 형식을 빌려서 기통이 자신이 걸어온 철학 여정을 몇 개의 단위로 쪼개어 '기통식으로' 보여 주는 책이다. 1999년 3월에 타계함으로써 말 그대로 기통의 마지막 유언이 된 이 책 속에서, 우리는 평생을 신앙인으로 살아온 사람에게서 흔히 기대할 수 있는 경직된 확신 같은 것은 찾아보기 어렵다. 기통이 임종의 순간까지, 아니 임종 후에도 최후의 심판을 받을 때까지 우리에게 보여 주는 모습은 끝까지 갈등하고 회의하는 철학자로서의 모습이다.

그의 유언을 통해 장 기통은 자신의 번쩍이는 직감을 이용하여, 인간이 앞으로 부딪치게 될 철학적·영적 내기의 비밀을 벗겨 보인다. 이 책 안에서 벌어지는 드라마의 시간을 한 인간이 삶을 마치게 되는 최후의 순간에 위치시킴으로써, 그는 독자에게 많은 선물을 하는 셈이다. 왜냐하면 그는 스스로에게, 또한 모든 사람에게 인생의 의미에 대한 본질적인 질문을 던지기 때문이다. 그는 자신이 해놓은 여러 사색의 열매들을 가져와서는, 새로운 천년의 세기에 제기될 거창한 철학적·영적·종교적 논쟁에 접근하는 것이다.

東文選 現代新書 3

사유의 패배

알랭 핑켈크로트
주태환 옮김

문화 속에서 우리는 거북스러움을 느낀다. 왜냐하면 문화란, 사유(思惟)하면서 살아가는 일이기 때문이다. 그리고 오늘날 사유가 아무런 역할도 하지 못하는 제반행위를 흔히 문화적인 것으로 규정해 버리는 조류가 확인되고 있다. 정신의 위대한 창조에 필수적인 동작들, 이 모두가 이렇게 문화적인 것으로 잘못 여겨지고 있다. 무슨 이유로 소비와 광고, 혹은 역사 속에 뿌리박은 모든 자동성이 가져다 주는 달콤함을 탐닉하기보다는 참된 문화를 선택해야 하는 것일까?

87, 88년 프랑스 최고의 베스트셀러로서 프랑스 지성계에 커다란 파문을 일으킨 본서는, 오늘날 프랑스 대중들에게 가장 영향력 있는 철학자 중의 한 사람인 핑켈크로트의 대표작이다. 그는 현재 많은 저작과 방송매체를 통해 사회문제에 관해 적극적인 발언을 펼치고 있다.

그는 오늘날의 거대한 야망이 문화를 손아귀에 움켜쥐고 있다고 결론짓고, 문화라는 거창한 이름 아래 소아병적 증상과 더불어 비관용적 분위기가 확대되어 왔으며, 이제는 기술시대가 낳은 레저산업이 인간 정신이 이루어 놓은 문화적 유산을 싸구려 유희거리로 전락시키고 있으며, 그리하여 정신이 주도하던 인간 삶은 마침내 집단의 배타적 가치에 광분하는 인간과 흐느적거리는 무골인간, 이 둘 사이의 무시무시하고도 우스꽝스런 만남에 자기 자리를 내주고 있다고 통박하고 있다.

그는 본서를 통해 정신적 의미가 구체적 역사 속에서 부상하고 함몰하는 과정을 그려내면서, 우리가 어떻게 해서 여기에까지 도달하게 되었는지를 일관된 논리로 비판하고 있다.

東文選 現代新書 35

여성적 가치의 선택

포르셍 연구소
문신원 옮김

 여성적인 가치들은 어떤 것인가? 그 가치들은 남성적인 가치들의 평가절하를 의미하는가, 아니면 반대로 새로운 공유 가치체계의 도래를 의미하는가? 이 새로운 가치체계는 정치적인 태도를 심오하게 변형시킬 것인가? 남성적인 가치들이 강하게 침투해 있는 기업에서는 어떤 문화적 혁명을 겪게 될 것인가?

 여기에서 말하는 여성적 가치들이란 남자 혹은 여자라는 구체적인 개인들을 가리키는 것이 아니라 원리들, 사회적 혹은 개인적인 기능의 모델들과 구조들, 판단과 결정의 기준들, 우리가 '남성적인' 혹은 '여성적인' 이라고 규정지을 수 있는 행동들과 행위들을 말하는 것이다.

 본서는 169년의 전통을 자랑하는 프랑스 유수의 커뮤니케이션 그룹인 아바스(Havas)의 포르셍 연구소에서 21세기를 대비해 펴낸 미래 예측보고서 중의 하나이다. 전세계 63개국에 걸친 연구원들의 활동을 바탕으로 현재 우리 사회에서 태동하여 미래에 결정적인 역할을 하게 될 사회학적 움직임들을 세계적인 차원에서 깊숙이 파악하고 있다.

 본서는 권력 행사, 기업 경영, 과학, 기술 마케팅, 커뮤니케이션에 관한 여성적 가치의 실제적 파급효과에 관한 매우 중요한 지표들을 제공하고 있어, 각계의 지도자들은 물론 방면의 종사자들에게 반드시 일독을 권할 만한 책이다.

東文選 現代新書 51

나만의 자유를 찾아서

샹탈 토마스

문신원 옮김

사랑의 기술과 내일을 생각지 않고 살아가는 기술을 연구하던 그 긴 세월 동안 내가 할 수 있었던 유일한 것은 여행이었다. 여행할 곳이 너무 광대해서 한평생이라는 시간도 모자랄지 모르는 활동. 권태의 위험도, 적도 전혀 없는 세계! 볼 것이 이렇게 많은데 왜 직업을 얻으려 근심하는가, 왜 자신의 감옥을 짓는가? 미래를 다스리기 위해서 무기를 연마한다는 핑계로 미래를 오히려 저지하는 그 고집을 난 이해하지 못했다. 내가 보기에는 떠나기만 하면 충분한 것 같았다⋯⋯.

현대인들은 누구나 자신이 자유롭다고 느끼지간, 실은 자유롭지 않다는 사실을 잘 알고 있다. 프랑스에서 상당한 독자층을 확보하고 있는 에세이스트이자 여행가인 저자는, 빡빡한 일정 속에 바쁘게 살아가다가 문득 현기증을 느끼는 독자들을 영원한 해변의 어느 시간 속으로 안내한다. 여행·독서·사색·독신·연인·권태·자살·휴식·모험 등, 혼자만의 진정한 자유를 위해선 필연즈으로 부딪히게 되는 것들에 대한 진지한 이야기들과 함께 우리의 삶을 되돌아보게 한다.

우리가 우리 자신을 재창조할 때만이 사람들이, 풍경들이, 사상들이 우리에게 중요해진다고 설득하는 그녀는 부질없는 욕망들에 마음이 좀먹은 현대인들에게 여백을 살고, 신기루를 기록하고, 자신의 고독을 찬미하는 방법들을 제안하고 있다. 그리하여 대단히 유쾌한 되찾은 시간의 매력과 자신을 위한 시간의 비밀을 만드는, 독서를 통한 그러한 무수한 활동들이 형상화시키는 것을 삶 전체에 확장시켜 볼 것을 제안한다. 백포도주 같은 깔끔한 문체로 오랜만에 국내 고급독자들에게 프랑스 산문의 진수를 맛보게 한다.

프랑스 [메디치賞] 수상

경제적 공포

비비안느 포레스테[지음]

김주경[옮김]

"우리의 일자리를 가로채 놓고, 그것도 모자라 부끄러운 줄도 모르고 감히 임금 인상까지 요구하다니 !"

아직 일자리를 갖고 있는 사람, 비록 봉급은 얼마 안 되지만 그래도 실직당하지 않고 일하러 다니는 사람을 보면, 〈제거된 지방질〉은 그를 일종의 특혜자로 여긴다. 남의 이익을 가로챈 자가 바로 그 자라고 여기는 것이다. 진짜 특권자들이 한껏 누리고 있는 특혜는 단 한번도 문제삼아 본 일이 없으면서 !

피도 눈물도 없이 냉정하게 퍼져가고 있는 불안감 속에서 떨고 있는 자들 중, 극히 미미한 숫자의 사람들만이 싸구려 일감을 차지하는 혜택을 입게 될 것이다. 그렇다고 해서 그들이 빈곤으로부터 벗어날 수 있는 것은 아니다. 그리고 그외의 사람들은 여전히 모욕감과 박탈감, 그리고 위기감을 동반하는 불안감에 떨고 있게 된다. 어떤 삶은 그 불안감 때문에 단축되기도 할 것이다.

- 착취당할 기회조차 없는 〈쓸모없는 잉여존재〉들.
- 노동의 부재는 神이 내린 은총?
- 〈살아갈 권리〉를 갖기 위해서는 〈살아남을 자격〉이 필요한가?
- 〈추방된 자〉에서 〈배제된 자〉로, 그리고 〈제거된 자〉로.
- 수익성을 올리는 데 이용할 가치가 없는 자들의 삶이 과연 우리 사회에 〈유용〉할까?
- 〈착취〉〈투쟁〉〈계층〉…. 아직도 이런 촌스러운 어휘를 사용하고 있다니!
- 해결책이 없을 수도 있다.
- 신조어 〈고용될 수 있는 능력〉, 〈그럴 듯한 보장〉의 허구성.
- 머지않아 다시 흡수할 것이라고 한없이 되풀이되는 헛된 약속을 믿고 싶어하는 이유.

이성의 한가운데에서

—— 이성과 신앙

알랭 퀴노 / 최은영 옮김

이성과 신앙은 어떤 관계인가? 이 질문은 언제나 제기할 수 있는 것이다. 우리는 왜 그런 질문을 제기하는지 그 이유를 알 필요가 있다. 그 질문을 오늘날에는 왜 제기하며, 철학적으로 무슨 이유에서 제기하는가?

우리는 이성에 대한 추론을 신앙에 대한 추론과 비교해야만 하는가? 신앙과 이성이 실존의 의미를 이해할 수 있도록 보완해 주고 있지는 않은가?

진정 당신은 무엇을 믿고 있는가? 또 생을 위해 무엇을 기대하고 있는가?

이성은 자신이 생각한 모습으로 그렇게 나타난다. 이성 안에 존재하며 이성을 숨기고 있는 신앙은, 기쁨이 신앙 자체와 혼동되고 있음을 파악하고 있다. 신앙은 신앙의 행동으로 나타나지 않으며, 그리고 신앙은 보이지 않는 모습으로 적절하게 드러나고 있다. 신앙은 순수한 이성은 아니지만, 옷을 입지 않은 이성이며 옷을 벗은 이성이다.

이성은 누구나 좀더 선명하고 현실적인 세상에서 살 수 있도록 하기 위해 질문을 제기하는 사명을 띠고 있다.

경솔하지만 위험을 무릅쓰고 질문에 대답하고, 그 질문에 관해 이야기할 필요가 있다. 그것이 바로 사고의 자유를 구속하기보다는 반대로 사고에 더 큰 자율성을 부여해 줌으로써 완전히 주장할 수 있도록 해주는 이성과 신앙의 상관 관계의 본질이다.

나비가 되어 날아간 한 남자의 치열하고도 아름다운 생의 마지막 노래. 세상에서 가장 아름답고도 애절한 이야기가 비틀스의 노래와 함께 펼쳐진다.

잠수복과 나비

장 도미니크 보비 / 양영란 옮김

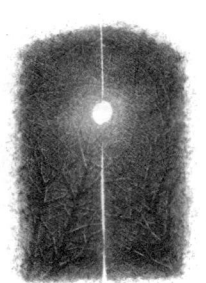

장 도미니크 보비. 프랑스 《엘르》지 편집장. 저명한 저널리스트이며 두 아이를 둔 자상한 아버지, 멋진 말을 골라 쓰는 유머러스한 남자. 앞서가는 정신의 소유자로서 누구보다도 자유를 구가하던 그는 1995년 12월 8일 금요일 오후 갑작스런 뇌졸중으로 쓰러졌다. 3주 후 의식을 회복했으나, 그가 움직일 수 있는 것은 오직 왼쪽 눈꺼풀뿐. 그로부터 그의 또 다른 인생, 비록 15개월 남짓에 불과한 '새로운' 인생이 시작되었다.

유일한 의사 소통 수단인 왼쪽 눈꺼풀을 20만 번 이상 깜박거려 15개월 만에 완성한 책 《잠수복과 나비》. 마지막 생명력을 쏟아부어 쓴 이 책은, 길지 않은 그의 삶에서 일어났던 일화들을 진솔하게 묘사하고 있다.

그러나 그의 이야기는 유머와 풍자로 가득 차 있다. 슬프지만 측은하지 않으며, 억지로 눈물과 동정을 유도할 만큼 감상적이지도 않다. 오히려 멋진 문장들로 읽는 이를 즐겁게 해준다. 그리하여 살아남은 자들에게 희망과 용기를 주며, 삶의 그 모든 것들이 얼마나 소중한가를 새삼 일깨워 준다. 아무튼 독자들은 이제껏 경험해 보지 못한 진한 감동과 형언할 수 없는 경건함을 맛보게 될 것이다.

《잠수복과 나비》는 출간되자마자 프랑스 출판사상 그 유례가 없는 엄청난 베스트셀러가 되었으며, 보비는 자기만의 필법으로 쓴 자신의 책을 그의 소중한 한쪽 눈으로 확인한 사흘 후 옥죄던 잠수복을 벗어던지고 나비가 되어 날아갔다. 자유로운 그만의 세계로……

국영 프랑스 TV는 그의 치열하고도 아름다운 마지막 삶을 다큐멘터리로 2회에 걸쳐 방영하였으며, 프랑스 전국민들은 이 젊은 지식인의 죽음 앞에 최대한의 존경과 애도를 보냈다.